U0925507

天下苍生

嘉靖1562

萧盛 著

天津出版传媒集团

天津人民出版社

图书在版编目（CIP）数据

天下苍生：嘉靖 1562 / 萧盛著．-- 天津：天津人民出版社，2019.11（2024.9 重印）
ISBN 978-7-201-15052-9

Ⅰ．①天… Ⅱ．①萧… Ⅲ．①长篇历史小说－中国－当代 Ⅳ．① I247.5

中国版本图书馆 CIP 数据核字 (2019) 第 228626 号

天下苍生：嘉靖 1562
TIANXIA CANGSHENG：JIAJING 1562
萧盛 著

出　　版　天津人民出版社
出 版 人　刘锦泉
地　　址　天津市和平区西康路 35 号康岳大厦
邮政编码　300051
邮购电话　（022）23332469
电子信箱　reader@tjrmcbs.com

责任编辑　章　赪
封面设计　王　鑫

制版印刷　北京雁林吉兆印刷有限公司
经　　销　新华书店
开　　本　787 毫米 ×1092 毫米　1/16
印　　张　20
字　　数　200 千字
版次印次　2019 年 11 月第 1 版　2024 年 9 月第 3 次印刷
定　　价　59.00 元

目录

第一章　权力的较量　001

在这种紧要的位置上，若是清官，自然是朝廷之幸，百姓之福；若是贪官，上下欺瞒，贪墨公款，那就极其可怕了。

第二章　诡田案　026

所谓的诡田，指的是户主与田册不符，耕种者与实际拥有者不对等，乃是权力支配下的一种畸形的产物。

第三章　水患官患　048

“若是决堤了，会如何？”——“会是一场史无前例的灾难。浙江官场一干涉案人员，皆无可幸免。”

第四章　审　判　064

一切准备就绪，衙门前聚集了上千名前来围观的百姓，他们站在潮湿的地面上，心头却是火热的，眼里都充满了期待。

第五章　荡田案　090

最让人无可忍受的是，由于沿河田地被占为私有，致使水利设施破坏殆尽，一旦下雨，河水受阻，便形成了洪灾。这是天灾吗，是人祸！

第六章　伏　法　120

张居正看到此人的表情时，浑身的热血都沸腾了起来，机会来了，机会终于来了，看来他成了这场赌博的最终胜利者！

第七章　前任之死　140

为何前些年淳安年年遭灾，大家都相安无事，海瑞一到，问题便一个一个暴露出来了呢？莫非这也是巧合吗？不是的，所有的巧合，都因了海瑞身上的一股正气。

第八章　蒙　冤　160

他为官，不是要依附哪股政治势力飞黄腾达，只是简单地想要一展抱负罢了，即便是遭了殃，领了罪，甚至革了职，只要能在官场中注入一股正义的风气，那他就没白走此一遭。

第九章　粉墨登台　177

鄢懋卿躲在暗处，把形势看得十分透彻，海瑞离开后各种人物就会粉墨登台了，跑官的、攫利的都会纷纷冒出来。

第十章　博　弈　201

他既然授了衔、封了官，那就要担起这个责任，除恶务尽，还大明朝的百姓一个清平的世界。

第十一章　诱　惑　221

鲁则仕知道接下来会发生什么，而且也清楚今晚过后，可能会遇到什么事，但不知为何，此刻竟如着了魔一般，无法控制自己。

第十二章　生死抉择　246

“人生的每一个选择都是没有退路的。我当初既然选择了与你站在同一条阵线上，你觉得我还有回头的余地？”

第十三章　最后的挣扎　271

或许海瑞并非是在为哪个办事，以他这副铮铮铁骨，只怕哪个也驾驭不了他，他是有信仰的，是在为民请命！

第十四章　知行合一为良知　291

所谓知行合一，每做一件事都得对得起自己的良心，绝不能因了私情而枉顾律法，将之当作口号，喊得凶做得少……

第一章

权力的较量

一

张居正站到这道大门前的时候，心里兀自有些忐忑，懊悔临行前为何未曾向高拱拒绝？说到底他不过是领翰林院的五品小官，干的是教书育人的文化工作，都察院这种得罪人的活儿，干他何事呢？

然转念一想，真的不干自己的事吗？高拱为何要他来蹚这趟浑水？

张居正自嘲地笑了一声，高拱何许人也，也许他的野心早已被高拱洞悉；没错，他是个书生，可他并不情愿在文职上干一辈子，早就想在官场上有所建树，希望凭借自己的才华，去影响这个国家。

既如此的话，高拱让他走这一趟，又何尝不是知人善用？这是起大案，若是此案果然在他的手里得以解决，那么对他的官途无疑会产生重要的影响。

张居正抬头看了眼面前的这幢房子，心底莫名地泛起一股极大的好奇，这股好奇促使他迈开脚步，叩开了眼前的这道大门。

门童望了下张居正，又看了看他身后十余名都察院的差役，微微一怔，问道：“敢问这位大人，莅临韦府，所为何事？”

“都察院办案。”张居正冷冷地说了一句，那门童情知都察院是什么样的，脸色变了一变，把身子往里一缩，打开了门。

从正门往里走，是一块很小的院子，然院子虽小，却颇具清雅之风，左侧是几株修篁，因是入夏时节，长得正旺，清风徐来，竹声阵阵，在旁边一汪涓涓细流的配合下，悦耳动听，使人暑意顿消，心旷神怡；右侧植有两树，一棵是梅，一棵是松，相映成趣，至少从院子的布局来看，此间主人实属极雅之人。

抬头时，刚好看到正厅门上挂着的“竹邻寒舍”匾额。沿着一条由鹅卵石铺就的羊肠小径往前，走入厅内，除了正上方挂有一幅松鹤图外，可以用家徒四壁来形容。

万物皆有灵气，房子的气质也会因主人而改变，此间陋室虽简朴，无形中却有一股高贵典雅的气息，张居正暗吸了口气，这就是监察御史韦光正的家吗？

监察御史只是正七品的衔，官职小，权力却大，乃都察院下属官员，有巡视各科道郡县之职，谓之“代天子巡狩”，是为皇帝之耳目，大事奏裁，小事主断。各级官员见了监察御史，都是战战兢兢，畏之如神明，生怕被查出事来。

在这种紧要的位置上，若是清官，自然是朝廷之幸，百姓之福；若是贪官，上下欺瞒，贪墨公款，那就极其可怕了。

韦光正走出来的时候，张居正打量了他一眼，四十开外的样子，一副儒生的模样，头戴山河巾，脚踏双元色双脸鞋，面庞清瘦，然未失风雅，风从门外吹来，拂起他身上的那件灰色交领道袍，颇有些无欲无求的廉吏风范。

张居正似乎对韦光正十分满意，微哂道：“例行巡视，韦御史莫怪！”

是时，张居正领翰林院，为正五品的衔，高韦光正两级。因此韦光正揖手为礼，谦逊地道：“张学士奉都察院之令，巡视在京官员，职责所在，理所应当，下官自该接受学士之审查。”嘴上虽如此说，可心下却暗自纳罕，巡查官员，毕竟是都察院分内的事，缘何派了在翰林院任职的张居正来，这当中究竟有何玄机？

双方入座后，张居正目光一转，又在厅内打量了一番，叹道：“韦御史为官清廉，堪为百官之楷模，今日此行，实乃是向御史学习来了，敢问御史，煌煌大国，拥有四海九州之疆域，何以国库依然空虚，民生兀然维艰？”

韦光正眉头一拢，沉默片晌，道出了两个让人心惊肉跳的字：“贪污。”

张居正讶然道：“贪污可致国家贫困，民生维艰吗？”

韦光正道：“倘若只是贪污，尚不致影响到国家民生，然贪墨之官员，往往懈怠公务，不虑民生，只知谋取私利，中饱私囊，自然就会产生矛盾，从而影响家国黎民。”

张居正听罢，深以为然，颔首道：“听韦御史这番话，教我茅塞顿开。斗胆再问御史一句，在你为官的这些年里，可曾有过贪念？”

“人非圣贤，特别是身在官场，下官若说不曾有过贪念，就有些矫情了。但是人之所以为人，乃是能够克制各种欲望和情感，将理想奉之为毕生的追求，从而将人生过得与众不同。”韦光正微微一笑，抬起手摸了摸颌下的一缕青须，然后往厅内一指，道：“张学士不妨多打量几眼寒舍，是否与众不同？”

张居正认真地点了点头，他承认就眼前所见的情景来看，的确是与众不同的，绝非一个没有担当、没有理想的贪官所能做到的。

都察院是明朝监察官员风纪，专事纠察、弹劾百官的衙门。高拱为左都御史，领都察院。

高拱颇具才情，因此自负，行事雷厉风行，眼里容不下沙子，甫掌都察院一月，便要开始动刀子了。

徐阶则城府很深，是个懂得隐忍之人，是时严嵩为首辅，他是次辅，他心里很清楚，眼下皇上对严嵩确为不满，但严嵩在朝多年，树大根深，一时间连皇上也不敢轻举妄动，只凭都察院焉能扳倒权势熏天的严党？在这种极其敏感之时，骤然出手，是要出大事的。更为重要的是，当初是他极力举荐高拱，倘若高拱真的出事，一个屋檐的人，覆巢之下，焉有完卵乎？

徐阶抬眼瞟了下满脸赤红、浑身上下犹炸药般，一点即着的高拱，蹙着眉头道："我的宪台大人，严嵩毕竟还是当朝的首辅，朝廷内外到处都是他的门生，万一被他反咬一口，丢了乌纱，就得不偿失了。"

高拱虽敬徐阶为恩师，但对他的言论和行为处事却不敢苟同。听了徐阶这番话，他冷冷地哼了一声，道："皇上也痛恨上下勾结，贪墨腐败，只要有皇上在上面镇着，料严嵩也不敢乱来。"

徐阶气道："你这是血气之勇！"

"非也，"高拱道，"我这是投石问路。"

"所以你就把这块石头投向了监察御史韦光正？"

高拱的眼里闪过一抹精光，道："是的。"

徐阶看着他，沉吟片晌，忽然沉声道："万一他是清廉的呢？你将死无葬身之地！"

“御史居所简单而风雅，岂止是与众不同，实在是超凡脱俗也。”张居正目光一抬，投向韦光正，倏然道，“御史有纠察各科道郡县之职，不知韦御史在履行职责时，可曾遇到过这样的贪官，表面上极为清贫廉洁，实则另有广厦数十，良田千亩？”

韦光正回过头，看着张居正，显然愠怒，只是抑制着没有发作出来，冷笑道：“这天下之大，什么样的人没有，下官确也曾见过似学士所说的这种贪官。”

张居正目光炯炯，道：“遇上此等贪官，御史是如何将之法办的，诚望御史不吝赐教。”

韦光正有意无意地轻哼了一声，道：“都察院办案嘛，无非是先行收集罪证，暗查涉贿官员之一举一动，待时机成熟，人赃并获。”在说完这番话的时候，韦光正似乎预感到了什么，神色间为之一紧，张居正此行是有的放矢吗？

“韦御史说的乃是至理。”张居正颔首道，“官员乃朝廷所封，是为天子门生，代表的是大明之律法和威严，若无实际证据，哪个敢去动官员呢。不过……”

韦光正眼里隐隐然闪过一抹寒光，他知道张居正所谓的例行巡视，不会无缘无故地“巡视”到他府上来，见到张居正此时的神色，他的内心莫名地起了股怒意，陡然寒声道：“张学士接下来是要检查下官的家了吗？”

张居正尴尬地笑了笑，起身揖手道：“职责所在，御史莫怪。”

所谓伸手不打笑脸人，何况韦光正在都察院底下任职，是知晓这一套程序的，索性顺水推舟，起身做了个请的手势，由着他们去查。

张居正道声：“得罪了。”便命令带来的十余名差役，去韦光正的府上搜查。没一会儿，将韦光正的家眷俱皆惊动，其老母、夫人均来正厅询问出了何事。

张居正一一向她们行礼，说明情况。韦光正道：“母亲莫怕，张学士乃职责所在，例行公事罢了。”

张居正顺着韦光正的意思，迭声应是，目光游离间，往其夫人韦肖氏身上瞟去，她的神色间分明有一丝慌张，眼神似乎在躲避什么，径往角落处瞟。张居正微哂道：“夫人紧张什么？”

未及韦肖氏开口，韦光正陡然喝道：“妇道人家休在此丢人现眼，快入里屋去！”这一声喝与他儒雅的外表颇是不符，倒是十分契合监察御史的身份。

“且慢。”韦肖氏正要往里走，张居正开口叫住了她，往前走了两步，盯着她那双手道，“夫人可否伸出手来，让我看一眼？”

韦肖氏显然被张居正的要求弄得莫名其妙，紧张地看了眼丈夫，见他阴沉着脸，无任何表示，只得畏畏缩缩地伸出手去。

张居正认真地看着眼前的这双手，眼里放着光。这是一双光洁的手，这样的手唯保养极好的世家小姐才有，对一个中年妇人来说，可以说是十分难得了。

韦光正显然对张居正这般举止十分震怒，沉声道：“莫非张学士对妇人的手也感兴趣？”

“冒犯，冒犯了！”张居正微红着脸，转身面向韦光正，讪笑道，“想来御史颇是疼爱夫人！”

韦光正一时间没摸清他的套路，顺口道：“人云‘贫贱夫妻百事哀’，不过是欲望干扰了情感。夫妻感情，无关贫富，下官与夫人都是吃得苦之人，任由世道怎生变化，我等自如闲云野鹤，夫妻之间便无纠葛。”

张居正拊掌道：“韦御史之人品和胸襟，实在令人敬佩。不过我看夫人的这双手，光洁柔软，与她所穿戴的这身粗衣行头大相径庭，实在教我费解，除非……”

张居正故意把话头一顿，看着韦光正的脸，又道：“除非她从来没有吃过苦，洗衣做饭，一日三餐皆有下人伺候。”

此话一落，韦光正的脸色变了，洗衣做饭，一日三餐皆有下人伺候，也就意味着与他示于外人看的清贫形象背道而驰，也不符合他所言的吃得苦的贫贱夫妻。

“韦光正是有问题的。”高拱眼神一转，与徐阶对视着，“他是严嵩的人。”

“严嵩的人便一定有问题吗？”徐阶神色严肃地道，“按照你的逻辑，浙直总督胡宗宪当初乃严嵩义子赵文华举荐，从而步步高升，岂非也得撤职查办？荒唐，荒唐，我命令你，马上让张居正撤回来！”

“晚了。”高拱兀自看着徐阶，用一种不容置疑的口吻说道，“都察院的人已经去了韦光正浙江淳安的老家，不出意外的话，在今日太阳下山之前，可教他原形毕露。”

“张居正为何会听你的？”徐阶倒吸了口凉气，在他的印象中，张居正为人稳重，行事更是谨小慎微，怎也会如此鲁莽行事？

高拱仰首一笑，笑声中颇有些得意，随后拿出一张纸，递到徐阶面前。徐阶一愣，“这是何物？”

“我是接到了举报。”高拱道，“里面详细说明了韦光正所拥有的家产，以及部分所收受的贿赂。”

徐阶拿过来看了一眼，诧异地道：“就凭这两张纸？”

“拿到这两张纸后，我去找了皇上。”

徐阶心头一紧，这才意识到事情并没他想得那么简单，“皇上如何说？”

“彻查。”提到皇上后，高拱的底气一下子就足了，见徐阶没有说话，语气一顿，又道，“领了旨意后，我按着纸上所说，差人去了韦光正的老家，查其家产。”

“如此说来，你们早就有所准备了？”

“不光是下官早就有所准备。”高拱眼里精光灼灼，凑近徐阶微声道，“严嵩也行动了。”

徐阶听了此话，陡然出了身冷汗。原来这股巨大的暗流在朝中已涌动许久，身为次辅，他为何丝毫不曾察觉？如果不是高拱今日说出，他日若是出了意外，只怕是如何死的也无从知晓！

思忖间，徐阶抬头看了下高拱高大的身躯，以及那张满是正义和疾恶如仇的脸，此人如此自信，是否意味着皇上要下大决心反腐了？怪不得谨慎如张居正，亦会义无反顾地听从高拱差遣，去韦府纠查，原来这是一场以朝廷的名义掀起的反腐风暴！

“一个月前，我把检举韦光正的奏疏呈给皇上后，严嵩当天就得到了风声。”高拱的脸上兀自带着笑意，只是此时这抹笑容之中，蕴含了股似有若无的寒气，嘿嘿怪笑一声，“他向皇上举荐了鄢懋卿，并恳请皇上，下放鄢懋卿去浙江淳安，彻查韦光正。你猜皇上如何回应？”

徐阶自然知道那鄢懋卿乃是严嵩心腹，如果说皇上答应了严嵩之请求，那么是否意味着……

徐阶暗暗地吸了口气，“皇上答应了？”

高拱点了点头。徐阶默默地踱步到门前，午后的烈日晒得院里白晃晃的，树木花草在太阳的炙烤下，蔫然无神，再抬头看天，天上万里无云，蓝得透彻，可谁又能想到，在这样平静无澜的表面下，竟蕴藏着巨大的暗流！

韦光正是严嵩的人，鄢懋卿也是严嵩的人，为何皇上却会答应严嵩，下放鄢懋卿去浙江淳安查韦光正呢？这种贼喊捉贼的把戏，英明如皇上如何会看不出来？徐阶朝着蔚蓝的天空，长长地吐出一口气，这并非一场简单的反腐风暴，只怕是一场两股势力你死我活的斗争，而皇上则是想坐山观虎斗，看一场好戏，好一个御人之策！

“我是否可理解为，眼下你手里没有任何实际的证据，证明韦光正贪污？”徐阶转过身问道。

“是的。”

徐阶微微一哂，是的，有无证据重要吗？在这样的形势下，韦光正实际上不过是一枚过河的卒子，唯死而已。

“张居正是否也是这场行动里的一枚棋子？”徐阶冷冷地问着，眼里亦散发出冷冷的光芒，政治斗争是一场不见血的生死之争，如果张居正一时间拿不到证据，极有可能让韦光正反咬一口，最后在严嵩的推波助澜之下，身首异处。

“是棋子抑或掌棋者，就要看他的本事和造化了。”高拱间接承认了张居正是一枚过河的卒子，但是卒子过了河后就一定会死吗？说到底是活是死得凭他自己的本事。为此，高拱毫无愧疚感，笑了一笑，又道：“身在官场，哪个不是生死福祸一线间乎？”

“那么宪台唤我来此，是何用意？”徐阶儒雅的脸上，透着股凝重，言下之意似乎在问，我是否也是一枚棋子？

“阁老是真不明白，还是在与下官装糊涂？”高拱忽然诡异地笑了笑，“扳倒严党，朝廷之幸，百姓之幸，而就个人利害来说，最大的得益者莫过徐阁老你啊！”

徐阶看着高拱这张诡异的笑脸，只觉脊梁骨阵阵发寒。没错，扳倒严嵩，按照常理来看，他势必取严嵩而代之，成为内阁首辅，位极人臣，此乃读书人以及为官者的终极理想，可眼下呢，他需要为此付出怎样的代价？

“你要……老夫做什么？”徐阶的舌头下意识地抖了一下，他自己也不知道这是害怕还是其他的什么原因。

“结盟。”高拱淡淡地说出这两个字后，目不转睛地看着徐阶。

徐阶明白了，高拱手里虽有旨意，但要想跟严嵩斗，仅仅有旨意是不够的，他需要借助更大的力量，去推动这股反腐……哦不，这场较量……既然是较量，严嵩已派出了鄢懋卿，那么高拱呢？

“严嵩已然出招，高宪台总不会无动于衷吧？”徐阶紧紧地盯着他，心想既然要我加盟，总得让我知道你的招数吧？

高拱先是点了下头，忽又问道：“当今的朝廷，里里外外都是严嵩的人，朝中官员皆不足以信任，徐阁老能否猜得出我所派的是何人？”

徐阶灰白的眉头一拢，思量了会儿，苦笑道：“恕老夫猜不出来！”诚如高拱所言，当下的朝廷，里里外外都是严嵩的党羽，有谁可以信任，且有如此大的能量和胆识，可以去跟严嵩正面交锋呢？

高拱道：“能办此大事者，须不是朝中之人，且有一颗不畏强权之心，胸怀天下黎民。”

“非官非贵，不畏强权，胸怀天下。”徐阶不由得笑道，“天下可有这等人？”

“少之又少。”高拱微哂道，“好在给我们找着了！我相信此人一到浙江，必会在那边掀起股惊涛巨浪。”

说话间，高拱走到岸前，提笔在纸上写了一个人的名字；徐阶瞟了一眼，脸色微微一变，问道：“教此人去浙江所任何职？”

高拱把那张纸烧了后，道：“淳安知县。”

又是淳安！看来这场看似发生在京师的反腐行动，其主战场实际在淳安。

淳安到底怎么了，徐阶虽是浙江人，但对这个县却不甚熟悉。一个小小的县居然能牵动朝中大员的神经，而去与严嵩的人正面决斗者，竟是一位名不见经传的小小的新任知县，此人究竟有何本事？

高拱却似乎颇为自信，回头望了望外面，见天色将暮，说道："张居正那边该收场了。"

太阳逐渐偏西，应是将近申时了。

午后的天依然热得紧，张居正见桌上的茶凉得差不多了，拿起来喝了一大口。

韦光正咽了口唾沫，他似乎也想喝水，可糟糕的心情使他打消了喝水的念头，一声怒笑，眼中寒光闪闪，"下官明白了，张学士此行怕是来者不善呐！不过张学士既然对下官的私事感兴趣，那么不妨与你说说。下官出身清贫，在中举人之前，谁都看不起我，亲戚朋友见了面就躲。何谓众叛亲离？下官在贫困潦倒时，真真切切地体会过。生计无着，更遑论成家乎？"

"可是她愿意。"韦光正看了眼他的夫人，虽然他的夫人已是人到中年，加上着粗衣布衫，并无多少风华，然他的眼里满是柔情蜜意，"她是世家小姐，出身书香门第，从小未曾干过粗活，偏偏甘心情愿与我吃苦，我岂能教她到了韦家，便受诸般苦？张学士说她的手光洁柔滑，与她的这身行头大相径庭，下官倒是想问张学士一句，我没有能力给她吃好的、穿好的，让她少做了些粗活，莫非有错吗？"

张居正转目间，只见韦肖氏的眼圈红了，这神情不像是装出来的，难道韦光正真的是清官，正是因为他的清廉，得罪了权贵，或是令某些人感到了不安，这才恶人先告状，借都察院的手除掉他？

如此说来，他岂非让人当了枪使，今日踏入韦府恰似进了鬼门关？

不对！张居正暗吸了口闷热的空气，彻查韦光正是皇上的旨意，又是都察院最高长官左都御史高拱下的命令，难不成也会有猫儿腻？

思忖间，外面走来一人，乃是都察院手底下的人，进门后看了眼韦光正，而后走到张居正跟前，在他的耳根说了几句话。

张居正听完，眉头一蹙，摇摇手让那人出去，目光一转，落向韦光正。

大厅外的小院里，传来夏虫的低吟，这种若有若无的细细的虫鸣声，越发衬托出此时厅内的沉闷和静谧，极为考验人内心的承受能力。

“韦御史，请随本官走一趟都察院吧。”张居正深沉地说出这句话后，将目光从他身上移开，径往厅外走。

韦光正看着张居正从自己的身边走过，脸上没有一丝表情。这种冷漠的脸色，让韦光正感觉到了一股浓浓的杀气。刚才那人到底跟张居正说了什么，竟然教他放弃了谈话，要直接将他带去都察院？

“凭什么？”韦光正终于遏制不住地愤怒了，脸色潮红地对着张居正的背影怒吼。

张居正的脚步在大厅外停下，微微抬起头，向着天空露出了一抹不易察觉的诡笑。高拱的意思是，在派去韦光正老家的人拿到证据前，让他拖住韦光正，以免他逃跑或伙同他人做手脚反击，可他张居正是何许人，岂能等着他人送证据来，平白丧失了立功表现的大好机会？同时他明白，在这场残酷的政治斗争中，没有人是彻底安全的。韦光正经他之手被拉下了水，实际上他自己也被带到了水里，能否安然无恙地回到岸上，便要看他能不能掌握主动权了。

其实刚才那人进来后，在张居正的耳根子边什么话也没说，只不过是咂了两下嘴皮子罢了。这是他事先安排好的计策，所谓做贼心虚，如果韦光正真有问题，任凭他伪装能力再好，也会沉不住气。但如果韦光正在这时候依然表现得云淡风轻，那么他就该想办法为自己脱身了。

听到韦光正在背后的那一声吼叫时，张居正暗暗地松了口气，不觉露出了笑意，你终究还是露出了尾巴来，既然已经开始摊牌了，索性就正面出击吧！

“怎么，韦御史怕了吗？”张居正回过身，目光如电，看着韦光正寒声道，“不妨实话说与御史听，此行乃是左都御史高拱直接下的命令，叫我来彻查你的事情。本是想同朝为官，给你留些面子，谁想你一个劲儿与我打太极，不肯吐露半分。你隶属都察院，位列十三道监察御史之列，如何能不知道，若是没有证据，我们敢来动你吗？”

人一旦陷入愤怒之中，便容易失去理智，韦光正怒笑道：“敢问你找到了什么证据？”

“还想抵赖吗？”张居正沉声道，“如此下去，你将失去最后主动招认的机会，我也只能依法办事。”

韦光正看着张居正的脸，心里开始打鼓，脸上阴晴不定。

这样的较量，虽说没有刀光剑影，但同样可以在瞬息间要人性命，极为考验人的内心承受能力。尽管韦光正在监察御史任上多年，看到过无数的官员出事落马，心理素质极强，但这种事真要落到自己头上，却是另一番心境，开始心虚了。

“我要见严阁老。”提到严嵩的时候，韦光正的神色又恢复了镇定，目光炯炯地看着张居正道，“在此之前，你们谁也没资格将本官带走。”

张居正暗自一怔，如果他真的仗恃严嵩，不肯认罪伏法，此事就委实难办了。

小院内人影闪动，去韦府里搜查的人陆续回来，禀道："学士……"

"说！"见他们吞吞吐吐，张居正莫名地来了火气。

"并无发现。"

张居正闻言，心里一慌，已然亮出了剑，莫非就这样收回去吗？还是等着浙江那边传来消息？如果说浙江那边也没有找到证据呢？

想到这儿，张居正蓦然一阵心慌，他感觉自己不只是被带入了水里，而是在一个巨大的旋涡里，若是抓不到坚实的把柄，端的会死无葬身之地！

从骡马市大街往南，有一条街巷，名唤绳匠胡同，当中有座朱漆大门，门前一对石狮蹲于两侧，拾阶而上，正门屋檐下挂了块黑底金字的匾额，上书"严府"二字，即当朝首辅严嵩的宅邸。

严府的后院，有一座大大的花园，虽不足与皇家园林相比，却是麻雀虽小，五脏俱全，假山流水、奇花异石应有尽有。严嵩坐在一座亭子里面，微闭着眼睛，似乎在享受暮色里清凉的风。

其旁边恭恭敬敬地站着一人，四十余岁的样子，长得短小肥硕、白白胖胖、脸大项短，且眇了右目，穿着袭宽大的丝绸袍子，看上去很是怪异，正是严嵩之子严世蕃。

父子俩就这样一个坐着一个站着，谁也没有说话，四周除了风拂过树梢时的沙沙声，便再难听到其他声响了。

"唔……"严嵩挪了挪身子，像梦呓一般呢喃道，"鄢懋卿可有传来消息？"

"尚不曾有消息传来。"严世蕃微微沉吟了下，"听说今日高拱派张居正去了韦光正府上。依儿子看来，今日必有浙江的折子入京。”

“嗯……”严嵩兀自闭着眼睛，再没说话，清瘦的脸在晚霞下，散发出淡淡的橘黄的光。

“父亲不怕韦光正出事吗？”

“皇上要肃贪了，莫非你看不出来吗？”严嵩睁开眼睛，高高耸起的颧骨将他的眼睛衬托得很大，目光一抬，炯然有神，“这天下是皇上的天下，皇上想要肃贪，咱们就要配合他肃贪，鄢懋卿就是我向高拱举荐的。”

“你在担心什么？”严嵩看着他儿子一脸担忧的样子，似乎有些不放心，“是不是背着我做了不该做的事？”

“儿子不敢。”严世蕃道，“儿子是在担心，真把韦光正推出去了，不免会牵连咱们。”

“只要浙江不出事，就算是天王老子也牵连不到咱们的头上。”严嵩严肃地道，“你给我记好了，要积极配合鄢懋卿，将浙江官场的贪腐之风肃清了，好好地做给皇上看看。说白了，这是一场表演，演好了，没人敢把剑头指向严家。只是可惜了韦光正，他不死，这场风波就平不了，明白了吗？”

“是……”严世蕃似乎还想说什么，但动了动嘴后，又咽了下去。他是担心，人一旦落入都察院手里，只怕是想死都难，万一到时候韦光正扛不住了乱咬，严家又岂能置身事外？

严嵩又闭上了眼，但他似乎依然能猜透儿子的心思，颔下的白须一动，喃喃地道：“鄢懋卿出京时，我授了他个锦囊。放心，天还塌不下来。”

二

半月前，浙江淳安。

淳安位于浙西山区，四面有大山环绕，千里岗山脉从淳安县境穿越而过，如同一条巨龙低空飞翔，吞云吐雾，其下面便是层层若鱼鳞也似的丘陵，绵延起伏。

新安江从大山深处百转千回而来，到了淳安县后，化作数十条溪流，从高处鸟瞰，犹如丝带缠绕在起伏的丘陵上，蔚为壮观。

有山有水，本该是鱼米之乡，百姓之生活亦是富足，然此地恰如一个小盆地，每逢夏季洪涝，便即成灾，使靠天吃饭的百姓苦不堪言。

老百姓穷，当官的也就苦了，平时寒酸也就算了，若逢上面有人来巡视，免不了官场上的那套迎来送往，若是小气些，不免得罪人，要是大方一些，以后的生活便难以为继了，端的是左右两难。

明嘉靖四十一年五月，南方已然入夏，是日，天色阴沉，厚厚的云层密布，天际隐隐响着雷声。

蓦然，轰的一声响，铅云像被雷劈开一道口子，电光在云隙间一闪而没，又归于平静。有经验的人都看得出来，风雨即将来临！

入夏下雨，对淳安县的百姓来说，有可能又会是一场灾难，生存的考验再次来临。

鄢懋卿官任都察院副都御史，乃正三品的衔，仅次于高拱，以如此高的官衔巡查一个小小的淳安县，于官场而言，本是惊天动地的大事，知县及一干县吏必出三里迎迓，可今天却有些异常，直至鄢懋卿进了知县衙门，也没见有个主事的出来相迎。

“知县呢，死了吗？”鄢懋卿抹了把脸上的汗水，怒视着县主簿魏晋呵斥。

魏晋活了半辈子，头一次接待从京师下来的三品大员，本身就战战兢兢，手都不知道该往哪儿放，被鄢懋卿一喝，吓得魂不附体，扑通跪在地上，急道：“宪台容禀，本……本县的老……老爷没死，被……被撤……撤职了。”

“撤职了？”鄢懋卿讶然道，“如此说来，淳安无人主事？”

“是……是的。”魏晋的冷汗涔涔直下，“上任知县治水失误，自去年被革职查办后，便无新知县到任，眼下乃是县丞姚顺谦暂时主持。”

“那么姚顺谦人呢？”

“下……下官不知。”魏晋战战兢兢地道，“前些日子还每日到衙门办公，这几天却是未见踪影。”

“哦？”鄢懋卿意味深长地哦了一声，又伸手抹了把脸上的汗水，“近几日除了本官外，还有什么大人物来了淳安吗？”

魏晋想了一想，道：“下官倒是听说浙直总督胡宗宪的公子要途经本县，不过是否在这两日到，下官职位卑微，不敢打听，故而不知。”

“罢了。”鄢懋卿听到浙直总督胡宗宪的名头后，微微愣了一下，满面油光的脸显然有些不对劲儿，心想在这节骨眼上，胡公子到此何为，是巧合经过此地，还是有所为而来？韦光正贪墨，原知县被撤职查办，两者是否有关？

看来淳安的这潭水比想象中的还要深！鄢懋卿沉吟片晌后，心想初来乍到，多一事不若少一事，说道：“午膳在衙门里打发便是了，本官的行踪暂不要向外界透露。”

用过午膳，鄢懋卿吩咐魏晋带路，去韦光正老宅。

魏晋闻言，脸上微微一变。鄢懋卿看在眼里，眉头一沉，问道：“有何为难之处吗？”

魏晋用眼角的余光瞟了眼鄢懋卿，小心翼翼地问道：“宪台是来查韦家的吗？”

鄢懋卿被他脸上丰富的表情勾起了兴趣，索性拉了把凳子，往上面一坐，朝魏晋招了招手，道：“你给本官说说，韦家怎么了，本官查他不得吗？”

魏晋往前走了几步，讪笑道：“宪台乃都察院都御史，代天子巡视，天下百官都在宪台巡查之列，焉有查不得之理。只是……”

“你无须有顾忌。”鄢懋卿看得出来，这位县主簿虽官职低微，但官场上的套路却一清二楚，他是在担心此番巡查，是真查还是做做样子，是点到为止还是一查到底，当下嘴角一撇，笑了一下，“魏主簿在官场也算是有些资历了，相信你应该知道，有些事的确是做做样子、走过场就过去了，但有些事则不是。要区分哪些事是走过场，哪些事是要动真格的，得看上面派了什么人下来。”

魏晋看了下鄢懋卿，立即心领神会，“下官明白了。”

“你不明白。”鄢懋卿摇头道，“不妨告诉你，本官此番是奉旨巡查，圣上的意思是，彻查。”

魏晋像被电击了般，身子一震，脸色亦为之发白，“不敢瞒宪台，上任知县治水不力，被撤职查办，极有可能与韦家有关。”

“极有可能？”鄢懋卿肥大的脸一沉，把身子往前一探，凑近魏晋，“何以如此说？”

魏晋道：“下官身份低微，很多事无权参与，更不敢私下里去摸上面的底，不过宪台真要是想查，下官可带宪台去一个地方。”

“哦！”鄢懋卿会心一笑，这是个聪明人，善藏而谨慎，事实上他可能知道很多事，却不明着说出来，领着上司去查，查出来了自然是上司的功劳，即便查不出来，亦无他的罪过。有这种人在旁边帮衬着，他的心里就踏实多了。鄢懋卿起身拉过他的手，笑道：“带本官去！”

魏晋受宠若惊，迭声应是，急往衙门外走。

城郊，废窑厂。确切地说，这是一处贫民窟。

从一条流着黑水满是泥泞的泥路往里走，一路上都充斥着股怪味道，鄢懋卿忍不住皱着眉头问：“是何味道？”

魏晋指着不远处的山丘道：“这地方以前是窑厂，烧出来的窑灰就堆积在附近，那些山丘非是天然形成的，乃是窑灰堆砌，此路也是窑灰铺的，地上的黑水经年不消。”

鄢懋卿停下脚步，又问道：“有多少人住在此处？”

魏晋主管县里的户籍，因此想也不想，答道：“两百五十四户。”

“哼！”鄢懋卿从鼻孔里喷出一口气，继续往前走，倒是把魏晋哼得心里发虚，这一声哼是何意思，怪他行事藏拙，故意不显山露水过于世故了吗？正心下打鼓，鄢懋卿忽又回头道：“你不是说不敢私下去摸底吗，如何对这里的情况一清二楚？”

魏晋一听，果然是为这个，忙答道：“回宪台的话，下官位居县主簿，对本县人员本该是清楚的。”

鄢懋卿道：“行事藏拙，为人之德，但也要看什么事。若是过于藏拙，就显得世故，惹人厌了。本官不妨先与你交个心，如果助本官把眼下的这件案子办好了，绝不亏待。”

此话一落，魏晋的胸口陡然起伏起来，这是多大的恩宠啊，他的脸色因激动而显出抹潮红，若非满地是黑水，真恨不得跪下叩谢鄢懋卿的知遇之恩。

按大明官场制度，主簿不过九品的小吏，在所有官职之中排于末位，但是，再低的衔也是大明朝正儿八经的官吏，吃的是朝廷的俸禄，既在体制内，便有可能往上升。这位都御史要是真肯扶他一把，提到县丞甚至知县都是有可能的。若果然如此，眼前这位，岂非便是他的福星？

“下官何德何能，若蒙宪台不弃，甘效犬马之劳！”

“这里住的并非窑民，是吧？”鄢懋卿满意地看着他这种伏首听命的样子，笑吟吟地道，“如果本官所料不差的话，乃是没了家业的百姓。”

“宪台英明！”魏晋提高了音量，道，“他们本来有田，但去年一场洪水后，良田变成了诡田。”

“诡田？”鄢懋卿两道眉毛一动，“此事县丞姚顺谦可知道？”

“他……”魏晋瞟了下鄢懋卿的脸色，答道，“应该知道……不过……”

轰的一声雷鸣，将魏晋惊了一惊，后半句话随之缩了回去。

县里的洪福酒楼内，县丞姚顺谦跪在地板上，听得雷响，身子不由自主地颤了一下。

这位嘉靖二十年的举人，人到中年好不容易混了个八品小吏，行事谨小慎微，为人也算是老实本分，从没敢想再升一级，坐到知县的位置上，主掌淳安政务。

天有不测风云，去年淳安知县因治理河道失误，致使大片良田被淹，这对淳安百姓来说，无疑是雪上加霜，一时民怨沸腾，知县因此被撤职查办。这一年来，淳安政务便由姚顺谦署理。

权力这种东西很是奇妙，能教人上瘾，姚顺谦做了一年的代理知县后，感受到了一把手带来的满足感和荣誉。无论是县衙门内外，还是百姓的态度，以及他们向他打招呼时的那种神态和语气，都不太一样了，带着种恭敬，抑或敬畏。甚至家里那位对他颐指气使的婆娘，态度亦变了不少，很多次她气性上来欲发作时，又忍了回去。

原来这就是权力！

在这个现实的社会里，要么有钱，要么有权，两者得其一，改变的不仅仅是生活，还有心态，它能彻底改变一个人的气场和气质。姚顺谦觉得，哪怕是当了知县后两袖清风，哪怕再苦再累，也得努力爬上那个位置去。一个人，特别是一个男人，唯独当一面，方能活出男人的样子。

机会很快来了，浙直总督胡宗宪的长子胡桂奇从老家回来，路过淳安，这位胡公子一路上来，受到各级官府接待，胡吃海喝，据说所收受的金银超过了三大箱。

按照姚顺谦的脾性，不太愿意跟那种公子哥儿打交道，更不想干那种捧着银子送人还得低声下气的勾当，可转念一想，浙直总督是什么官？掌管着浙江、江西、福建以及南直隶[1]全境的军政大权，其权力相当于管理着半个中国的地方，他岂是一般的封疆大吏可比，简直是南方的土皇帝；打通了这层关系，任命区区一个知县，岂在话下？

如此想着，姚顺谦狠了狠心，在洪福酒楼要了个包厢，并将他全部的积蓄，三百两银子兑成了银庄的银票，揣在怀里，去孝敬那位胡公子。

胡桂奇是何等人物，从嘉靖三十三年胡宗宪任浙江巡按监察御史开始，跟着父亲参加抗倭，辗转浙江、福建、南直隶，平定倭寇，立下了赫赫战功，被朝廷封为锦衣卫千户，什么样的场面没见过？区区淳安的

---

[1] 南直隶简称南直，是明朝处于南方、直隶中央六部的府和直隶州的区域的总称。为明朝行政区划两京地区之一，区别于北直隶。

一个八品县丞，自然不会放在眼里。相反，在此落脚，那是给此地的官员面子。

姚顺谦像仆人一样侍候着，尽量做出殷勤之状，以取得对方的好感。而那胡桂奇却连正眼都没瞧他一眼，眼见吃得差不多了，姚顺谦心想这样下去不成，今日这顿饭足够维持他家里半年生计，要是就这么错失机会，回去没法向婆娘交代，更会悔恨终生，当下暗地里咬咬牙，也顾不上那胡桂奇是什么脸色，凑上去把贴身揣着的银票摸了出来，微颤着手小心翼翼地放到胡桂奇面前，小声道："此乃下官的一点心意，恳请千总笑纳！"

胡桂奇抬起头斜着眼瞟了他一下，然后又微微低首看了眼那张银票，手指轻轻一拨，娴熟地挑开对折的纸张，看到票额时，那两条粗粗的若蚕一般的浓眉拧动了一下，这使得姚顺谦的心亦随之抖动，而后怦怦剧跳起来。

"怎么，想贿赂本官？"胡桂奇冷冷地笑了一声，"不过本官需要跟你声明的是，区区三百两银子，不收是瞧不起你，收了也不算贿赂，给你个面子，本官收了。"

姚顺谦大大地松了口气，说道："千总，下官还……有个不情之请……"

胡桂奇兀自喝了口酒，也没看他，径道："说吧！"

姚顺谦道："自去年本县的知县革职之后，这位置一直空缺着，下官是想……是想……"

胡桂奇听着他吞吞吐吐的言语，不觉怒从心起，脸色一沉，道："你要做淳安知县吗？"

姚顺谦听他言语不善，心头咯噔一下，因心里紧张，连舌头都打结了，"千……千总，望您高抬贵手，帮下官往上爬一级。"

砰的一声响，不知为何，胡桂奇倏地拍案而起，又把那张本已收好的银票拿了出来，愤怒地甩在姚顺谦面前。这下彻底把姚顺谦吓坏了，身子不由自主地扑通跪倒在地，额头上渗出冷汗来，低着头像个做错了事的孩子一般。所谓官大一级压死人，尽管他自己也不想在胡桂奇面前，做出像奴才一样的情状，可不知为何，在对方强大的气场笼罩下，双腿竟是不由自己，跪了下去，且没出息得连话都说不全了，“千……千总……莫恼，不知……下官何处做……错了，望千……千总明示。”

“区区一桌酒菜，三百两银子，你就想跑官？”胡桂奇看着眼前所跪的人，仿佛看到的是一个怪物，冷笑道：“你是拿大明朝的官当奴役买，还是当本官是要饭的，饿极了来你这儿混顿饭吃？”

“下官……”姚顺谦慌了，他不过是八品县丞，三百两银子对他而言，乃是毕生的积蓄，是个天大的数字，哪承想在胡桂奇眼里，竟成了打发乞丐的碎银，完全没瞧在眼里。这让姚顺谦震惊的同时，亦感到了一股犹如来自地狱般的森寒，令他浑身战栗，一时不知该如何回话，舌头打滚了半天，只说道：“下官不敢，只是下官……下官半生潦倒……”

“人可以穷，但不可以无知。”胡桂奇微微弯下腰，凑到他的面前，盛气凌人地道，“懂吗？”

姚顺谦低着头，鼻端闻着从对方嘴里呼出来的酒肉气息。他为自己的行为感到羞辱，在人家的眼里，你不过是一条虫，可明知如此，你为何还要在他面前卑躬屈膝、胆战心惊，教他把你看得更加卑微？但不知为何，在权力面前，他直不起腰来，更没有底气去反驳，只是把头垂得更低了，然后听到自己敬畏地应了声：“是！”

“起来吧。”胡桂奇转身给自己倒了杯酒，一口饮下，见姚顺谦恭恭敬敬地站着，又道，“念你老实，本官就给你指条明路。”

姚顺谦心里一动，忙躬身道："请……千……千总指教！"

鄢懋卿抬头看了眼天，然后垂目看着魏晋道："别怕，有本官给你顶着，你头顶的这片天塌不下来。"

"姚顺谦知道此事。"魏晋咽了口唾沫，"只是这事凭他的职位和能力，查不了。"

"好！"鄢懋卿直起腰身，转了个方向，大步往前走去，"本官今儿个想见识一下，那些贪赃枉法之辈，是如何像变戏法一样将良田变成诡田的！"

废窑里的每个窑洞都住了人，有的是一家四口，有的则是老少七八人挤在一口窑里，这一片区域十几口破窑，加上临时搭建的茅草棚，竟是住了上百户人家，俨然一座贫民窟。因是夏季，窑洞里面闷热无比，大伙儿便挤在棚里，一路过去，蝇虫嗡嗡作响，满天乱飞，臭气熏天，漫说是住人，多站会儿便觉恶心。

看着眼前这幕地狱般的场景，鄢懋卿愤怒了。他虽不是什么清官，也从没有真正为天下生民谋划过，然也正是如此，第一次被传说中的民不聊生的场面震撼了。这是大明朝的疆域吗，煌煌大国，四海升平，怎还有百姓受这般苦难？

人心都是肉长的，只要人性尚未泯灭，良知尚存，都会为亲眼所见的苦难感到不平和愤怒。

"当官的眼睛都瞎了吗？"鄢懋卿忍不住朝魏晋暴喝了一句，他明知道此事与魏晋没有直接关系，但盛怒之时已管不了这许多了，"他们不是你治下之百姓吗？辖区黎民无以为生，所治县境生灵涂炭，你还有什么脸在此为官？"

魏晋吓得不轻，也管不得地上的泥泞，急忙下跪，"下官失职！"

百姓不识得鄢懋卿，且因其穿着便服，又只带了两个随从，不知其究竟是何身份。但是他们识得魏晋，主簿乃是县里的第三把手，能教他落地下跪的，定然是更大的官，因此纷纷围拢上来，围着鄢懋卿跪了一圈。

鄢懋卿慢慢地转着身，看着泥地上落跪的众百姓，看着那一张张面黄肌瘦的脸，第一次感受到了为官者的使命和责任。是啊，这是一群嗷嗷待哺的生灵啊，如果无人能为他们做主，他们将在这个地狱般的肮脏之处自生自灭。如果真是这样，天理何在，公道何存，还要他们这些当官的何用呢？

这样的感受在京师是体会不到的。怪不得皇上时常说他自己是聋子、瞎子，管着一国之百姓，却看不到百姓真实的样子，原来皇上说此话时，非是埋怨，而是无奈的深沉的叹息！

“都起来！”鄢懋卿分明感觉到了来自心头的一丝痛楚，“尔等无须跪我。该跪的是淳安的官吏，他们该向你们磕头谢罪！”

“请大老爷为小民做主啊！”百姓见鄢懋卿说出这等话来，确定是来淳安伸张正义的，痛声哀号，声泪俱下。

“本官一定给大家做主！”鄢懋卿大声道，“不管有多大的冤情，都与本官说，要是平不了尔等的冤，本官便不回京了！”

魏晋亦为鄢懋卿之情所动，领导众百姓起身，然后安排了个稍微干净些的地方，又选了三名百姓代表，与鄢懋卿谈话。

鄢懋卿先报了身份，道：“我是都察院的都御史，奉旨下来查淳安的事，有什么冤只管说。”

魏晋进一步说明道：“都察院是朝廷设立的，专门巡视百官的衙门。宪台此番下来，便是来治理淳安官场的。尔等与宪台说说，良田是如何变作诡田的。”

第二章

诡田案

一

所谓的诡田，指的是户主与田册不符，耕种者与实际拥有者不对等，乃是权力支配下的一种畸形的产物。

淳安县的诡田，是灾难下官员趁火打劫，将民田占为己有造成的结果。去年淳安大水，大部分良田被淹没。按道理在这种时候，当地官员理该配合朝廷赈灾，弥补百姓之损失，然而尚未待百姓从悲痛中回过神来，一纸文书下来，他们所淹的田已被征用，将开发鱼塘。

赖以为生的田地被征作鱼塘，百姓自然不答应，联名上书，去县衙署状告强征良田的大户韦德正。时任知县赖文川虽感为难，却也接受了此案。

“赖文川接受了？”鄢懋卿惊奇地道，“莫非那征田文书不是淳安县署所出？”

“不是。”魏晋道，“征田文书是严州府发的。”

鄢懋卿隐隐嗅出了此案中的一些玄机，前任知县真正被革职的原因，可能并非治水不力，而是阻碍了某些人攫取利益。

赖文川被革职后，百姓还想往上告，韦德正却说，如果大家硬是不答应征田也可，但是灾后补偿款一概不发，且灾年的田赋照征。

鄢懋卿道："灾年颗粒无收，如何还拿得出田赋？"

百姓道："韦老爷说了，此乃天灾，是老天爷的事，无关朝廷赋税。"

鄢懋卿问道："要是答应征用呢？"

"答应征用的话，可得一笔赈灾款及征用款。可谁承想，我们被迫签字画押，移交田产后……"说到此处时，那百姓眼圈一红，倏然哽咽了。

鄢懋卿目光一转，看向魏晋，道："后面发生了什么？"

"事实上韦德正拿到田产后，并没有将良田改作鱼塘，只不过每亩按鱼塘报了上去。"见鄢懋卿疑惑，魏晋解释道，"鱼塘的税少于田赋，他是拿着良田交着鱼塘的赋税，以此渔利。然让百姓更加难以接受的是，韦德正借口说征田未改作鱼塘，补偿款顺延。"言下之意是说，只要他没将田地改作鱼塘，百姓便拿不到征田款，实际上是将百姓的田生吞了。

百姓含泪道："我等田产已移交，名下无田，又没拿到征田款，万般无奈之下，只得变卖家产，于此讨生活。"

离开废窑的贫民窟后，鄢懋卿的眼前始终浮现着那一双双含泪的眼，以及他们良田被骗、无以为生的凄苦状。多年的为官经验告诉他，高拱要动韦光正，严嵩让他来淳安查案，实际上是权力斗争的结果，说透了的话，淳安不过是一处政治舞台，严嵩是要演一场戏给皇上看。但他既然来了，教他碰上了这样的事，不管是演戏也好，给百姓出一口气也罢，都得把此案了结了，还田于民。

回到衙门后，吩咐书吏，将百姓所言记录在案，并交代魏晋，要让所有失田百姓写好状纸，到县署来告状。交代毕，依然是坐立难安，又差人去将魏晋唤了来，道："陪本官去韦德正府上。"

魏晋一怔，"您现在就要去见韦德正？"

"非是本官去见他。"鄢懋卿郑重地纠正道，"是本官要去韦德正的宅子查一查。"

魏晋迭声应是，又问道："要不要下官去唤衙役来？"

"不必了。"鄢懋卿说完，径往外走。魏晋只得跟着出去，心里却犯嘀咕，为何要如此着急？

实际上并非是鄢懋卿急于查案，而是急于想知道此案究竟涉及哪一级官员，他是要去与韦德正摊牌的。

"今年朝廷修堤的专款很快就会拨下来。"胡桂奇瞟了眼姚顺谦，悠悠然说道，"到时你就是全县最大的财主了，予我分一杯羹并非难事吧？"

姚顺谦听了这话，委实吃惊非小。说到底他是老实本分人，并无多少野心，往上爬更非为了发财，所谓"人争一口气，佛争一炷香"，他也就是为了那一口气而已。胡桂奇的话把他吓坏了，这个口子一开，便会陷入泥潭，且越陷越深，直至殒命。

"怎么，舍不得了吗？"

看着胡桂奇的这张嘴脸，姚顺谦只觉浑身发寒，原来这才是真正的官场，它能给你无尽的荣耀，亦能给你无尽的羞辱，关键是你如何把握或平衡自己，一旦真正迷失了，回头已难。

"下官……"姚顺谦咽了口唾液，艰难地道，"下官从没想过要做那样的事。”

“可你已经做了。”胡桂奇脸色阴沉地指了指被他甩在地上的那张银票，冷冷地道，“本官给你指了条明路，你却与本官装起了清高。按你的意思，本官乃是个贪官，要拉你这位清官下水吗？”

姚顺谦打了个激灵，道：“可要是河堤再出问题，下官性命难保啊。”

“看来你是真傻。”胡桂奇道，“河堤牢不牢固，要看你们当官的如何去督促，与花多少银子有直接关系吗？”

姚顺谦不傻，经他一提点，心头一热，“下官明白了。”

胡桂奇哈哈笑道：“明白了就好。那么本官也与你明说了，到时拿五万两银子来孝敬，淳安知县非你莫属。”

姚顺谦不知道自己是如何走出洪福酒楼的，像是做了一场梦，有失落，有沮丧，还有一丝丝莫名的期望。这种感觉让他十分不习惯，往上爬一级竟如失足了一般……不不，这只是手段而已，无论对上面使怎样的手段，只要还能一如既往地对待老百姓，那么往后还是能够踏实地过日子，不是吗？

回到家后，把酒楼的事情与婆娘说了。他的婆娘姚李氏一听，半晌没回过神来，“我的个姥姥，三百两银子竟没放在眼里，一开口就是五万两，他要那么多银子干什么？”

看着婆娘一脸不可思议的样子，姚顺谦苦笑一声，道：“欲壑难填，欲望有多大就会有多贪。”

姚李氏上上下下地打量了姚顺谦几眼，道：“莫非从此以后，你也要变成贪官了吗？”

“不会。”姚顺谦几乎下意识地排斥着“贪官”这个词，斩钉截铁地道，“你我都是过着苦日子走到今天的，心里比谁都清楚，老百姓需要的是什么，痛恨的是什么。我姚顺谦即便是当了淳安的父母官，也不会去坑害百姓。为官一任，造福一方，往后再苦再难，我也不能在淳安丢了姚家的脸。”

姚李氏抿着嘴点了点头，伸出根手指在姚顺谦的额头戳了一下，“说得还算句人话，记住了，无论做了什么官，人心都不能喂了猪，无论怎样，都不能坑害百姓，留下一世骂名！”

姚顺谦见婆娘同意了，心下稍安，暗暗发誓，今天既拿了老百姓的血汗钱买了官，日后定要兢兢业业，为百姓谋福。

门口人影一闪，乃是县里的典史冯全。此人长得五大三粗，生有一身蛮力，然办起事来倒还算精细，因此也深得姚顺谦信任。见他找上府来，情知是县署里有事，便打发了婆娘，叫他进来问道：“何事？”

冯全走入里屋，神秘兮兮地道：“老爷，京师来人了。”

姚顺谦心头一震，“是谁？”

“乃是都察院的副都御史鄢懋卿。”冯全道，“中午时分到的，小人到处找都找不到您，后来是魏主簿接待的。”

所谓“不做亏心事，不怕鬼敲门”，姚顺谦自然知道都察院是干什么的，更加知道鄢懋卿其人，那是严嵩身边的红人，都察院的第二把手。这种时候京师下来个这么大的官，所为何事？难不成是那胡公子让都察院盯上了？果若如此，不只是他所花的银子要泡汤，前程也得一并交代了。

姚顺谦越想越是心惊，问道：“可知他所为何来？”

“小人情知老爷会问起，专门差人去打探了。”冯全得意地笑了笑，“他们午膳之后，去了城郊破窑，这会儿又去了韦德正府上。”

“走！”姚顺谦像去救火似的走到门口，似又想起了什么，回身交代冯全道，“去衙门集合你的弟兄们，随时待命。”

冯全被他说得莫名其妙，“出什么事了吗？”

“要出大事了！”姚顺谦无心与他解释，只管急步往外走。

及至韦府外，见魏晋在大门外徘徊，并没进去，着实是大出姚顺谦的意料，心想魏晋好歹也是县里的官吏，本县的事莫非还有不能让魏晋知道的吗？

魏晋见姚顺谦出现，忙要行礼；姚顺谦阻止了他，问道：“都御史进去了？”

魏晋点了点头。姚顺谦又问道：“是他让你在外面等的？”

魏晋又点了点头。姚顺谦暗吸了口气，心想这位都御史的葫芦里究竟卖的是什么药？

二

韦府正厅里，鄢懋卿居上首而坐，韦德正则坐于下首位作陪。

这位韦德正与其兄韦光正的形象刚好相反，浓眉大眼，又高又大，举手投足间完全是一副土财主的样貌。鄢懋卿完全看不起这类人，加上是来查案的，而且所查的正是眼前这位主儿，因此并无好脸色，完全是一副公事公办的样子，道：“令兄与我同朝为官，那么我也就不与你绕弯子了，实话与你说，令兄出事了。”

“多谢宪台实言相告。”韦德正似乎并不以为意，兀自笑吟吟地道，“不瞒宪台，韦某已有所耳闻。”

“哦？”鄢懋卿暗自一怔，心想彻查韦光正案是皇上下的旨，我此番出京调查，更是鲜有人知，他如何会事先得知消息？

“宪台位高权贵，相信对官场上的事更是了然于胸。宪台您包括愚兄甚至韦某，可谓都是严阁老这条线上的人，这中间一环扣一环，利害相连，无论是牵涉哪一环，都难免会涉及各方的利益，您说是吗？”韦德正看着鄢懋卿，脸上的横肉不时跳动着，“在这么一个巨大的利益圈子里面，人与人之间就像是一条线上的蚂蚱，牵一发而动全身，各州各府甚至是朝中的高官，但凡是在这条线上的，都会被震动。您说愚兄被调查，我如何会事先不知道呢？”

听到这样一番解释，鄢懋卿的内心恰如翻江倒海一般地涌动起来，原来这次所谓的下放调查，是在众目睽睽之下进行的，而且是在这个利益圈里的人的监视之下。换言之，只要他敢破坏这个利益链，就会成为众矢之的，引起众怒，甚至会被踢出圈子，结束他的政治生涯。

这样的一个局面，这样的一个结果，他事先怎会没有想到呢？鄢懋卿暗吸了口气，其实就算是提前想到了又能怎样？从被安排出京的那刻起，他就成了捏在别人手里的一枚棋子，而且是一枚过河的卒子，没有回头的路。

鄢懋卿皱皱眉，事情不该是如此的，韦光正既已被抛出了水面，踢出了局，严嵩没有道理再把其他人牵扯进来，这里面定还有玄机。究竟是怎样的玄机，他一时间无法猜透，但是可以肯定的是，严嵩无论如何也不可能让这条线上的人全部阵亡。思忖间，忍不住摸了摸贴身藏着的那只锦囊，这是临行时严嵩亲手所授，叫他在万不得已时打开，说明他的确是有预防的。换句话说，严嵩既然敢派他来浙江，那么事情就不会发展到不可收拾的地步。

想到此处，鄢懋卿的心稍微安定了些，脸色亦好了许多，问道：“你既已事先知道，可是已有对策？”

“没有对策。”韦德正也是聪明人，他自然听得出对方是在探他的底，讳莫如深地摇了摇头，“不过愚兄倒是捎了句话过来。”

鄢懋卿饶有兴趣地道："是什么话？"

"鱼死网破。"

鄢懋卿愣了一下，这是威胁吗？仔细一想，却也是人之常情。狗急了尚且跳墙，在生死面前，哪个甘愿被牺牲？如果韦光正真的一不做二不休疯了一样地乱咬人，那么这个所谓的利益圈里的人，都会被带出来……

这就是官场。所谓的官官相护，不过是简单而野蛮的利害相关罢了，真要如此，此案还查得下去吗？

从韦府走出来的时候，鄢懋卿的脑袋里嗡嗡作响。这次的谈话是失败的，可以说是他从政以来最糟糕的一次谈话。堂堂三品大员，竟然在一位土财主面前露了怯，真是岂有此理！

出门时，魏晋和姚顺谦迎上来，鄢懋卿瞟了眼姚顺谦，大概猜到了是何人，也不与他说话，只管往前走，倒不是说想在下级官吏面前摆官威，他只想快些逃离此地，然后静下心来，好生权衡一下当前面临的局势，再决定下一步的行动。

进了衙门后，看到正堂上方挂着的"明镜高悬"匾，鄢懋卿的思绪方才从韦德正的身上转移开，眼前又浮出了破窑贫民窟里所见到的那一张张凄苦的脸。他是答应过他们的，一定会替他们申冤，且信誓旦旦地保证过，不破此案便不回京。堂堂都察院的副都御史，有巡查天下百官之权力，莫非就这样在浙江放一个屁，然后灰溜溜地逃回京师？

皇上要反贪，都察院抓住了韦光正的把柄，严嵩只得顺水推舟，把韦光正抛出去，去成全皇上，然后让他在淳安好好地演一场戏……不对！鄢懋卿霍地暗吃一惊，韦光正是被哪个举报的？严嵩派了他来浙江，高拱岂能无动于衷？

鄢懋卿抬手拍了拍前额，淳安已成为政治角逐的主战场，两股势力明争暗斗的表演舞台，那么韦光正案就没有表面上看起来的如此简单，一定还有更大的玄机……思忖间，他伸手入怀，想要把严嵩给他的那道锦囊拿出来，如今已是关键时刻，该是拆锦囊的时候了。

刚探手入怀，后面脚步声陡起，“禀宪台，浙直总督府的人求见。”

鄢懋卿闻言，暗自心惊，胡宗宪也得知他到淳安了？转过身去看的时候，目光转动，让他在无意间看到了姚顺谦紧张至极的神色，心里不觉警惕起来。从某种程度上来说，胡宗宪也是严嵩这条线上的人，如果说这个姚顺谦已见了浙直总督的公子胡桂奇，是否意味着他也是自己人？他的这种神色是否代表着知道更多的事情？

“快请进来！”鄢懋卿边吩咐下人，边想眼下姚顺谦才是淳安县真正的一把手，他知道的内情更多，岂非是理所当然的事情？

思忖间，大院里急步走来一位中年书生，穿一袭月白色圆领襕衫，脚踩双皂色布鞋，脸形消瘦，颧骨高耸，头戴四方平定巾，颌下留了缕疏黄的胡须，一副标准的文弱书生模样。与一般书生不同的是，此人竟腰系只酒葫芦，走起路来脚步蹒跚，目光转动间，神采飞扬，足见是个放荡不羁，并不注重礼节的狂生。

姚顺谦听是浙直总督府来人了，心下十分在意，见此人这般模样，心下暗暗称奇，总督府门下竟还有这号人物！

心念未已，却见鄢懋卿犹若见了长辈一般，迎将出去，边拱手作揖，边笑道：“原来是徐先生，未曾迎迓，望先生莫怪！”

姚顺谦的眼神不由自主地往旁边的魏晋瞟了一眼，意思是说，你可知道这是何方神圣，竟让堂堂朝廷三品大员恁地敬重？魏晋也是一脸茫然，轻轻地摇了摇头。

“宪台在上，在下有礼了！”那中年书生欲还礼，鄢懋卿急忙伸手托住，客气地道：“先生切莫多礼，您一则是奉胡部堂之令而来，二则乃是远近闻名的名士，我岂敢受您的礼？先生快请！”转身间，挥了挥手，示意姚顺谦、魏晋二人先行退下。

姚顺谦没能与都御史说上一句话，心中有些不痛快，但他懂得官场里的规矩，不管对错，上级的话是一定要听从的，出了衙门，忍不住朝魏晋问道：“魏主簿，你可猜得出来那书生是谁？”

魏晋道：“一介书生，能教朝中大员如此敬重，咄咄奇事也。下官委实猜不出来。”

姚顺谦又回头望了望衙门，而后拍拍魏晋的肩膀道：“今日估计没事了，天色将晚，咱们找个地方喝两杯去？”

魏晋微微一愣，随即明白了姚顺谦的意思，无论于公还是于私，他都应将今日的事详详细细地做个汇报的，当下点头哈腰，“好好好，辛苦了一天，也该坐下来喝一杯，下官做东！”

两人在路边的小酒馆里找了张桌子，要了三样小菜、一壶黄酒，对酌起来。

姚顺谦喝了一口，忍不住咂了咂嘴，这酒才有酒味儿，中午在洪福酒楼的那一顿，都不知道吃的是什么，便将个把月的俸禄赔进去了。三杯酒后，这才让魏晋详细叙述今日之事的经过，一句一句细细听完，愕然道：“言下之意，那位都御史是要一查到底？”

“可不嘛！”魏晋道，“他还当着百姓的面说，不彻查此案，便不回京。”

姚顺谦嘬了口酒，嘿嘿怪笑一声。魏晋不解其意，问道：“莫非有什么问题吗？”

姚顺谦反问道：“你知道反贪难在何处吗？”

魏晋道：“好比是要拿刀剜了自个儿手上的毒瘤。”

“很是形象。”姚顺谦哈哈一笑，“我再给你打个比方，官场就像是一个村里的父老乡亲，有乡邻间关系好的，也有利益合作的，还有时常聚在一起喝酒称兄道弟的。人活于世，能在自己的圈子里生存，无非讲究三样东西，一为面子，二为人情，三为钱财。人若真的铁面无私，不顾人情面子，大义灭亲，还能算作人吗？就算是真这么做了，日后不免众叛亲离，在这世上寸步难行。”

魏晋摇了摇头，笑道：“老爷想多了吧。人家乃是从京师下来的都御史，惩治几个不法贪官，眼都不会眨一下的。”

“你不懂。”姚顺谦猛喝下杯中酒，皱皱眉头，“咱县里的这个案子，绝没表面上看起来的这么简单。”

魏晋怔了一下，想要再问时，强行忍住了，如果说这里面的水真有那么深，他问多了，并无益处。

鄢懋卿把那中年书生请到后衙，差役送茶上来时，他殷勤地亲自端起茶杯，送到那书生面前，好似那书生的官衔比他还大。

事实上那中年书生并无官衔，而且是个屡试不第的举人。然此人虽无品无衔，才名端的是大得紧，姓徐名渭，字文长，号青藤，浙江绍兴府人士，于诗文、戏剧、书画等方面独树一帜，甚至可以说是，有明一朝，才学能超出徐文长者，亦是屈指可数。其所写的戏剧、诗画对后世影响极大，八大山人、扬州八怪等无不受其熏陶。郑板桥甚至说“宁为青藤门下狗”，可见其影响力之大。况且他虽未入仕，却被浙直总督胡宗宪聘作幕僚。鄢懋卿如此殷勤，也算是情有可原。

徐渭是个洒脱之辈，鄢懋卿定是要执这些礼数，他也就坦然受了，笑吟吟地接过茶杯，呷了一口，这才说道：“在下此行，乃奉部堂之令，助宪台一臂之力。”

鄢懋卿从韦德正处回来后，正不知如何是好，听得此话，又惊又喜，道：“先生是来助我的？”

徐渭微哂颔首，道：“部堂接到了严阁老的公子工部左侍郎东楼急函，在宪台被下放到浙江来时，高拱亦向皇上举荐了一人，担任淳安知县。”

鄢懋卿闻言，立即嗅出了玄机，“高拱举荐了谁？”

徐渭摇了摇头，伸手捏着颌下那一缕疏黄的胡须，说道：“此人是谁，朝中无人知晓。不过可以肯定的是，这个人虽然只是淳安知县，很有可能身负尚方宝剑，手握特权。”

听到此话后，鄢懋卿反倒释然了，如此一来，两股势力的斗争局面形成，这才是正常的，当下问道：“严侍郎可还有交代？”

徐渭道：“函里只说尊圣意，务大力肃贪。不过按在下看来，既是都察院和内阁两方肃贪，形同高手斗法，须做到攻守兼备，方可全身而退。”

鄢懋卿太需要这种攻守兼备的计策了，忙道：“请先生指教。”

徐渭端起杯子，呷了口茶，似乎觉得无味儿，遂解下腰间的葫芦，咕噜咕噜地喝了两口。鄢懋卿见状，马上吩咐人上两样下酒菜来。徐渭却摆了摆手，道：“喝酒为何啊，所迷的就是这口酒香，教那些烟火味搅了萦绕于唇喉间的香气，那便无味儿了。”

鄢懋卿迭连称是，“先生真正是懂酒之人！”

“所谓攻守兼备，乃是相对于眼下的局势而言。”徐渭喝了两口酒后，脸颊微微有些酡红，神色间亦是神采飞扬，“宪台以为严阁老为何差你下来，高拱为何让那位神秘人物任淳安知县，皇上又为何准了这样一种奇怪的反腐格局？无非是双方都要保护想保护之人，既要配合朝廷轰轰烈烈地反腐，又要保护好关键人物，不能乱了官场之秩序，起到杀一儆百，整肃官场，重振朝纲的效果。”

鄢懋卿问道："谁是我们需要保护之人？"

徐渭又喝了口酒，道："眼下案情未曾深入，你我都不知道会挖出什么样的人物来，不好说该保护谁，该踢谁出局。在下以为，以宪台的身份，目前无须顾忌，只管查下去便是。"

鄢懋卿依然有疑虑，将走访破窑、面见韦德正等事，说了一遍，又道："倘若真如韦德正所言，届时韦光正来个鱼死网破，只怕是谁也保护不了。"

"非也，非也！"徐渭哈哈大笑，"宪台莫非忘了自己的身份了吗？你是都察院的副都御史，地位仅次于高拱之下。一旦监察御史韦光正被捕，严阁老都不会放过高拱。如果你出了事，作为你的顶头上司，高拱尚能在他的位置上安然无恙乎？"

鄢懋卿闻言，犹如醍醐灌顶，眼前豁然开朗，原来他是一柄双刃剑，可任意在淳安披荆斩棘，无论处于怎样的危险境地，内阁和都察院都会全力护他周全！

"我明白了！"鄢懋卿起身揖手道，"待百姓的状书一到，我就把韦德正逮捕了！"

"不可，不可！"徐渭连连摇头，"所谓谋定而后动，当务之急非是拿下韦德正，应去见一见前任淳安知县赖文川。能把一个县的父母官踢下台的，绝非普通的案件，先去试试水无妨。"

"先生高见！"鄢懋卿闻言，对徐渭佩服得五体投地，心想怪不得他能助胡部堂平倭寇、擒徐海、诱汪直，果真是名不虚传。他顿了一顿，又道："有件事我觉得要与先生打个招呼，胡公子最近正在淳安，而且据我得到的消息，淳安县丞姚顺谦已与胡公子会过一面。"

徐渭奇怪地看了眼鄢懋卿，嘿嘿怪笑一声，"看来这个姚顺谦也不是个省油的灯啊。"

三

入夜了，天上乌云滚滚，不时地掠过道闪电，天地之间，黑云压顶，伸手难辨五指。

倏地，轰的一声大响，声若擂鼓，风亦大了起来，一时间风起云涌，看来风雨将至了。

从淳安县往南五里地，有一座叫赖家屯的村子，四周皆为大山，村子则建于山麓，山下便是水田。是时，田里的水稻已然过膝，稻穗亦长了出来，一月之后即可收成，可也就是在这一月间，正是洪涝雨季，今年是否有收成，还要看老天爷的意思。

在村子的外缘，有三间泥扶墙、茅草为顶的草舍，舍前有一个小院，篱笆围就，里面有一片菜园，两三种时蔬长得正绿。房前檐下，独坐着个五十开外的书生模样的人，须发已灰白，许是多年来日晒雨淋的缘故，肤色呈褐红色，加上额前若丘壑般的皱纹，看上去已无多少书生气，更像是一位村里的老农。

此人正是前任淳安知县赖文川。望着漆黑的天色，听着那隐隐的滚雷声，他脸上的皱纹若风中的涟漪，不时地拧动着。去年淳安大水，淹了几百亩良田，洪水之下，浊浪滚滚，形同汪洋，那情景即便今日想来，依然如噩梦一般，惊心动魄。

今年的洪涝季节又如期而至，淳安这个天然的盆地，莫非又要受灾了吗？年年治水，年年赈灾，为何还是年年受灾，老百姓的日子一年比一年苦，淳安的这颗毒瘤何时能根治，还百姓一个太平日子？

“翰林，进屋吧。”妻子赖林氏估计是身体抱恙，走路都显得摇晃不稳，及至丈夫身边时，微微俯下身把手放在他的肩头，轻轻地拍了拍，“很快就要下雨了。”

赖文川重重地叹息一声，“要下雨了！”

赖林氏也是一声喟叹，“你没有愧对淳安的百姓，无须负疚，况且今已是一介布衣，如之奈何，听天由命吧。”

赖文川苦笑一声，“莫非无愧于心，便能心安理得了吗？如果当官的不做坏事，就算得上是好官的话，那百姓怎么办？为官不作为，便是害民啊。如果淳安百姓今年还要遭灾，我岂能逃得了罪过？”

“该做的你已做了。”赖林氏道，“剩下的事你做不了。”

赖文川支起身子，带着一身的无奈，转身回屋，要进门时，耳听得风中传来车马声，回头一看，只见一辆马车迎风而来，车前挂了盏风灯，不停地在风中摇曳，若鬼火也似，忽明忽暗，随时都会灭掉。

不消多时，马车在篱笆外停下，车帘一掀，下来位中年文弱书生，脸型消瘦，颌下留了缕疏黄的胡须，正是徐渭。他下了车后，又回身从车里提了只篮子下来，一边摇着手里的酒葫芦，一边笑道：“翰林兄，深夜来客，欢迎乎？”

赖文川没想到是他，脸上微微一惊，此人陡然现身，意味着什么？

“原来是文长！”赖文川回身迎将出来，脸上的皱纹若涟漪般散将开来，“稀客啊！”

“嫂夫人，在下这厢有礼了！”徐渭朝赖林氏躬了躬身，说道：“家里可有矮桌子？搬一张出来，在下要与兄长喝两杯。”

赖林氏讶然道：“何以不去屋里面？”

“屋里闷，在外面才能敞开了喝酒谈天。”徐渭也不顾赖氏夫妇答不答应，把竹篮往屋檐下一放，径往里搬桌子去了。

赖文川朝夫人使了个眼色，赖林氏会意，转身进了屋去，及至徐渭搬了桌子出来，亦未见她的人影。

“来，先喝三杯再说。”两人将酒菜摆开了，徐渭拿起杯子便敬酒。赖文川虽跟他接触得不多，但也知道他的脾气，笑了一笑，与之对饮三杯。

“痛快！”徐渭放下酒杯，倏然抬头问道，“翰林兄，风雨将至，你将如何安身？”

赖文川看了他一眼，慢慢地嘬了口酒，然后吐出四个字：“苟且偷安。”

徐渭飞快地饮下一杯酒，指了指黑夜，“树欲静而风不止，在这样的环境下，想要独善其身，只怕也难，况且翰林兄也不是那种不问世事，不顾民生之辈。”

赖文川心头一沉，只见徐渭夹了口菜，送入嘴里，一边吧嗒吧嗒地嚼一边问道：“韦光正可是你举报的？”

赖文川看着他的脸色，似乎想从他的脸上看出些端倪来，说到底他是胡宗宪的幕僚，而胡宗宪则是严嵩培养起来的一方大员。从立场上来讲，他们之间是敌对的，只不过都是读书人，且相互仰慕，因此才没有那种剑拔弩张的气氛。

可人性是凶残的，在这场你死我活的斗争中，谁又敢保证，文人之间不会下手呢？

赖文川看了他一会儿，却是看不出丝毫的端倪。赖文川放弃了去揣测他的心思，这张略显孤傲、玩世不恭的脸，不会给你任何答案。反过来说，即便是给了你答案，又将如何呢？树欲静而风不止，你想苟且偷安亦是妄想罢了。

“是我举报的。”赖文川索性直接承认了，生死福祸皆由命，且由他去吧！

“来，翰林兄，为弟的敬你一杯！”徐渭微微支起身，把杯子举到赖文川的面前，与他的酒杯碰了一碰，而后饮下，“谢谢翰林兄的坦诚，当今天下，能够揭发韦光正者，也唯有翰林兄你了。不过，在下看来，此事凭兄长一人还做不了。”

赖文川褐红色的脸微微抖了一下，“为何？”

徐渭笑道：“我大明朝有多少个县？如果每个县的折子，都直接送往京师，那些个在京为官的得有多忙？还要州、府、省各级衙门做甚，留着叫他们吃干饭？并非每个人都能把折子直接送入京师，能做此等非凡之事的，必是个非凡之人……让在下猜一猜，从当前的形势来看，极有可能便是那位即将担任淳安知县的神秘人物，可是？”

“是的！”赖文川猛地举杯，一口饮下，然后砰的一声，将杯子重重地放在桌面上，“但我不会说出此人是谁。”

“明白。”徐渭倒是不在意他的举动，兀自悠悠然地喝着酒，说道，“不瞒翰林兄，在下也恨严嵩。”

赖文川闻言，霍地大笑一声，那笑声随着风被卷了出去，直达天际，“如果老朽没有记错的话，你曾用生花妙笔，于严嵩生辰之时，写了一篇《代贺严阁老生日启》，言‘施泽久而国脉延，积德深而天心悦。三朝耆旧，一代伟人，屹矣山凝，癯然鹤立……’通篇是胡诌的献媚肉麻之语，却与老朽说痛恨严嵩，莫非真当老朽年迈糊涂了不成？”

徐渭静静地听完，而后同样也是一阵大笑，笑声丝毫不比赖文川来得小；笑完之后，摇了摇葫芦，已是没酒了，朝外面喝道：“取酒来！”

在篱笆外伺候着的车夫急忙从车内捧出一坛酒，飞奔着送过来。徐渭接过坛子，喝声：“滚！”手一拍酒封，封泥沙沙而下，随后粗鲁地捧起坛子，咕噜咕噜一阵牛饮。

显然是赖文川的言语刺激到了他的自尊，一个文人最大的骄傲便是写出无愧于时代、无愧于良心的文字，而最大的羞耻则是屈服于权力之下，为某个权贵歌功颂德，留下一世的骂名。徐渭自负才学，自然也在意名声，但他是个怪人，一通牛饮之后，放下酒坛时，脸上居然露出了笑意，且是那种狂放不羁的笑。

“兄长啊，你道我俩为何能坐于此喝酒长谈？天下那么多贫苦之人，连生计都没有着落，为何你我能喝酒聊天儿，甚至附庸风雅？”徐渭双颊通红，眼神之中带着几分戏谑，嘿嘿怪笑一声，“因为我们还活着，同时感恩赐予我们今日生活之人。”

赖文川闻言，反倒是糊涂了，不觉问道：“你感恩哪个？”

“胡部堂。”提到这个人的时候，徐渭的眼神里散发出光来，“在下徐文长并非不知廉耻，不懂爱惜自己羽毛之辈，但在下更知道什么叫知遇之恩当涌泉相报。那通篇胡诌、满纸肉麻之语的文章，执笔之时，在下也恶心至极。写完之后，在下将自己灌得人事不省，睡了三天三夜，权当是做了场噩梦。”

赖文川沉默了，他也是书生，也知道一个文人想要入世出仕，少不了名流提携，更何况徐文长……

“翰林兄知道在下几次应试而不第吗？”徐渭迎着风大笑一声，“八次，二十四年，半生的光阴啊。屡次不第，在下已心灰意冷，便在山东阴城租了间房子，开馆授徒，聊以为生，本想此生就那样子了，得过且过，没承想胡部堂出现了。起初在下也不想去侍候那些当官的，一任清知府，十万雪花银，更何况他胡宗宪乎？但他心诚，两次亲临寒舍，又是送粮又是送金，口呼先生，态度谦恭，全无一方大员的官架子，说东南沿海倭寇猖獗，民不聊生，倘若沿海不稳，大明江山危矣，得知先生大才，斗胆前来，望先生念在苍生以及社稷安危的分上，出山助我，我胡宗宪保证视先生如知己，绝不亏待先生。在下被他的举止感动，后来他确实也实现了当初的承诺，视在下如知己，任凭在下怎生狂傲无理，俱不追究。不瞒翰林兄，写那篇文章，一则为感恩，二则是为了生存。”

“生存！”赖文川念了遍这两字，抬眼再看徐渭时，眼神显然发生了些许的变化，“那么你此番到淳安，是为了感恩还是生存？”

“为了一己之生存，也是为了淳安百姓之生存。”徐渭提高了声量，“胡部堂差在下来协助鄢懋卿。在下可以拍着胸膛在翰林兄面前保证，此番定然还淳安百姓一个青天白日！”

“果真吗？”赖文川突然站将起来，许是激动的缘故，身子竟微微战栗起来。

“在下徐渭，对天起誓。”徐渭的情绪像是被赖文川感染了，跟着激动起来，霍地起身，向着风起云涌的黑夜大声喊，“不除贪官，不还百姓一个安宁，天诛地灭！”

轰的一声大响，天空仿如被劈开了一道口子，耀目的闪电一闪而没，风更大了，漆黑的乌云压在头顶，似乎随时都会砸下来。然而赖文川却像是想通了，褐红消瘦的脸上涌现出一抹叫作光明的希冀之光，“老朽信你了！”

徐渭转身，面向赖文川，拱手道：“请翰林兄助为弟一臂之力！”

“送上京师的折子，虽足以证明韦氏贪赃枉法，但兹事体大，京师官员又多是严党，在没有遇到足够信任之人以前，岂敢将所有证据，和盘托出。”赖文川道，“韦光正及其兄弟韦德正贪污、霸占民田一案，老朽曾详细统计过，并写在一本田册之上。管他诡田有多诡异，田册里面一目了然。”

徐渭眼睛一亮，同时，内心亦剧烈地狂跳起来，“田册尚在翰林兄手里吗？”

赖文川道：“当初老朽也没有想到，会被突然革职，仓促之中，将田册交给了姚顺谦。”

徐渭闻言，想起姚顺谦曾迫不及待地去见过胡桂奇，本能地对此人生出一股厌恶之感；赖文川看了他一眼，又道：“此人并无大志，但人不坏，可去找他要那田册。”

“是吗？”徐渭表示怀疑地翻了个白眼，“他手握如此重要的东西，在下自然是要去会会他的。”

四

这一晚狂风大作，后半夜的时候，开始下雨了，雨点很大，嗒嗒嗒打在房顶上，声声入耳。好在持续的时间不久，然没了雨声后，风似乎越发猖狂了。

姚顺谦整晚都没有睡着，从鄢懋卿的举止来看，大有一查到底的架势，他是真的想深究此案，还是装腔作势演给人看的？如果是演给人看的，那么他手里所掌握的田册，便形同一包火药，随时都能将他炸得粉身碎骨。

可是再换个思路一想，他是即将坐上淳安知县位置的人，乃是这一方的父母官，理应肩负起为民请命、与民做主的使命，像前任知县赖文川一样……

想到这儿，他忽想起在婆娘面前说过的话，为官一任，造福一方，不能丢了姚家的脸……问题是现实和理想完全是两个不同的层面。赖文川接收了百姓的状纸，不是被莫名其妙地革了职吗？他昧着良心、赖着脸跑来的官，要是也那样莫名其妙地丢了呢？

姚顺谦开始犹豫了，甚至对此前见了胡桂奇后，安慰自己的那番话产生了怀疑。在这个世道上，敢说真话，敢做真事，敢真为老百姓撑腰的官，都不会有什么好下场……

不知何时，姚顺谦才迷迷糊糊地睡着，却做了一晚上的噩梦。至天亮时，姚李氏见他双目虚肿，冷冷一笑，“昨晚做了一夜春梦，亏了身子了？”

生死存亡之际，姚顺谦哪里有心思跟她开这种玩笑，没好气地往屋外走。姚李氏在后面叫道：“嗨，还没当上知县呢，就敢在我面前耍起狠来了！”

姚顺谦只觉脑门子嗡嗡作响，只想快些离开家。刚出房门，正好与一人撞了个满怀，低头看时，竟是魏晋，姚顺谦恼声道：“大早上的急急忙忙来我家做甚？”

魏晋道：“老爷，朝廷今年的修堤款到了！”

姚顺谦又惊又喜：“当真吗？”

“下官哪敢拿这种事跟老爷耍着玩。”魏晋说着，把公文拿出来。

看着朝廷下发的公文，足足有三十万两银子的修堤款，昨晚的担心以及害怕瞬间消失了，换之的是一腔的豪情。姚顺谦觉得，先不管要不要把田册交出去，交给谁，现在手里有了银子，当务之急是做好两件事，一是赶紧把答应胡桂奇的五万两兑现了，二是组织全县之力修堤，今年绝不能让百姓再遭灾了。做好了这两件事，权有了，名也有了，还有什么可怕的？那帮人再狠，莫非还能把一个在老百姓心中有较高知名度的好官拉下马吗？

“去衙门！”姚顺谦急步往外走，魏晋在他后面紧跟着。到了衙门时，魏晋已然气喘吁吁，姚顺谦却好似有使不完的劲儿，“去起草一份动员修堤的文书，要让所有人都知道，县里将下大决心修堤治水，不能再让百姓受灾了。目的是要用最少的银子，修建最牢固的河堤。”

魏晋的觉悟极高，一下子就明白了。而且他更加清楚，如果今年的河堤修固了，果然不再发洪水了，这样的政绩绝对有助于他在官场往上爬的，当下应了一声，便要往外走。

“等等……”

魏晋停下脚步，回身问道：“老爷还有何吩咐？”

“先支五万两出来……”姚顺谦说出这句话的时候，脸上不由自主地发热，“我要去趟严州府，修堤之事虽说咱县里自己就能干，但必须有上面的支持。”

魏晋当然明白这里面的套路，但还是犹豫了一下，“下官明白，不过……需要五万两吗？”

“用不完再拿回来就是了！”姚顺谦脸色一沉，“快去办你的事！”

魏晋不敢违命，急支了五万两给姚顺谦。两人出了衙门，分头行动。也许魏晋做梦也想不到，此番分别后，竟会掀起一场惊涛骇浪。

第三章

水患官患

一

雨终归还是下了，今年的汛期比往年来得早，连日的蓄势之后，这场风雨来得特别猛烈，风卷云走，暴雨如注，只一会儿工夫，路上就积水横流，混沌的水带着泥泞往低处流，于洼地积成了河，哗哗地淌。一天过后，山上的水便已往县境的河里灌。一旦水量超过河堤的承受能力，就是灾难的开始。

年年都是如此。淳安的百姓皆知灾难即将来临，人心惶惶，各地乡绅或是百姓代表，纷纷冒雨往衙门请愿，动员修堤的告示不是已然发布了吗？应及时行动起来，哪怕是日夜抢修，也要加固河堤，阻止灾难发生。

百姓急，县里的各级官吏更是心急如焚。在这关键的时候，姚顺谦居然不见了！

典史冯全带着衙役，找遍了县里所有的地方，就差掘地三尺，去地下找了，可还是不见姚顺谦的踪影。

“不会出事了吧？”冯全一脸惊恐地看着魏晋，不然好好的一个大活人，如何说不见就不见了呢？

魏晋问道：“去严州府的人回来了没有？”

“回了。”冯全道，“回话说姚老爷没有去过严州。”

魏晋像是听到了生平最为荒唐之事，不可思议地看着冯全，“没去过？”他记得两日之前，他们离别之时，姚顺谦分明支了五万两银子去严州府打点，怎会没去过？

冯全道：“严州府是如此回的话。”

是严州府方面在撒谎吗？不会，堂堂知府，正四品的地方大员，没有理由为了五万两银子让一个人消失。任何一个有官场经验的人都不会如此干……魏晋想不出姚顺谦因何消失，但可以肯定的是，他一定出事了；眼下大雨已至，灾情如火，等是等不得的，咬了咬牙，道：“乡绅和百姓代表还在衙门里吗？”

“在的。”冯全道，“被我安排在了门房里。”

“走！”魏晋转身奔入雨里，“通知乡亲们，修堤！”

冯全毕竟只是个无品无衔的典史，听了魏晋的话，心下打鼓，边追在后面跑，边道：“这么大的事，就这么决定了？”

“不然如何？”魏晋回头眯着眼喊，“等着淳安再次被淹吗？”

“魏主簿……”冯全抢上两步，拉住了魏晋的袖子，“我本是一介小吏，不该插嘴，可毕竟同僚这么些年，有些话若是不说，憋着难受。”

魏晋停下脚步，他人本就瘦，被雨一淋，衣袍贴身，更见消瘦，用手抹了把脸上的雨水，道：“说吧！”

“去年雨季，赖老爷被革职。今年雨季，姚大人不见了。这……”冯全激动地道，“这是巧合吗？”

魏晋看着眼前这位五大三粗地大汉子，顿时愣住了，是啊，这是巧合吗？如果说姚顺谦的突然消失，与赖文川被革职一样，是权力的力量在作祟，那么他此时强自出头去治水修堤，是否就是在往死路上奔？

魏晋打了个寒战，面对生死，谁都会犹豫，而且前面出事的都是县里的一把手、二把手，他一个小小主簿，即便是前赴后继为此付出了性命，于事何补？

魏晋的脚步一挪，慢慢地走回了衙门里面，在衙门的走廊上留下一长串凌乱而沉重的脚印。冯全看着这一串脚印，无奈地重重叹息一声，也不说话，只默不作声地陪在魏晋身边。

外面的雨兀自哗啦啦下着，丝毫没有停歇的意思；雨打在石板、屋顶、树梢上，汇作一片复杂而庞大的声浪，直往耳朵里钻。然而此时的雨声，在魏晋和冯全两人耳里听来，已非雨声，而是夺命的乐章。

雨天的夜幕拉得特别早，未申交际时，便黑了下来，天地间只剩下白茫茫一片雨帘，模糊了山河，乱了人心。

大雨里，一位彪形大汉撑着把伞，急跑过来，到了堂里，他把伞一扔，扬眉喊道："出事了！"

"死人了吗，急成这般模样？"来者乃是衙门里的捕头戴孝义，平素就莽莽撞撞的，此时草木皆兵，这一喊着实把魏晋和冯全两人吓了一跳。冯全把环目一瞪，没好气地道："有屁快放！"

"百姓都跪在衙门外请愿！"戴孝义手指着外面如注的大雨，"人越来越多，这……这么下去是要出事的。"

"什么？"魏晋吃惊地看着外面的雨，急得跺了跺脚，"真是要了命了，去看看！"说话间，就往外走。冯全朝戴孝义使了个眼色。戴孝义急忙拾起刚才被他扔在地上的伞，赶上去给魏晋遮雨。魏晋一把推开雨伞，"老百姓还在雨中跪着，给我打什么伞。如此大的雨，哪个有本事不湿身？”

戴孝义没来由地被一通好骂，索性把那伞扔了，冒雨而行。冯全愣了一下，是啊，这么大的雨，哪个有本事不湿身呢？也跟着钻入雨中。

及至衙署门前，看到白茫茫的雨里跪了黑压压一地的百姓，魏晋的身体像是被什么东西击了一下，倏地一阵战栗，铁青色的脸上滴着雨水，脸上没有丝毫表情；唯有那双眼睛，抖动着，慢慢地亦溢出水来。

还有什么比眼前的场景更加令人震撼，还有什么比下跪更为卑微，可是还有什么比生存更为重要？为了活下去，为了昔年的噩梦不在今年重演，他们放弃尊严，集体请愿，希望官府念苍生疾苦，播种耕耘不易，保他们的良田及作物不失。

面对此情此景，还有什么理由退却，莫非你的一己之安危贵得过全县百姓的生计吗？

“乡亲们！”魏晋霍地破口大喊，泪水也随着这一声喊潸然而下，“都起来，去修堤！”

众百姓一声高呼，纷纷起身。魏晋回头朝冯全、戴孝义吩咐道：“从今晚起，县里各级官吏均不得告假，直到修固河堤，洪水过去为止！”

“青天大老爷啊……”一位年长的老者，在大雨里眯着眼喊了一声，而后在县衙门的安排下带着众人连夜前去修堤。

也就是在这时候，一个角落处出现了一条人影，孤独而落寞，全身都被雨打湿了，头发和衣物在雨水的冲击下皆往下垂，像极了一条落水的孤魂。

是的，孤魂。飘来荡去，无处着落。在看着当前这一幕时，他忍不住皱了皱眉，脸上越发的落寞了。

从赖文川处回来后，徐渭本想于次日便去找姚顺谦，那本田册太重要了，他如今的心情好比当初鄢懋卿要去见韦德正探探底一样，恨不得马上就去把姚顺谦拉到面前来，问他那本田册到底涉及哪一级人物。

赖文川自然是不肯说的，徐渭亦理解他的担忧。那田册虽然是赖文川亲手所造，可它是有别于县衙现存之田册的，乃是揭开诡田案，甚至能让韦光正伏法的重要证据。如今那证据放在了别人手里，他岂能轻易信口开河？

原以为赖文川不说亦无大碍，反正姚顺谦就在身边，一问便知。次日，他将与赖文川见面的情形，向鄢懋卿报告了后，便差人去寻姚顺谦。哪承想差役回来说，姚顺谦已然出门，据衙门的人说是去了严州府。

徐渭心里虽急，但也只好等姚顺谦回来，可他无论如何也想不到，姚顺谦居然莫名其妙地失踪了！

此消息传来，饶是徐渭老谋深算，亦难遏制住惊恐之意，脸色煞白。他刚刚得知田册一事，拥有田册之人便消失了，是谁让他消失的？哪个有此胆子，有此能量，可以让朝廷官员随时失踪？是严州府，韦德正，还是……

徐渭的身子倏地惊了一下，他记得姚顺谦曾秘密去见过胡部堂的公子胡桂奇，他们之间一定达成了某种协议，会不会……

徐渭不敢再往下想，抬头往外面望了一眼，大雨如注，灾难真的要来了！

"先生……"鄢懋卿亦感到了不安，风雨已至，再不动手什么都晚了，"如果再束手束脚，一旦淳安再出现洪灾，皇上怪罪下来，谁也吃罪不起。我先去把韦德正控制起来再说。"

按照徐渭原来的设想，凭借鄢懋卿这柄利剑，可在淳安所向披靡，现在看来有点想当然耳，万一这一剑挥出去，劈到了自个儿的脚，如何收场？

“去叫胡桂奇来。”徐渭摇了摇手，似乎是直接在给都察院的副都御史下命令，“在下要先见见他。”

鄢懋卿倒也不在意，这位大才子连胡宗宪都未曾放在眼里，更何况是他这个外人呢？随即似猜到了什么，“他……”

徐渭又摇了摇手，慎重地道：“在见过胡公子之前，什么都不要说。”

鄢懋卿望了眼漆黑的夜里如注的大雨，叫了底下的人进来，吩咐去请胡桂奇。

二

魏晋吩咐完毕，送走众百姓后，正要走入衙署里去，眼睛的余光看到那条人影时，周身大震，探着头定睛又打量了下，叫道：“老爷！”

姚顺谦的突然出现，让魏晋又惊又喜，惊的是这两天他到底去了哪里，何以回来时竟是如此一番落寞的样子？喜的是在他决定修堤的时候，姚顺谦出现了，无论前途若何，有两个人一起担着，总比他一人要好得多。

魏晋吩咐差役拿了身干衣袍来，让姚顺谦换上，又给他端来碗热水，轻声道：“老爷，喝口水。”

姚顺谦慢慢地转过头，看了他一眼，这才接过水，慢慢饮下。魏晋看得出来，那一眼的眼神奇怪无比，甚至不像是原来的那位姚老爷了，没有生气，没有光彩，就像是丢了魂的……僵尸！

魏晋也是浑身湿透了，被他这一眼看得打了个冷战，“老爷，这两天你去了哪里？下官到处找你不见，今晚实在是坐不住了，这才自作主张，发动百姓去修堤。”

“修堤……”姚顺谦喃喃地念了一遍，陡然一声阴恻恻的冷笑。

魏晋被他笑得头皮发麻，同时也为自己的处境感到担忧，“老……爷，你……到底怎么了？”

“修堤一事，由你全权负责吧。”姚顺谦说出一句话后，整个人就像虚脱了一样，挥挥手，“去吧，忙你的去，不可让百姓失望。”

听到这话，魏晋越发不安。其实彼此心里都明白，如果真把今年的洪水挡住了，不仅仅是一件功德无量的好事，更是一桩值得夸耀的政绩，若运气好的话，连升几级甚至平步青云也未可知。此乃为官者的梦想，姚顺谦何以要放弃？再看他那副没了魂的样子，显然是受到了什么威胁，抑或遭遇了权力的阻力，教他丧失了斗志和信心。果真如此的话，他此时的退出，实际上是在保全自己，让另一个人去背这口黑锅。

“是……”一边是对百姓的承诺，一边是官场上的陷阱，以及不可预知的危险，魏晋的心又一次翻江倒海般地涌动起来。

轰轰两声，漆黑的天空中掠过两道闪电，像是裂了两道狭窄的口子，如注的雨水倾泻而下。魏晋看了眼天空，心中有种末日将临的恐惧感。姚顺谦到底经历了什么？他让他去负责修堤，又意味着什么？魏晋觉得，他既然答应了百姓修堤，那么这件事便必须去做，但是，在眼下这种诡谲多变的环境下，要想把事情办好，且保证自身安全，那就得去找座靠山，不然的话，随时都有可能丧命，还谈什么保淳安一境平安？

走出衙门的时候，魏晋的眼前浮现出鄢懋卿那张油光满面的脸来，从政治立场上来说，他不应去找这位从京师而来的都察院副都御史，何况他是下来查韦氏案的，淳安的安危与之并无直接关系。可是从淳安的局势来看，治水和治贪还分得开吗？

捕头戴孝义从大雨中跑过来，魏晋看了眼他的脸色，隐隐猜到了何事，心头一懔，问道："何事？"

戴孝义是从修堤现场赶过来的，身上沾满了泥污，"魏主簿，今晚修堤的人已全部到位，物资也陆续拉过去了，但是雨实在太大，流水湍急，堤坝怕是扛不住。"

魏晋自然知道，前两年每年的洪灾，都是从决堤开始的，保不住堤坝，修堤治水便无从谈起，当下沉声道："再组织人手，保不住堤坝，提头来见！"

戴孝义高大的身子一震，知县没了还有县丞，县丞没了还有主簿，只要淳安父母官的血性还在，再大的阻力、再难治的洪水亦不足为惧。

"属下明白了！"戴孝义低喝一声，领了军令状，转身跑出去，只一会儿工夫，雨和黑夜便将其吞没。

魏晋回头朝站在门口的衙役喊道："备车！"尽管已然晚了，但他还是决定连夜去找鄢懋卿，哪怕给鄢懋卿大骂一通，也管不得了，洪峰已至，他等得起吗？

胡桂奇早已听说鄢懋卿到了淳安，但一来他们并无交集，二来这位衙内也没有将鄢懋卿放在眼里，因此只当不知。原以为他们不会有会晤的机会，让他意外的是，鄢懋卿居然会选择在这样的一个雨夜，把他请到驿站来。这让他震惊的同时，亦甚为恼怒，你虽任职于都察院，有巡察百官之职，可你也别忘了你是谁，所传唤的又是哪一个！

走入驿站时，胡桂奇正要发火，目光一转，见到徐渭时，脸上禁不住微微一变。他知道自己的父亲与这位书生的关系，他们是上下级，但更是知己，此人使起酒疯来，连父亲都得让他三分。在见到这张讳莫如深的脸时，胡桂奇的火气不敢再发出来，"先生何时到的淳安？"

"公子又是何时到的呢？"徐渭却未与他客气，只冷冷一笑，反问了一句。

“有几天了。”胡桂奇道，“奉父亲之令，回了趟老家，正要去向父亲复命，路过淳安时乏了，歇了几天脚。”

“那真是巧了。”鄢懋卿哈哈笑道，“我也是这几天到的，想来与公子差不多时候进入淳安。”

“幸会！”胡桂奇表面上与鄢懋卿揖手为礼，心下却在暗自打鼓，一个是都察院的副都御史，一个是父亲麾下幕僚，此二者同时出现在淳安，为的是什么？

待众人入座，底下人奉上香茗后，徐渭直奔主题，说道：“公子可知淳安的情况？”

胡桂奇是武将出身，脑子转动远比不上徐渭快，愣了一下，问道：“什么情况？”

“灾情。”

胡桂奇闻言，越发奇怪，淳安的灾情与他何干？但徐渭的问话，他又不敢不回，因答道：“略知一二。由于淳安特殊的地理位置，年年治水，年年遭灾，水患之害，从未彻底得到根治。”

“这就很明显了。”徐渭解下腰际的葫芦，喝了口酒，沉声道，“造成淳安灾情的绝非水患。”

胡桂奇好奇地问道：“那么是什么？”

“官患。”

胡桂奇暗自一怔，随即想到前两天他曾在洪福酒楼见过本地县丞姚顺谦，又达成了从治水款中提取五万两银子，换姚顺谦知县一职的口头协议……莫非此事让他知道了？思忖间，讪笑道：“先生深夜叫我过来，总不会是要跟我谈淳安的官场吧？”

“听到这雨声了吗？”徐渭目光一抬，望向外面，脸上散发着一种文人特有的忧郁。是时，虽说廊下有灯光照耀，可外面的景物兀自模糊，仿佛是一片水的世界。“去年的水灾，撤了一位知县。今年水灾未至，县丞却失踪了。去年之祸，如法炮制，再次来袭，莫非还不足以使人震惊吗？公子，鄢宪台奉圣上旨意，突降淳安，目的是彻查淳安官患。如你知道些什么，万望说将出来，以便宪台查案。”

说到此处，胡桂奇再傻也听出来了。他虽对徐渭敬畏三分，但他毕竟是堂堂浙直总督的公子，朝廷钦封的正五品锦衣卫千户，被一位无品无级的书生，带着怀疑的语气问话，无名火起，因不想撕破了脸，隐忍着怒意，愠色道：“先生的意思是，我搅乱了淳安的官场，而且那个县丞之失踪，亦与我有关？”

“在下没说此事与公子有关。”徐渭是当世无匹的大才子，咬文嚼字的功夫比胡桂奇不知高多少倍，只徐徐地道，“只是恰好听说公子前几日与姚顺谦在洪福酒楼见过一面，这才将公子请了来，了解一些情况。”

此话说得不卑不亢，胡桂奇心下虽恼，但是那火却无处发泄，生硬地道：“是的，前几日确曾见过他一面。”

徐渭道：“公子为何见他？”

“为何？”胡桂奇奇怪地看着徐渭，“徐先生是糊涂了吗？还是你跟在我父亲身边这些年，没人拍过你的马屁？如今这些地方上的官员，政绩不甚突出，迎来送往之事却是娴熟得紧啊。姚顺谦在他的管辖地面上接待于我，区区小事值得先生这般关注吗？”

徐渭眉头一动，也不管胡桂奇是否着恼，又紧叮了一句，“仅此而已吗？”

胡桂奇沉声道：“仅此而已。”

一旁的鄢懋卿听着他们的对话，看着胡桂奇越来越难看的脸色，只觉惊心动魄，心想这徐文长果然不是一般的文人，要知道那胡衙内飞扬跋扈惯了，把他惹恼了什么事干不出来？也就徐文长敢与他针锋相对。

“抓人吧。”徐渭转过头看向鄢懋卿，眼神里已蕴含了一抹淡淡的杀气，有了此番谈话，姚顺谦的失踪跟胡桂奇无论有没有关系，他都已仁至义尽，“我们要在那位神秘的知县到任之前，将主动权掌握在手里。”

“抓谁？”胡桂奇惊了一惊，禁不住问道。

“韦德正。”鄢懋卿看了他一眼，喊了人进来，吩咐道：“逮捕韦德正，送县牢房候审。”

魏晋走入驿站的时候，恰好看到差役冒雨出去，心头一怔，鄢懋卿今晚有什么行动吗？走到里屋时，见到鄢懋卿、徐渭、胡桂奇等大员俱在，暗地里不免吃惊，这等阵容，所为何事？

鄢懋卿见到魏晋时，颇觉意外，如此大雨，且又是在如此诡谲的夜晚，他即便没在抗洪现场，亦应在衙署统筹全局，以防不测，如何到这里来了？再看魏晋的脸色，那张清瘦的略带着几分书生气的脸上，透着股浓得化不开的凝重，就好像现在的夜色，沉重如铁。

鄢懋卿隐隐猜出了他此行的来意，与徐渭交换了个眼色，说道：“魏主簿，深夜到此，何事啊？”

魏晋怔怔地站了会儿，突地跪倒于地，伏首道：“请宪台及各位大人为我淳安百姓做主！”

魏晋的举动大出鄢懋卿意料之外，讶然道：“出了什么事？”

魏晋道：“汛期已至，淳安正在面临洪水的威胁，下官业已派出县署所有力量，发动百姓修堤筑坝，命令他们堤在人在，堤毁人亡，誓要抵挡住今年的洪水，不可再使百姓受灾。然下官决心虽大，却是实在难抵巨大的压力，万望宪台及各位大人出面，主持大局，淳安百姓定不忘宪台及各位大人恩德！”

徐渭走将上去，亲手扶了他起身，语重心长地道：“魏主簿，读书人的膝下虽无黄金，却有气节，遇到了何等阻力只管说便是，无须落跪。”

魏晋称谢，道：“姚顺谦失踪两日后，今晚回来了，但是……”

“他回来了！”徐渭握着魏晋的手不由抖了一下，“你继续说。”

魏晋道：“他回来后，犹如失了七魂六魄，沉默寡言，只说修堤之事由下官全权负责，不可辜负百姓期望。”

啪啦啦一声大响，雨夜里响起一声霹雳，惊电在暴雨中一闪而没，徐渭似乎惊了一惊，回过头去，望向鄢懋卿。此时，鄢懋卿发现他的脸色已变得灰白，“先生……”鄢懋卿突然也意识到了什么，话音戛然而止。

是什么让姚顺谦失魂落魄，又是什么让他心灰意冷，把修堤之重任交给了魏晋？是权力吗？

能让一位县丞如此情状的，除了权力还能是什么呢？鄢懋卿的脸色也变了，是韦德正抢先动手了……不，不对，区区一位地方上的财主绝对无此能量，那么会是谁呢？当他把目光也往徐渭身上投过去时，看到徐渭的神色中除了疑惑之外，还有一层浓浓的忧虑。

姚顺谦既然受到了威胁，为何还敢出现，难道对方就不怕姚顺谦把他供出来吗？

“快，去把姚顺谦叫过来，要快！”现在，鄢懋卿终于明白魏晋的压力了，他几乎是吼叫着下了这个命令。

“没这么简单。”如果此事只用抓了韦德正，找来姚顺谦问话，便可真相大白，那就太儿戏了。徐渭的目光从鄢懋卿身上移开，转首朝魏晋道：“修堤可有进展？”

魏晋道：“洪水太猛，水流湍急，堤坝压力很大。下官已吩咐增派人手，务必挡住洪水。”

徐渭道："你去现场监督着，有何情况，随时来报。记住，无论发生什么事，都不要怕，你也有靠山。"

魏晋看了眼徐渭，又看了眼鄢懋卿，泫然欲泣，"有先生此话，下官即便是死在抗洪现场，也是值了！"拱手作揖，扬长而去。

"宪台，斗争开始了。"徐渭朝鄢懋卿看了一眼，转身入座，看着外面的雨夜，"我们也需要准备好接受考验了。"

胡桂奇本来一副天大的事亦与之无关的样子，估计受到此时紧张氛围的影响，忍不住问道："若是决堤了，会如何？"

"会是一场史无前例的灾难。"鄢懋卿道，"浙江官场一干涉案人员，皆无可幸免。"

三

这注定是个不平静的夜晚，在各方人马都行动起来之时，有一条人影出现在县衙署的门口。

子夜了，大雨依旧未有消停的意思，如此夜晚，漫说人迹，狗都难见一条。衙署里没有人，门却洞开着，敢情是所有人员都去了抗洪一线。

门前的灯笼，在这样的雨夜虽说微若萤光，但依然照到了那人的脸上。在微弱的灯火下，只见那是张黑瘦的脸，皮肤又糙又粝，颌下留着一缕浓密的黑须，干而酱红的嘴唇若隐若现。肩上背了个褡裢，已被雨淋得湿透了。背微微驼起着，这使他本来就不高的身子，又矮了几分，整个人看起来完全是个毫不起眼儿的农夫。唯独那双眼睛，即便是在夜色中，也灼灼有神，亦是因了这眼神，使他那张粗粝的脸有了独特而富有个性的棱角。

他把手里的伞微微向后倾斜着，往雨夜瞅了瞅，迈开步径往前走，布鞋在石板上踏过时，发出轻微的吱吱声响，脚底溅起的水花很快与雨水融作一处，灯光的尽头，黑色很快将他的人影隐没，仿佛这条街上从来没有此人出现过。

然而有些事情终归是遮不住的。他消失在夜色中时，一队人快速地从夜色里而来，出现在了衙署的灯火下。当中有一人骂骂咧咧的，正是韦德正。衙役却是不由分说，将之直接带入了衙门。一阵嘈杂过后，这个世界又只剩下了哗哗的雨声，以及远处传来的轰隆隆的奔雷声。

那人在黑夜里站了会儿，粗粝的脸动了一动，转身又走。

县城的大门与衙署一样是洞开的，不同的是这里不断地有人进出，他们有的推车、有的挑担，运送着筑坝的各种物资，不时传来的吆喝声，划破苍穹，穿透密集的雨声，遥传过来。大雨的夜，因了他们而显出几分紧张，也因了他们而变得有了些温度。

走出城门，是一支运送物资的队伍，来来回回，形成了两条长龙。

那人跟着长龙走，胸前开始起伏。雨夜虽寒，但它是有温度的，这座县城虽然积痾难移，但依然是有活力的，至少在这种大灾大难面前，在县衙的领导下，全县百姓表现出了众志成城共同抗灾的决心，只要百姓对官府还是信任的，那么再难的事也能够克服。

“不好了！”大雨里跑来一人，边跑边迎着雨喊，“桐溪决堤了……桐溪决堤了……”

雨中的所有人都吃了一惊，紧跟着便慌乱起来，所有的努力和付出，都是为了保堤坝不垮；只要水不冲垮堤坝，他们再苦再累，亦是欣慰的，可是当决堤的消息传来时，空气里立马传来一种悲怆的无奈的气息，今年的灾难还是不可遏制的发生了！

“快去桐溪！”人群中的那人突然大喊了一声，他把手里的伞扔了，抢过一辆推车，“把它堵起来，快走啊！”

那人推着车，疯了一样冒雨奔跑。其余人见状，如梦初醒，跟着赶上去。两条长龙再次涌动起来，像血液一样，又有了生气。

桐溪是新安江的一条支流，一面倚山，一面枕着沃野，本是青山沃土间一条美丽的溪流，因了上流新安江水量激增，使得这条原本平静的桐溪浊浪滚滚，咆哮着往下流冲，浪涛不绝，冲击着堤坝。

白茫茫的大雨中，一段堤坝就像豆腐一样，倏地陷了下去，一道水流冲向缺口，往下面的田里灌。

那人指挥着百姓，往那缺口处填沙袋。然而随着缺口的增大，水流越来越急，沙包扔下去后，就被冲得不知所踪。

轰的一声大响，大段的堤坝轰然崩塌，洪水一泻千里，冲向田地，许多人不及躲避，被水冲了下去……

那人见状，黑色的脸顿时煞白，雨水抽打这张脸的同时，大滴大滴的泪水亦泛涌而出，淳安的黎民啊，因了官府的不作为，甚至是在某种势力的推波助澜下，一场大灾不可避免地发生了。祸因个人私欲而起，然百姓何辜，要一次又一次地遭受这惨绝人寰的灾难！

那人扑通跪在地上，向着苍天哀号。

后半夜了，驿站内依旧灯火通明。

胡桂奇显然很困了，按照这公子哥儿往日的脾气，只怕早躺床上去了，可今晚却强打着精神坐在厅里，似乎也预感到了，今晚要有大事发生。

一支五六人组成的衙役队，卷着风雨扑入驿站里来，他们的步伐中隐隐地透着股不安。

衣服上的雨水往下滴着，那五六人的脸上均透出一股恐慌。只见前面的那名衙役拱手道：“禀宪台，姚顺谦不见了！”

砰的一声，鄢懋卿忍不住拍案而起，“又不见了！”数日之内，一个县丞两次消失，到底是谁在背后左右着姚顺谦的行踪？

韦德正已然被逮捕，看来他们所逮到的仅仅只是此案中的一名无关紧要的人物，真正的幕后控局者，远还没有浮出水面！

徐渭虽依旧坐在椅子上，但他的脸色显然也不再淡定，怔忡了会儿，问道：“魏主簿那边可有消息？”

衙役答道：“我等在回来的路上，听说新安江的一条支流已经决堤，具体情况不得而知。”

“来了。”徐渭喃喃地说了一句，转首面向鄢懋卿。

鄢懋卿尚未回过神来，“什么来了？”

“这是巧合吗？”徐渭一字一字地道，“三天之内，姚顺谦两次失踪，也就是在这三天之内，洪水冲垮了堤坝。淳安的堤坝只能挡得了三天的雨水冲击吗？”

鄢懋卿大吃一惊，连脸色都变了，照着徐渭的话说，难不成决堤是人为的？未及鄢懋卿回过味来，徐渭倏地喝道：“还愣着做甚，想让赖文川也跟着失踪吗？”

鄢懋卿被喝得惊了一下，虽心里不太舒服，但依然执行了命令。因为这是极有可能的，在任的县丞可以失踪，前任的知县就更加能够让他消失了。

一队差役扑入大雨中，一道霹雳又在空中炸开，天像是要塌了似的，雨倾泻而下。

第四章

审判

一

翌日，暴雨依旧，风雨飘摇。

徐渭撑着伞站在雨中，脸上沉重如铁。赖文川的家里一切如旧，只是已人去楼空。院里种的菜蔬被风雨打得东倒西歪，一片凌乱。这些娇嫩的蔬菜啊，终究抵不住狂风骤雨的摧残，如果这雨持续下去，不出两天，就会被雨水冲走。

昨晚赖文川究竟经历了什么，会让他在倾盆大雨中离家出走？或者说不是他主动离开了家，是有人带着他离开的？徐渭的眉头一动，转身往来路走去。鄢懋卿转过头，看到徐渭慢慢地往前走，他的背影在雨中看起来有几分羸弱，甚至还有些落寞和无奈，他是预感到了什么吗？

鄢懋卿赶上去，雨落在雨伞上吧嗒作响，让他感到有些心烦，“徐先生，我奉旨而来，无论淳安的水有多深，这次我也得把那条大鱼捞上来。如果你知道些什么，便与我说。”

“在下能知道什么？”徐渭转头奇怪地看着鄢懋卿，然后喟然叹息，“回去提审韦德正。想要捞到大鱼，总得打开一个突破口吧？”

鄢懋卿同样看着徐渭，问道：“先生想怎么审韦德正？”

徐渭看着他的脸，似乎看出了些苗头，要知道他此番不光是奉旨办差，身上同时还带着严嵩的命令。而另一边高拱也派了位神秘的人物，来担任淳安知县。淳安俨然成了一个政治表演的舞台。作为这个舞台上的主要人物，鄢懋卿当然想要趁着这个机会好生表演一番，不仅是要表演给皇上看，还要表演给严嵩看。从这个角度来说，提审韦德正便成了一场重头戏。除掉这个地头恶霸，然后打开突破口捞出其背后的那条大鱼，可不只是淳安的百姓万众欢呼，口呼他为青天大老爷，而且连远在京师的严嵩也有了面子，这样的好事他岂能放过？

“鄢宪台是要公审吗？”徐渭嘴角一扯，露出一抹浅笑，他非常同意这个方案，鄢懋卿是严嵩这条线上的人，胡宗宪也是，作为胡宗宪府中的幕僚，他没有理由不支持这样一场有利于主子的政治秀，“这样也好，那就公审。”

回到衙门时，魏晋如丧考妣地坐在堂内，浑身湿透了，身上的水兀自往下滴，地上湿了一片，见鄢懋卿和徐渭走进来，起身抬手揖礼。鄢懋卿暗吃了一惊，问道：“桐溪的缺口没堵住？”

魏晋抬头看了他们一眼，眼里尽是红丝，梦呓般道：“缺口越来越大，洪水一泻千里，堤坝下绿油油的稻田瞬间被滔滔的浊浪吞没，没了，一瞬间什么都没了……”

鄢懋卿命人取一张县内的水文图来，在桌岸上摊开，找到决堤的桐溪后，用手指沿着这条溪流往下移，发现六都源、鸠坑源、梓桐源、进贤溪等十多条河流，都在这一条线上。要命的是，在进贤溪的下流有许多村庄，如果再让它决堤，遭遇灾难的就不仅仅是良田了，还会危及百姓的生命。一旦村庄被淹，出了人命，事情就更大了。

“其余几条河流可有加固？”鄢懋卿的眼前再次浮现出城外破窑里难民的影子来。他不是什么清官，但最起码的良知却是有的，既然来了这个地方，那么在他眼前就不能出现满城皆为难民的惨状。

“还在尽力加固，下官也派了人在沿河坚守，可是……”魏晋突然眼圈一红，落下泪来，含着泪低吼道，“可是银子没了啊！”

徐渭闻言，脸色立马就白了，“朝廷拨下来的修堤款呢？”

“你不会监守自盗，把银子吞了吧？”鄢懋卿看着魏晋，冷冷地道，“那银子是你掌管的，除了你哪个能随便动用？”

魏晋吓坏了，在河水决堤、灾难来临的时候，此等罪名若被扣实，漫说杀头，诛灭九族也是有可能的，而且以他在底层官场这些年的经验来看，发生了事情，一级一级推诿，最后推到最底下那人身上，推无可推，便把最底下那人当作替罪羊宰了，然后对外发布一个声明曰，出现此等恶劣之事，乃底下人办事不力所致云云，算是给了百姓一个交代，然后皆大欢喜。如果鄢懋卿真想把罪责推到他身上，也并非无此可能，急忙跪下，大哭着道：“宪台万莫将这等罪名推给下官，下官着实担不起，自打昨晚姚顺谦失踪后，放在库房的修堤款便也没了，请宪台明察！”

鄢懋卿瞟了眼旁边的徐渭，嘴角微微弯起，似笑非笑，似乎在向徐渭表示，这是不是很有意思？

“你且起来吧。”徐渭知道不关魏晋的事，凭他一个小小的主簿，拿了朝廷拨下来的巨额银子，断然不敢站在这儿，难道是姚顺谦？

确切地说，姚顺谦也没此胆量。根据魏晋的说法，当日姚顺谦支取了五万银子，说是要去严州府打点，而后他俩离开衙门分头行事，就一直没再见过姚顺谦。直至三日后，才在衙门里碰头，那时候姚顺谦就像换了个人似的，无精打采，没一丝神气。奇怪的是，据从严州府打探的人回禀说，姚顺谦并没到过严州府。那么是严州府的人在撒谎，还是在这期间，姚顺谦经历了不可思议的巨变？

这里面肯定是有问题的，一个县的二把手，且是在已经对外公布组织修堤的情况下，居然卷走了那笔修堤款潜逃，合理吗？且不说个人名誉以及县丞的职位，值不值得去交换那三十万两银子，如果他诚心潜逃，会在对外公布修堤后再行逃走，让所有百姓都去记恨吗？

背后一定有只手在掌控着这一切。徐渭转身面向魏晋，沉声道："你现在贴出告示去，三日后公审韦德正。三日之内，让所有失去土地的百姓都来投状纸，措辞要坚决，要让百姓相信，此番官府是下大决心反腐，还他们一个公道。另外，派出县里所有的衙役去，全城搜捕姚顺谦，一定要找他出来，活要见人，死要见尸。"

魏晋微微愣怔了一下，随即明白了徐渭的意思，这是要彻查此案，而公审韦德正则表示了他们的决心，当下领了命出来，让书吏起草告示去了。

豆大的雨滴噼噼啪啪地落在青石板上，犹如银珠坠地，发出清脆的教人焦躁的声响。天空仿佛塌了一角，连续数日，雨非但没有停歇的意思，还越下越大。天地间白茫茫一片，街道上灌满了水，积水之处甚至没过了膝盖。

城里尚且如此，那么山里呢，那些百姓视之为性命的田地呢，可否安好？

夜渐渐深了，浙直总督胡宗宪本已睡下，可听着屋外哗啦啦的雨声，莫名心烦，又起身踱步去了书房；坐了许久，拿了卷书在手里，试图以此来排解心忧。然有时候越是想静心，偏生越发静不下来，眼睛不由自主地望向窗外的瓢泼大雨，心里犹如风中的雨丝，纷繁复杂。

一个人影出现在雨中，也没有打伞，一袭薄衫被雨打得贴在身上，如落汤鸡一般。胡宗宪见到那人跑过来，心里咯噔一下，浓浓的眉头立时打了结，出事了！

跑进来的是浙江巡抚鲁则仕，字甘雨，乃嘉靖二十一年进士，自二十四年授武威知县始，便开始于地方任职，曾组织过引水工程，灌溉农业，颇有政绩，受百姓爱戴，因此从知县、知州，一路爬到巡抚之职，掌一方大权。

胡宗宪比较看好此人。一位好官，要想做到真正为民谋福，须从底层做起，了解民生之艰苦，生活之不易，方能兢兢业业，造福一方。往大处看，鲁则仕也算是合格的，至少从其任职的这两年来看，无论是抗倭时筹备粮草军饷，还是治理地方，都无可挑剔。但是，为什么浙江的水患一直解决不了呢？

“部堂，出事了！”鲁则仕进来时，往脸上抹了把水，那张本来又黑又瘦的脸此刻白得吓人，“新安江下流决堤，淳安全县的良田再次遭遇威胁！”

胡宗宪霍地站了起来，拿书的左手一抖，书本掉落在地，脸色一如此时的天气，黑得可怕，愤怒和震惊使他几难遏制火气，带着抹颤音道：“朝廷修堤的专款不是拨下来了吗，如何还是决堤了？”

鲁则仕皱了皱眉，道：“部堂，淳安累年水患，按下官看来，真正需要治理的并非河道。”

“那是什么？”

“官场。”

胡宗宪目光一转，落向湿漉漉的鲁则仕，烦躁地吐了口气，道：“今年修堤之事是哪个在主抓的？”

鲁则仕道："数日前，我就把修堤的专款拨了下去，由淳安县丞姚顺谦主抓，可就在决堤的前三天，姚顺谦忽然消失了。"

"消失了？"胡宗宪不可思议地看着他，"淳安新任知县尚未到任，县丞便是一县之代理父母官，如何就消失了呢？"

"这个我也不知晓。"鲁则仕道，"鄢宪台已经赶去淳安了，相信过两天就会有答案。不过，当务之急是如何赈灾。"

赈灾，又是赈灾！年年水患，年年赈灾，年年都是老一套，几乎每年一到雨季，浙江所有官员都会为此忙得团团乱转，如何就治理不好了？看来鲁则仕说得没错，真正为害浙江的不是水患，而是官患。

"混账！"胡宗宪终于遏制不住地发火了，"给我查，无论涉及哪一级的官员，给我一查到底。为官者连百姓的生死之事都不管不顾，这种人不管有没有贪都该死！"

"下官……"

胡宗宪冷冷瞟了他一眼，看出了他脸上的为难之色。这样的脸色胡宗宪见得太多了，每次涉及官僚内部的利益，涉及同僚之间的事情时，大多数官员都会露出这种为难的表情；换在平时他会睁一只眼闭一只眼，放任他们去做，说到底每个人活在世上，都会有一个固定的圈子，每个圈子都会有固定的存在法则，一旦将之打破了，便是惊天动地的事。可这一次他无法再熟视无睹，一个人可以有贪念，但不能贪婪到泯灭人性，为了一己的私利将他人的性命视若蝼蚁。况且这次朝廷明确表示了，要在淳安肃贪，那就更加不能放任。

"说！"胡宗宪霍地厉喝了一声，实际上他是想以这样的一种威吓，阻止鲁则仕说情，或者是排除他心头的顾虑。不想鲁则仕看着他，兀自说道："有一件事，下官不得不说，在淳安县丞姚顺谦消失的那几日，胡公子正好也在淳安。"

什么叫正好也在淳安？胡宗宪的表情倏地如被雷击了一样，脸色铁青，左脸颊上的肌肉不由自主地抽搐了几下。

“说！”胡宗宪是了解他儿子的，这不是巧合，如果姚顺谦失踪真与他儿子有关系的话，此事必非同小可，因此说话时，不免带了一丝慌张和不安。

“是。”鲁则仕应了一声，继道，“据下官得知的消息，公子曾与姚顺谦见过几面，且在淳安县的洪福酒楼喝过酒。”

“胡桂奇今在何处？”

“尚在淳安。”鲁则仕因揣摩不透胡宗宪的意思，言语变得小心起来，“那么下官……”

“查！”胡宗宪直接下了命令，“给我查，一查到底！”

鲁则仕微微愣了一下，心想万一查到你自己头上来了呢？可转念一想，既然朝廷有意反贪，不管是真查还是假查，都得一级一级查下去。现在的问题是，胡宗宪是想真查还是假查呢？思忖间，鲁则仕往他脸上瞟了一眼，见他的脸生冷如铁，不敢再问，躬身退将出来，至门口时，一弯腰扎入了倾盆的大雨中。

胡宗宪看着他离去的背影，喟然一叹，风雨已至，哪个能在这场暴风雨中独善其身，安然若素？

二

次日，雨停了，大家都松了口气，雨季的第一波困难总算是顶过去了，虽说桐溪决堤，淹没了大量良田，但好在没有全线崩溃，还有转圜的余地。

然而熟悉官场的人心里面都清楚，大雨虽暂时过去了，但一股更大的风波已悄然而至，那就是责任。灾难既然发生了，这口锅该让谁去背？

鄢懋卿责令魏晋，在新知县尚未到任之前，让他把县里的所有责任都担起来，维持县里秩序的正常运转。

魏晋当然是乐意的，在官场肩负的责任越大，也就意味着机会越大，姚顺谦莫名其妙地消失了，如果他能把县里的工作主持好，说不定就能往上爬一级，接过县丞的位置。故两日来他任劳任怨，说服百姓继续加固堤坝、主持搜捕姚顺谦、发动百姓状告韦德正……一切都井然有序。

鄢懋卿对魏晋的表现也颇是满意，在没有修堤款的情况下，还能够发动百姓继续固堤，这种事情如他这种从京师来的官员是做不到的，徐渭也做不到，此与官阶大小、有无谋略无关，靠的是人情以及对当地百姓的熟知程度，所以唯有如魏晋这样的当地官吏才能办到。但是这样的氛围只是暂时的，毕竟生活是现实的，老百姓总要吃穿，受灾的人总要活下去，要想继续维持这样的氛围，接下去必须做好两件事，一是公审韦德正，并且审出个结果来，给予百姓巨大的心理支撑，让他们相信官府是可以依靠并且信任的；二是追回修堤款，切实给百姓以实惠，帮他们挺过此次的灾难。做完了这两件事情，淳安这个政治舞台上的这场戏也就可以落幕了，相信会是一个皆大欢喜的结局。

趁着雨停，鄢懋卿拉了徐渭，亲赴受灾现场查看。他常年身处京师，在衙门大院里时，虽也常看见从各地传来的受灾的折子，但那毕竟只是见诸文字，从没亲眼见过，此时登高望远，看到决堤处的情景时，不由得浑身发抖。

河道上浊浪滚滚，堤坝上随着洪水而下的泥石流恰如山崩地裂也似，呼啸而下，与山下翻腾的浊浪汇合后，急流经泥石一阻，水声惊天动地，并迅速地涌向两侧的良田以及房舍，那情景似末日，遍目所及，俨然汪洋大海。没了田地和房舍的百姓们，在水中撕心裂肺地哭喊着、挣扎着……

鄢懋卿不知是不是被眼前的景象吓着了，身子微微战栗起来，神色像是见了鬼一般的惨白，原来这就是灾难！古人所谓的人为刀俎，我为鱼肉，在这天下，唯芸芸众生才是真正的鱼肉，谁为刀俎呢？

为官执政者也，那些把朝廷的修堤专款收入私囊之人，其心有多硬多黑，竟能视生民之生死若无睹，照贪不误！

徐渭的表情相对平静，转首看向鄢懋卿道："见此情状，宪台有何感受？"

鄢懋卿大大地叹息一声，道："以前老说肃贪，从来都是上下联手，喊喊口号，做做样子，我也跟着他们喊口号做样子，觉得官场嘛，无非就是那一套，只要把上面侍候好了，便万事大吉。现在，我才明白什么叫作民生，才明白肃贪是如此的迫在眉睫。如果不把淳安的官场好生整治一番，来年这里还得遭灾。先生想想，我等所食之一米一粟，所穿之一针一线皆来自于民，但凡有些良心者，如何忍心让他们再遭灾？"

徐渭微哂道："宪台的这番话，正是老百姓的心里话。然这样的话，以前不过是官场上的场面话罢了，说过就算了，没人会当真。现在好了，朝廷决心反腐，我们这些人也终于可以问心无愧地面对百姓，为他们申冤了。"

"好！"鄢懋卿知道徐渭的话就是代表了胡宗宪，有他撑着，那么他就可以在浙江大干一番了，"走吧，明日便是公审的日子，我们也得回去好好准备一下。"

第三日早上，一切准备就绪，衙门前聚集了上千名前来围观的百姓，他们站在潮湿的地面上，心头却是火热的，眼里都充满了期待。淳安的官场积疴已久，这才造成了年年治水，年年水患的局面，老百姓早就盼着上面能派人来治理，奈何官官相护，利益相连，每次所谓的巡查不过是走走过场，做做样子而已，没人真正下决心去治理。然此番不一样了，韦德正被捕，所有被他坑害过的百姓都上了状纸，这只地方上的吸血鬼终于露出了他本来的面目，说明朝廷是真的要肃贪，清理淳安的官场了，想到此处，众百姓群情激奋，期待着公审的开始。

鄢懋卿看了眼衙门外的人，心中油然激动起来；他曾告诉过他们，要是不申他们的冤，便不回京了，现在终于可以给他们个交代，代表朝廷大声告诉他们，朝廷没有忘记他们，当官的就是为百姓服务的，一个真正幸福的国家，唯百姓之福可代表国家之福！

舞台已搭就，观者是现成的，那就让这场好戏开始吧。鄢懋卿转首朝魏晋道："审案吧。"

魏晋听到这句话时，激动得浑身发抖，苍天啊，活了大半辈子，从书吏一步步走到县里的第三把交椅，以为这辈子也就这样了，哪里能想到知县被撤，县丞失踪，一场大水把个小小的淳安县搅得天翻地覆，硬是把他一个主簿推上了前台，坐在了公堂的断案席之上，值了，这辈子有此一回，值了！

魏晋郑重地揖手领命，庄重地走上了公堂正首的法案前，手一抓，抓住了惊堂木，这块绛红的惊堂木代表了大明的律法、权威，一记拍将下去，能教宵小胆战心惊，犯纪者无所遁形。以前，它的权威性一直被权力压制着，不能发挥其作用；今天，在县公堂屏风上那一轮红日，以及屏风上头悬挂的"公正廉明"匾额交相辉映下，它终得以恢复了权威。魏晋紧紧地抓着惊堂木，中间的两根手指扣着其顶部的棱角，慢慢地举起，在半空中微微一停，暗吸了口气，那神情仿若武林中的高手将内力贯注于臂，倏然疾速落下，啪的一声，在静阒的堂上响起，声响瞬间传到堂外。衙外的百姓听得这声响，精神陡然一振。

魏晋气贯丹田，霍地一声喝：“升堂！”

两班衙役手中齐眉的水火棍快速地敲打着地面，发出沉重的声响，若雨点也似，越来越密，同时口中吆喝：“威……武……”一股神圣的肃穆之气于空中弥漫，正气在公堂里升华，此时此刻，每个人都能感受到，一场关于正义的审判，将在这里展开。

“带人犯韦德正！”魏晋又是一声喝，堂下掌管缉捕的巡检司跟着大喝一声，没一会儿，韦德正被押上堂来。

韦德正不光人高马大，架子也大，平时谁也不敢去动他，养成了他一身的傲气，及至堂前，睥睨全场，目光从堂上众人身上一一瞟过，其神态丝毫不像罪犯，倒更像是这里的人都欠了他八百两银子一般。魏晋知道此番朝廷是要动真格的，以前惧他三分，这时候哪容得他藐视公堂、目空一切，喝道：“跪下！”

韦德正没去理会魏晋，因为在他的眼里，魏晋这种小吏根本入不了他的法眼，故转向鄢懋卿道：“鄢宪台，真要如此吗？”

鄢懋卿抬头看了眼这张满是横肉的脸，仿佛看到了一个亡命之徒。

是的，亡命之徒，任凭他身份如何高贵，拥有多少权力，到了生死存亡的时刻，文明的外衣就会被撕得支离破碎，露出狰狞的面目。此前，他曾经威胁说，韦光正给他捎了来一句话——鱼死网破。换句话说，如果真要掐断韦家的利益，那么谁也别想过好日子，要死大家一起死。

鄢懋卿曾被这句话吓倒过，如果韦光正真的像疯狗一样乱咬，估计真的会拔出萝卜带出泥，拴在严嵩这条线上的人一个也别想安宁。可他后来想明白了，严嵩是不会让他的人全线阵亡的，那个未曾露面的淳安知县联合赖文川举报了韦家，高拱甫掌都察院想要掀起些风浪来，皇上批准肃贪，那么内阁只得配合演好这场戏。既然是演戏，严嵩自然会把握好分寸，不使之演砸了。既然如此，面对区区一个地方上的地头蛇，还有什么好犹豫不决的呢？

鄢懋卿冷冷一笑，“主审官让你跪下，你就跪下。顽抗并不能使你保持尊严。看到外面的百姓了吗？他们告你私吞良田，恨不得噬你的肉、饮你的血，恨不得将你千刀万剐。民之诉求，官府自然是要理会的。你道那八字衙门何以日夜洞开？乃是为百姓开的。眼下数百户人家告你为非作歹，将私田变作诡田，你的大限也就到了。如若再敢藐视官衙，罪加一等，株连全族。”

韦德正见他说出这样一番道貌岸然的官话来，也是冷冷一笑，问道：“鄢宪台不怕吗？”

鄢懋卿没再理会他，目光一转，看向魏晋。魏晋心领神会，喝道：“让他跪下！”两名衙役走上去，厉喝一声，水火棍在韦德正的腿肚子上一敲；韦德正吃痛，扑通落跪。

“韦德正！”魏晋再次拍响惊堂木，厉喝道，“去年洪水，大量良田被淹，你却趁火打劫，假借朝廷赈灾，将淹没的田征作鱼塘，说是如此做，可以分别让百姓得到赈灾款和征用款两笔款项，从而让灾民得到最大的实惠。你兑现了吗？兼并土地，朝廷历来明文反对，而你枉顾律法，仗着朝中有韦光正撑着，明目张胆地掠夺土地，逼迫百姓签征用文书，不仅不支付征田款项，还变相用鱼塘税抵扣田税，以此渔利。这些罪状你可承认？”

“你不都查清楚了吗，何须再来问我？”韦德正蛮狠地看了眼魏晋，心想就算老子承认了，又能奈我何？

韦德正从来没把魏晋这等不入流的官吏放在眼里，在他看来，这种人若跳梁小丑一般，也就是当着鄢懋卿的面作福作威一下罢了，待这位从京师来的副都御史走后，他还不得像孙子一样来央求自己，给他一条活路？所以，他认为眼前的情状只是暂时的，官家从来不会拿官员开刀，也就是在百姓面前做做样子，让他出出丑罢了，过后该怎样还是怎样。

魏晋眉头一竖，问道："如此看来你是承认了？"

韦德正未去理会，算是默认了。魏晋起身，朝鄢懋卿揖手道："鄢宪台，韦氏一案，证据确凿，案情清晰。由于此案可能会涉及韦光正韦御史，下官不敢冒断，恳请宪台示下。"

鄢懋卿道："既然认了，那就让他画押。"

旁边记录的书吏将方才所言皆记录在案，此时将供状拿到韦德正面前，让他确认并画押。韦德正只瞥了一眼，并没细阅，冷笑道："画押？我承认什么了，让我画押？"

徐渭起身，朝着韦德正的方向走出两步，问道："刚才所说，有百姓诉状为证，莫非你都不认吗？"

"我没有不认。"韦德正道，"他们那些地的确在我手里，但是，那是他们自愿的。你想想，那些征用文书上面，每一份都有他们的签名，我岂有如此大的本事，让那么多的人就范签字？"

衙门外的百姓闻言，皆愤怒填膺，指责韦德正坑蒙拐骗促使他们签字，而如今手里的田没了，本该属于他们的银子亦未见踪影，大呼着官府还他们一个公道。

"刁民，一帮刁民！"韦德正大怒道，"有利益时趋之若鹜，将我视作恩人。一旦利益受损，便无理取闹，聚众闹事。草民恳请各位大人主持公道，惩治这帮刁民，还草民公道！"

魏晋见韦德正反而喊起冤来，一时不知如何是好。要知道如果韦德正咬定是百姓自愿的，那么就成了一笔糊涂账，怎么说也说不清楚，除非能找到其他证据。问题是现在有其他证据吗？魏晋毕竟是第一次担任主审官，不免心虚，往鄢懋卿和徐渭看了一眼。

鄢懋卿没有贸然回答，目光一转，看向徐渭。徐渭则转首看向衙门外站着的百姓，事实上他是有证据的，上百户百姓集体上诉，这还不够吗？正想说带上诉的百姓上堂，却不想胡宗宪的那位公子胡桂奇出现了，边往朝堂上走边道："既然没有足够的证据，不妨就先行退堂，择日再审。"

韦德正见胡桂奇出现，神色为之一振。他非常清楚，只要能拖，待到民怨过去，此案必然不了了之。这是惯例了。最后倒霉的只能是魏晋这等未入流之辈。

徐渭见胡桂奇出现，到了嘴边的话又咽了回去，要知道韦德正虽然上面有人，可说到底其兄韦光正不过是都察院的一个御史而已，在他眼里根本算不上什么人物，可胡桂奇为何要替韦德正说话？个中缘由似乎已不言而喻了。如果贸然深究，直接把他的主人胡宗宪推到风口浪尖上，那就得不偿失了。

徐渭是书生，有书生之理想和情怀，所以他敢去和赖文川饮酒畅谈，敢当着赖文川的面对天起誓，不除贪官，不还百姓一个安宁，天诛地灭。可他也是个知恩图报之人，胡宗宪之于他不光是上司，更是知己朋友，没有胡宗宪，他徐渭什么也不是。如果反贪最终要反的是他的主人，那么他宁愿违心不反。

"退堂，择日再审吧。"徐渭的目光从胡桂奇的身上移开，落向魏晋，然后深沉地暗叹了一声，何谓天地良心？乃是要大公无私，无论面对什么，都以大局为重，不畏强权，不念私情，铁面无私，六亲不认。

可人心终归是肉长的，试问天下谁人可以做到？

魏晋本雄心壮志，要在今日做出一番惊天动地的大事来，不曾想就这样不了了之，十分不甘心，但堂前一个是胡宗宪的幕僚，一个是他的公子，他们都说择日再审，他一个小小的县主簿还能说什么呢？魏晋正想说退堂，陡闻衙门外传来一声厉喝："慢着！"

三

随着那一声厉喝，一个人从衙门外的人群里挤出来。那是个又黑又瘦的中年汉子，皮肤粗糙，颌下蓄有一缕浓密的黑须，穿一身洗得发白的浅青色交领道袍，背上背了只褡裢，脚踏双黑色方头布鞋，沾满了泥巴，微微驼着背，浑然一副农夫的模样，正是大雨那晚，领着城内百姓去抗洪，见桐溪决堤时仰天厉号哭泣的那人。

无论是堂内还是堂外之人，看到那黑瘦中年人大步朝堂内走去，都吃惊不已。魏晋见状，心下倒是一振，只要你肯站出来指证韦德正，那么今日或还能审得下去。

胡桂奇冷冷地瞅了那人一眼，喝道："你是何人，未见传唤，公堂之上轮得到你来说话吗？"

那人虽是一副农夫打扮，气势上却丝毫不输于胡桂奇，只冷冷地瞥了他一眼，却不理会，径走到堂上，大声道："既然是公审，未见结果，何以退堂？"

徐渭心思敏锐，见此人不像是寻常百姓，便问道："莫非足下有证据？"

"证据不早有了吗？"那黑瘦中年人道，"淳安良田变作诡田，乃是不争之事实，且又有上百户百姓上诉，何不把他们一一唤来询问。如若言辞一致，那就是铁证如山，何须择日再审？”

韦德正没想到会冒出个不知天高地厚之徒来，叱问道：“你算是什么东西？公堂之上，岂是你说话的地方？”

“公堂之上本就是百姓说话的地方！”那黑瘦中年人浓眉一瞪，“怎么，难不成公堂也成了一言堂，容不得人发表意见吗？”

站在堂上的俱是在官场上游历了许多年之人，再傻也看出来了，看此人的言辞和气质，只怕来头不小。魏晋从主审位上走下来，说道：“尊下请亮出身份吧。”

“韦光正就是我举报的。”那黑瘦中年人说完这句话后，解下背上的褡裢，取出一道公函，交给魏晋查阅。

徐渭终于知道他是哪个了，可以说这次反腐风暴的源头就是此人。他联合前任知县赖文川，在淳安调查摸底，查清韦光正在淳安的家底后，就给高拱写了举报信；他们料准了高拱的为人，以及他刚刚掌管都察院迫切想要有所作为的心态，一定会从韦光正身上打开突破口，治理大明朝的官场。但此人千算万算，还是算漏了一招，那便是淳安县丞姚顺谦。所谓人算不如天算。有的时候，人心比天更难算。谁能想到，那个在外人眼中老实敦厚的姚顺谦，在尝到了权力的甜头后，竟然带着修堤款和那本田册失踪了。

“你好大的胆子！”胡桂奇听说韦光正就是他举报的，也就是说今日之事端便是他所挑起，心想你区区一个草民，插手朝政，扰乱公堂，好生不知天高地厚，一时怒起，扬手便要打。徐渭见状，不由得心下一慌，急忙抓住了胡桂奇的手。这一巴掌要是打下去，那就大祸临头了，即便你父亲是浙直总督，怕也保不得你。

徐渭早就在旁边瞟了眼那份公函，那是道任命文书，大意是让海瑞担任淳安知县，即刻上任。徐渭不知道这海瑞是何许人，但是此人来淳安上任之前，朝廷上下都把口风捂得很紧，没有人知道他的身份。换句话说，此人乃是高拱的一把利剑，他的公开身份是淳安知县，那没有公开的呢？

从眼下的局面来看，海瑞举报了韦光正，高拱顺水推舟达成了这场反贪运动，而严嵩、胡宗宪也不得不顺应朝廷，配合演这么一场戏，这才形成了淳安现在的形势。以高拱的为人，他不可能派一个寻常之辈。眼前的这人一定有其过人之处，以及非同一般的手段。胡桂奇极有可能与姚顺谦失踪案有关，而且跟韦德正也有千丝万缕的联系，既如此还是莫要去惹海瑞为妙。徐渭一边抓着他的手，一边朝他使眼色，叫他莫要节外生枝。

胡桂奇心里有一万个不服气，他是堂堂浙直总督的公子，钦命的锦衣卫千户，领着正五品的衔，去怕一介草民做甚？但他又不得不给徐渭面子，硬忍下了怒气。这时候，魏晋已阅完那份公函，揖手道："原来是县尊到了，下官淳安主簿魏晋，不知县尊到了淳安，不曾安排迎迓，有失礼数，望县尊莫怪。"

"我到淳安已有一月了。"海瑞瞟了眼堂前诸人，表明了身份后，向鄢懋卿、徐渭、胡桂奇等人一一行礼，从他对这些大人物的熟知程度来看，其一月前便已到淳安，应非虚言。

鄢懋卿饶有兴趣地看着海瑞，原来接任淳安知县的神秘人物，就是这个看起来毫不起眼儿之人，眼下的局势实在是越来越有趣了，此人究竟有什么本事，竟让高拱这般器重？他到淳安已有一月，何以到今天才现身，这一月以来他还做了什么？还有，他为何要举报韦光正，挑起这场轰轰烈烈的反贪运动？

看来他的确是个谜，比之当前的案情更加扑朔迷离。鄢懋卿试探性地道："原来是淳安知县到了，这下淳安总算是有了主心骨。海知县刚刚到任，不妨先去歇息一下，熟悉熟悉这里的环境，改日再由你亲自审理此案，如何？"

"不，就现在审。"海瑞丝毫没将鄢懋卿的话放在耳朵里，断然道，"来人，将告韦德正的百姓，一户一户请入堂来。本县要亲自问话。"说话间，也不去换衣服，穿着那身沾了泥巴的交领道袍，走到了堂前正首的法案前。

胡桂奇看不起他那副拿着鸡毛当令箭、一本正经的样子，冷冷地道："海知县何以如此着急呢？"

"胡千户此言差矣。"海瑞正色道，"百姓的事大如天，更何况前两天本县遭遇了洪灾，迄今尚未得到解决，不仅良田、房舍被淹，连朝廷赈灾的银子也不翼而飞，桩桩件件的事联系到一起，诡异至极。淳安之灾，若仅仅只是天灾倒还罢了，只要全县上下齐心协力，没有过不去的难关，可怕的是人祸啊，年年治水，年年遭灾，抓出潜藏在淳安的蛀虫，刻不容缓。"

魏晋在一旁听着，心想到底是上面精挑细选下来的人物，他虽不过是区区七品知县，可在气势上丝毫不输于鄢懋卿、胡桂奇这些大人物，我与他相比起来，恰如萤火之于火烛，难望其项背。

在捕头戴孝义的率领下，衙役将上百户上诉的百姓都引入堂前的院内，满满站了一院子，由衙役一户一户地引入堂内来问话。

看看堂外满院上诉的人，再看看堂前那铁面无私的海瑞，韦德正不由得慌了，急把目光转向胡桂奇，寻求帮助。胡桂奇再傻也看出些苗头来了，这人是高拱亲自选定下放到淳安来的，连徐渭都忌他三分，这时候如果跳出去为韦德正说话，岂非引火上身？当下只作没看见，站着不动。

海瑞虽在向百姓问话，事实上也留意到了韦德正的举动，心里不由得一沉，莫非此案胡公子也有份？如果是这样的话，查到后面可能会涉及胡宗宪，那可是功绩赫赫的封疆大吏；真要是查到了他身上，此案的性质就变了，不再是普普通通的反腐运动，而是轰动整个大明朝的大案。

海瑞暗吸了口气，兀自不动声色，他不过是区区举人出身，按照本朝出仕之原则，唯进士出身，方有资格为官，因此他属于特例，是朝廷看得起他海瑞，才委以重任。圣人有云："君子出仕，非其欲也，行其义而已。"既如此的话，当尽心尽力，为民请命，哪怕是遇到再大的阻力，亦当义无反顾，死而后已。真要有真凭实据，漫说是直隶总督，就算是皇亲国戚又当何如？法不阿贵，绳不挠曲，王子犯法，庶民同罪，怕他何来！

如此一户一户挨批询问，因有上百户人家，及至问完，已是傍晚时分，堂上之人均不曾用午膳，早就饥肠辘辘，胡桂奇早就挨不住了，愤而起身往堂外走。海瑞目光一扫，眼中精光暴射，"胡千户去何处啊？"

胡桂奇大声道："你要审案，审便是了，审到明日我也管不着，请恕我不想奉陪了！"

"只怕你还走不了。"海瑞的脸本就又黑又瘦，此时更是若一块冰冷的铁，仿佛每一个字都带着丝寒意。

"你是在对我说话吗？"胡桂奇气极而笑，"敢问我为何走不了？"

徐渭看着海瑞的脸色，心头一沉，莫非他已经掌握了胡桂奇犯罪的证据？真要如此，这场由反贪而引起的风暴就要提前来临了。

啪的一声，惊堂木倏地响起，只见海瑞厉声道："这是公堂，在本县尚未问完话之前，这里面的人谁也不能走！"

魏晋吓得心惊肉跳，这里虽是公堂，可是干胡公子何事呢，跟他对着干，能有什么好事？

“我要是非要走呢？”胡桂奇本来就看不惯海瑞的作风，此时公子哥儿的脾气一上来，更是不会将区区七品知县放在眼里。

“非要走？”海瑞眼里的寒光一冒，身上那股若农夫一般的模样荡然无存，取而代之的是一股浩然之正气，“姚顺谦失踪之前，你与他曾在洪福酒楼有过一会，所为何事？此后，你又曾是韦德正的座上宾，又是所为何事？”

鄢懋卿见海瑞咄咄逼人，居然丝毫没将胡桂奇放在眼里，心想好一柄披荆斩棘的利剑，高拱啊高拱，你捂着此人的身份，秘而不宣，原来是要以迅雷不及掩耳之势将这柄剑插入淳安官场，给所有人一个下马威；转首再看徐渭时，只见他的脸色也变了，这位以谋略著称的书生，明显也被眼前的情势吓着了，如果海瑞真的已经掌握了胡桂奇的罪证，那么高拱的目的可能不仅仅是淳安，而是整个浙江的官场。

胡桂奇沉声道：“不妨告诉你，本官每到一个地方，便会有地方官和乡绅接待。姚顺谦和韦德正接待本官，有什么错吗？”

“他们如何接待你，本县管不着。”海瑞道，“可问题是这两人接连出事了，这是巧合吗？”

胡桂奇冷笑道：“你有证据吗？”

“没有，但有嫌疑。”海瑞执拗地道，“在本县的问话尚未结束前，你有义务配合。倘若你坚持不予配合，那么本县只得强行将千户大人留下了。”

“胡公子。”徐渭忍不住发话了，“是非黑白，海知县自有公论，即便要走，也不急着这一刻，且坐下来再说。”

胡桂奇咬牙切齿地看了会儿海瑞，恨不得上去将那不知好歹之徒撕碎了，但不知是心虚还是给徐渭面子，又走回堂内坐下了。

魏晋见状，暗松了口气。而站在衙门外观审的百姓，见到这位新任的知县如此威风，心下暗暗叫好，有了这样铁面无私、廉洁奉公的好官，治理淳安之积疴看来是真有希望了。

海瑞手按着桌上那一堆厚厚的状纸，目光一转，冷冷地看向韦德正，“韦德正，你下欺百姓，上瞒朝廷，兼并土地，吸噬民脂，无恶不作，现证据确凿，即便你不招认，按大明律，本县也有权力将你绳之以法。不过本县还是要提醒你，都察院接到本县举报后，已开始对你的兄长韦光正进行调查了，想要让韦光正来保你，劝你还是趁早死了这条心。现在你可清楚所面临的处境了？”

韦德正面若死灰，先前的倨傲之气在海瑞的威严下无影无踪。他迅速地看了眼堂内在座的人，陡然仰天长笑，忽朝鄢懋卿道：“鄢宪台，可还记得我之前与你说过的话吗？想要让我死，好，那就鱼死网破！”

看着韦德正状若疯狂的样子，海瑞如铁一般寒冷的脸上不由露出抹轻松之色，这就是他想要看到的结果，只要韦德正垮了，那么下面的事情就好办了。

鄢懋卿故作轻松地道：“本官的确记得你曾经说过，令兄给你捎了句话过来，说是要鱼死网破，却倒也好，都抖出来，也算是你功德一件。”然实际上他的内心并不轻松，严嵩在京师一手遮天，他可以控制韦光正的言行，可淳安远在千里之外，即便严嵩的手再长，也无法在短时间内触及淳安，如果韦德正真把事情都抖了出来，让海瑞一级一级顺藤摸瓜往上查，查到严嵩头上去，那还了得！这本是演给皇上看的一场戏，倒头来假戏真做，不就搬起石头砸自己的脚了吗？最关键的是，他鄢懋卿乃严嵩一手提拔起来的，严嵩一倒，他也就完了。

海瑞静静地看着他们对话，情知好戏已经开场，索性再给他们添把火，说道：“韦德正，你且听好了，现在本县给你两条路，一是如实交代，将你如何勾结官员，又是如何把良田变作诡田等一应事情说出来，本县念你虔心悔过，只斩你一人，留你个全尸；第二条路是，你可以顽抗到底，拒不交代，那么本县便按大明律，抄没你一应家产，株连九族。两条路都指给你了，要走哪一条，劝你好生思量。”

官场也是有生态链的，一级一级相互勾结、贪污，于是就形成了一个大大的关系网，出了事相互保护，互为依靠，官官相护。很多人都习惯了生存在这张巨大的保护伞下，他们自得其乐，为所欲为，以为上面有人，断然出不了事。可谁承想高拱派了一位没有背景、毫无关系，且无任何仕途经验的举人出来，正是因为海瑞在官场若白纸一般，怀揣家国天下的书生理想，把这张关系网彻底打乱了。在堂内的这些人之中，除了韦德正以外，内心最为惊慌的莫过于胡桂奇，他从老家安徽绩溪一路走来，与往常一样每到一地习惯性地胡吃海喝，收受当地官员的钱银，这在往常算是惯例了，与世俗之人情一般，人人皆知，没想到来了个不畏强权不怕死的，硬生生将他留在了公堂，要是韦德正供出了他收受钱银，倒也好说，大不了再吐出来，然后再让胡宗宪骂一顿，可如果让海瑞查出他还拿了姚顺谦五万两的赈灾银，性质可就严重了。

想到这里，胡桂奇的心头突突直跳，眼见得韦德正即将崩溃，开口道：“海知县铁面无私，是个大大的清官，该招的你就都招了吧。”这句话有两层意思，第一层意思是海瑞不会轻易放过你，就把该招的都招了，不该招的莫要随口乱说；第二层意思是，只要你不张口乱咬，那么我就可以设法救你。

胡桂奇乃是官宦世家，其家族世代都是锦衣卫出身，到了其父亲这一代，更是飞黄腾达，成为一方大员，总督浙江、福建、江南兼江西军务，手握兵权，纵观大明，一时无两。因此在胡桂奇看来，世间没有权力解决不了的事，只要韦德正不当堂乱咬，不给海瑞抓到把柄，那么他一定能够把大事化小，小事化了。

韦德正虽然只是一方的乡绅，可官场上的事却是一清二楚，只要那张网还能够继续罩着他，他自然也不想弄到鱼死网破的地步。现在既然有胡桂奇撑腰，照常理来说，区区一个知县的确掀不起什么大风大浪，当下略心安了些，说道：“好，我招。去年淳安大水，淹没良田两百余亩，我利用官府赈灾的机会，征用被淹的良田，如此一来，受灾的百姓不仅能得到一笔赈灾款，还能拿到征用田地的银子，这个方案与当时的知县赖文川一商量，他就同意了。”

“据说征用文书是严州府下来的，是吗？”海瑞问道，“严州府为何会同意开发鱼塘？”

“这是个很简单的道理。”韦德正道，“地被淹了，作物被毁，百姓一年之心血付诸东流，即便有赈灾款周济，落实到户，百姓到手的银子也并不多，但是如果将地征用，开发鱼塘的话，一来百姓的生活就不用愁了，二来当地有开发之项目，可以改善经济，算是一个值得称道的政绩。面对这样的好事，没有官员会不同意。”

海瑞眉头一沉，问道：“那你为何没将征用款项发放到位？”

“按照征地文书之约定，鱼塘项目一旦实施，我便将相关款项通过官府，发放给征地百姓。”韦德正道，“但是鱼塘项目至今一直未曾实施，我自然没有义务在项目开展之前，发放相关款项。”

海瑞明白了，问题出在征地文书上面，这是明目张胆地利用文书之漏洞，空手套白狼，事实上韦德正没花一两银子，名下便凭空多了两百余亩地产。从寻常的逻辑来看，发生这样的事，官府不可能不管，但奇怪的是，前任知县赖文川却以治水不力之罪被撤职了，现任县丞莫名失踪，韦德正成了最大的受益者。

好一张关系网啊！海瑞是见过前任知县赖文川手中那本田册的，不然他也不会联同赖文川举报韦光正。据那本田册显示，近两年来，韦光正通过其弟韦德正，兼并良田五百多亩，这些田产大部分是低价收购，要么建造房子高价出售，要么开发其他致富之项目，另有一些则是非法所得，未向百姓支付应付钱款；此外，除淳安外，在整个严州府所辖地面上，所有县、乡都涉及同样的问题，牵涉的土地达万亩以上。那本田册虽然没有直接指出严州的问题，但是很明显，严州府是有问题的，如韦德正之辈，除了上头有亲戚和关系之外，严州府恐怕是他们最大的保护伞。可惜的是，赖文川离任前，将田册交给了他认为可信任的姚顺谦，而随着姚顺谦及其家人的莫名失踪，那本田册也随之不知去向。眼下海瑞虽有反贪之决心，却有种心有余而力不足的无奈感。

什么是官场？这就是，只要涉及权贵的利益，无论是反腐还是改革，都会遇到重重阻力。如果在韦德正身上打不开突破口，拿不到证据，那么这场反贪运动就注定要不了了之。

这是海瑞最怕看到的局面，韦德正本来已经接近了崩溃的边缘，因了胡桂奇的一句话，又有了胆气。既然韦德正借胡桂奇而顽抗，那就把他想要依靠的这堵墙推倒，就算这堵墙的背后是胡宗宪的公子又当如何，只要他违纪犯法，作为朝廷的命官，就有权将他绳之以法。

海瑞一拍惊堂木，朝韦德正喝道：“本县告诉你，那征地文书虽是严州府所发，但它是有问题的，百姓的地已归到你的名下，不管你是否已开发为鱼塘，皆有义务支付一应款项，若是拒不支付，本县便有权将你法办，你可知晓？”

韦德正道：“知县大人，征地文书经严州府所放，并且由原来的土地拥有者签字生效，白纸黑字俱在，韦某所为合法合规。你若执意要治韦某的罪，那便是滥用权力，除非你能让严州府推翻了征地文书，不然韦某不服。”

“严州府的征地文书一事，本县自然会去找府台理论，不消你来操心了。本县想要告诉你的是，今天你断然走不出这县衙门了，一味地抵抗，只会加重你的罪行，冯典史何在！”海瑞头一抬，朝典史冯全道，“你速带人去驿馆，将胡千户的所有行李搬到堂上来，一样也不得落下。”

胡桂奇霍地起身，“你要做什么？”

海瑞道：“本县要清查你随身携带的所有物品。”

“凭什么？”

“就凭本县是淳安知县。”海瑞冷面如霜，寒声道，“现怀疑你收受各级官员贿赂，若此事属实，本县少不得要替胡部堂管教管教了。”

“你敢！”胡桂奇彻彻底底被激怒了，在浙江地面上，还没有人敢明目张胆地跟他作对。

权力是把刀，手中所握的权力越大，那把刀便越锋利。胡桂奇的背后是管理了几个省的浙直总督胡宗宪，平时漫说是没人敢去得罪他，就算顶他一句嘴也是不敢的，因为你今日得罪了他，明日就只有倒霉的份了。也许在当今之天下，只有海瑞敢做这样的事了，在他的思想里，当官为民，是天经地义的事，既然坐在了这个位置上，就得一心一意为老百姓谋福利，哪怕遇上再大的阻碍，也当勇往直前，大不了拼却这一条性命就是了。

“本县的话，你没听见吗？”海瑞没去理会胡桂奇，盯着冯全沉声道，“若不执行，本县现在就撤了你的职，脱下你身上的官服，滚！”

冯全圆目一睁，他深知这位新来的知县是诚心要为民办事，也豁出去了，喝一声：“走！”带着堂外候着的衙役大步走了出去。

当冯全率着衙役穿过在衙门外观审的百姓时，他们纷纷拍手叫好，终于来了个为民请命、不畏权贵的好官，此等心情就像是失去父母多年的孩子，他们一直盼啊，盼着有人能为他们做主，予以他们幸福，现在终于盼到了，昔时的苦难和种种不公平也即将成为过去，激动之余，陆续跪在衙门外，向他们的父母官磕头，一边呼喊着青天大老爷，一边泪流满面。

这幕情景震惊了所有人，自然也包括海瑞，他激动地站起身子，鼻子一酸，红了眼眶，我们的百姓是善良的，只要你真心为他们办事，便能收获他们的心，而为民办事本来就是为官者应尽之义务，古往今来多少的官员啊，一旦穿上了那身官服，便忘了为官者的根本，以为权力大如天，可以为所欲为，殊不知他们手中的权力乃是百姓赋予的，没有他们的支持，权力便是孤悬的，有何意义？海瑞走到堂外，大声喊道："乡亲们，起来，本县只是尽了为官之义务而已，受不起你等的大礼，起来吧！"

韦德正的脸色再次变了，如果这个人连胡桂奇也敢去动的话，他还会畏惧什么？鄢懋卿和徐渭也感觉出来了，高拱让他来淳安，授予他的权限只怕不仅仅是一县之印，不然凭他一个七品小吏，如何敢这般为所欲为？转首见胡桂奇一副恨不得上去跟海瑞拼命的样子，徐渭忍不住伸手捏住了他的手臂，轻声道："他身上的权力只怕要高出我们的想象，大闹公堂不是小事，公子务必忍耐。"

海瑞的行为同样也大大超出了鄢懋卿的预想之外，来淳安本是要演场戏给皇上看的，现在倒好，弄不好真要搬起石头砸自己的脚了，便走到胡桂奇身边道："胡千户冲动不得，待回头查清楚海瑞的背景再从长计议。"

冯全的办事效率很高，在海瑞将激动的百姓安抚好时，他已抬着胡桂奇的所有行李到了堂上，足足二三十只大箱子。真正的审判才刚刚开始，数百双眼睛齐齐地盯着海瑞，要看他怎么审判胡桂奇。

第五章

荡田案

一

已是傍晚时分，天色渐黑，无论是堂外的百姓，还是堂内的各级官员以及相关人员，漫说是用晚膳了，连午膳都不曾吃过，可是不知为何，没有人感觉到饥饿，或许对绝大多数的人来说，这场大明朝历史上罕见的审判，本身就是饕餮大餐，他们等待了太久，亟须这样的审判来安抚和滋养被压抑了许久的灵魂。故审了将近一天，衙门外围观的百姓非但未见减少，反而渐渐多了起来。

天空又飘起了细雨，洋洋洒洒，若柳絮也似，落在百姓的身上，亦落入他们的心里。这洋洋洒洒的雨，让他们莫名地升起一股恐慌，雨又来了，灾难刚刚过去，下一个灾难还会接踵而至吗？可是当他们抬起头，看到那块书写着“公正廉明”的匾额，以及匾额下所站的那位父母官时，心里又安静了下来。

是的，天灾其实并不可怕，只要同舟共济、齐心协力就没有过不去的坎，可人祸就不一样了，在人与人之间的等级越来越森严的情况下，倘若那些有权有钱的人，枉法徇私，仗势欺人，普通人要想对付他们，犹如蚍蜉撼树，不自量力。然而现在不一样了，这位新来的青天大老爷，虽只是七品知县，却敢于去动二品封疆大吏的公子，这对老百姓来说，或许是莫大的幸福。

海瑞看了眼那些大箱子，喝一声："打开！"冯全大声应是，命令衙役把箱子一只一只打开。随着那些箱子陆续开启，大家的心都提了起来，这可不是区区一个知县干的事情，按照眼前的事态发展下去，该怎生收场？

除了一些常用的衣服及生活用品外，在将近二十只箱子里面，装的都是金银财物或名贵字画，价值至少在万两以上。似这般事情，在官场算是司空见惯的事了，哪个人不知道当官的收受他人孝敬是寻常事？连普通老百姓办些事，都不好意思空着手去央求于人，更何况是一位二品大员的公子、正五品的锦衣卫千户？可一旦将它公之于众，却不免触目惊心，这些财务如果用于民生，足够让一个县的环境大为改善，使全县读不起书的孩子安心读书。悲哀的是，他们将国家公器当作私人的武器，把民脂民膏当作私库，毫不吝啬地将之奉送，为自己的前途铺路，以求在不远的将来如愿擢升，坐到更好的位置上去。

倘若天下官员，皆作如是想，那是件何等可怕的事情。海瑞愤怒地一拍惊堂木，许是心虚的缘故，胡桂奇的身子震了一震。

"胡桂奇，本县问你，这些财物从何而来？"

"哪里来的？"胡桂奇尽管心虚，但好歹是五品高官，很快就镇定了下来，说道，"此乃各级官员孝敬的，我也是盛情难却，不得已而收之，并非贪污。"

海瑞寒声道："这么说你是承认了这些财物乃是非法所得？"

“海瑞！”胡桂奇怒道，“我再说一遍，你给我听好了，这些财物乃是各级官员孝敬，而不是非法所得。”

“来人！”海瑞似乎并不想听他的辩解，喝道，“逮捕胡桂奇，押下去！”

胡桂奇大惊，“你凭什么？”

“就凭你收受不法钱财！”海瑞眉头一竖，再次向发愣的冯全喝道，“把胡桂奇押下去！”

事实上冯全完全被吓傻了，所谓请神容易送神难，把胡公子押在县大牢，到时候如何收场？类似的事情以前并非没有发生过，无论是民告官，还是低级官员得罪高级官员，最后都不会有什么好下场，到时候如果胡宗宪怪罪下来，淳安的官员哪个消受得起？

冯全正自为难，一匹快马停在衙门外，很快一名驿使分开人群，从外面大步跑进来，及至堂外，说道：“浙直总督府送来加急公函，请徐文长查收。”

徐渭闻言，心头一喜，这道公函真是来得及时极了，接过公函时，心里又不免七上八下起来，按道理胡宗宪不可能这么快得知这边的情况，更不可能是来给胡桂奇脱罪的，那么此时发公函至淳安，究竟是为何事？

徐渭拆开信封，从里面抽出张纸来，只见上面写道：今天下安定，久不闻兵事，人心思安而不思危，贪墨滋长，犹以严州为甚，知会严州及以下各级官府，查贪关及国事，不可姑息，务一查到底。

按照惯例，从省一级发下来的公函，须从州、府、县一级一级传阅下来，以便各级地方官员领会上级之精神，这道公函直达淳安，胡宗宪的意图很明确，内阁和都察院都把重点放在了淳安，作为一省之总督也必须拿出态度，以配合朝廷肃贪，演场戏给皇上看。

徐渭不禁哭笑不得，可能胡宗宪也不会想到，海瑞为了让韦德正乖乖伏法，甫上任就向胡桂奇动了刀子，这海瑞本就是个不知天高地厚的愣头青，此公函在这时候送到，恰好增长了他的气焰，局面只怕真就无法收拾了。

“胡部堂说了什么？”海瑞望着公函问道。徐渭只得把公函送到他手上。海瑞接过来一看，眉头不由得一挑，把公函展示于众人面前，“部堂有令，查贪关及国事，不可姑息，务一查到底，把胡桂奇带下去吧。”这回冯全也来了信心，朝捕头戴孝义使了个眼色，将人押下堂去。

韦德正彻底傻了，这一切都来得太过突然，让他手足无措。办了胡桂奇后，海瑞再次把目光落向韦德正。他知道现在韦德正就像是一只被猫逗得魂飞魄散的老鼠，再无勇气顽抗，故淡淡地问道：“韦德正，本县再给你最后一次机会，是哪个给你的胆子，兼并土地，肆意侵吞百姓私产？”

“知县大人应也已猜到了，征地文书乃严州府所下，此事与严州方面自然脱不了干系。”韦德正抹了把额头的冷汗，老老实实地交代道，“草民每年都要向严州通判卓有才孝敬，至于孝敬之财物，我均有记录，每年少则几百两，多则数千两。”

海瑞又问道：“你不过区区一介白丁，如何能搭上严州府的通判？”

韦德正答道：“乃是因了兄长韦光正的关系。”

海瑞点点头，似乎对他的回答较为满意，“那么你可承认，你名下的两百余亩地，乃是通过严州府上下勾结，非法侵占？”

“草民……”韦德正咬咬牙，道，“草民认了。”

“让他签字画押。”海瑞命令魏晋，把供状送到韦德正面前。待韦德正确认无误，签字画押后，海瑞又吩咐道：“马上抄送一份，连夜送去京师，不得有误。”

魏晋哪敢怠慢，应了一声，下去办事了。海瑞命人带韦德正下去关押候审，又令告状的几百户百姓先行回去，随时听候衙门传唤。众百姓对他心服口服，拜了又拜，谢了又谢，这才陆续离开衙门。

待审理完毕，海瑞这才下了堂，再次向鄢懋卿、徐渭等人行礼，微哂道：“不知不觉审了一天，辛苦了二位，得罪之处望海涵。”

鄢懋卿见状，心想你倒也懂些人情世故的嘛，笑道：“海知县好生厉害啊，着实让本官大开了眼界，只一天时间，就查办了两人，堪称雷霆手段。”

“见笑，见笑了。”海瑞目光一转，看向徐渭，“逮捕胡桂奇乃是迫不得已，望徐先生莫往心里去。接下来还望先生做一下胡桂奇的思想工作，让他把跟姚顺谦见面的经过交代清楚了，如此的话，我们都好向胡部堂有个交代。”

徐渭眼中精光一闪，问道：“海知县打算如何处置胡公子？”

海瑞道：“只要胡公子是干净的，我自然会将他释放。至于他向各级官员收受财物一事，当交由胡部堂亲自决断。”

“好。”徐渭见他没有抓着胡桂奇不放的意思，便爽快地答应下来，“在下一定说服胡公子，让他把会晤姚顺谦一事说清楚。”

海瑞道了声谢，说道：“在到淳安之前，我一直在家务农为生，无甚积蓄，若两位不嫌弃，我便以从老家带过来的土特产招待，请两位在后衙用膳，可好？”

鄢懋卿哈哈笑道：“海知县的这顿饭，我们吃定了！”

“来来来，请！”海瑞热情地请鄢懋卿和徐渭去后衙。这个时候，他身上那股子威严和不容反驳的气度已然不见了，换之的是平和及亲近，再加上他身上所穿的那件沾满泥巴的灰色交领道袍，完全是一副普通百姓模样。徐渭看在眼里，心下暗暗称奇，这端的是个奇怪的人，发起威来睥睨世间，光芒万丈，天王老子也未必放在眼里，放下公事后，却是丝毫不起眼儿，走在茫茫人海，鲜有人会注意到他。

鄢懋卿太熟悉官场了，东道主嘴里虽道是吃顿便饭，往往却是山珍海味俱全，断然不会真的以粗茶淡饭招待，但看到海瑞招待他们的饭菜后，他才知道原来从此人嘴里说出来的，都是真话，眼前的这桌菜，甚至连粗茶淡饭都算不上。

菜是海瑞亲自下厨做的，他一边洗菜、淘米，并亲自上灶炒菜，里里外外忙得不亦乐乎。鄢懋卿和徐渭则坐在后衙院里的一张石桌前，看着他把菜一样一样端上来。现在，摆在桌上的是五样菜，一碟凉拌腌萝卜，浇了些麻油；一碟鸡屎藤粑仔，乃是地地道道的海南琼山[1]特产，深受当地人喜爱，然对外乡人来说，那东西有一股子怪味，委实难以下嘴。另有鱼豆腐、山芋、土豆各一份，除了那鱼豆腐是荤菜外，其他四样决计找不到一点油水。而且那道唯一的荤菜鱼豆腐，乃是他从琼山老家带出来的，在他那破包袱里闷了一个多月不说，前两天还淋雨泡过，腥臭味特别重，猫闻了都得跑，一般人是难以消受的，直把鄢懋卿看得目瞪口呆，此人是真傻还是装傻，哪有用这种吃食招待客人的？一时心里暗暗叫苦，抬腿走吧，拉不下脸，不走吧，实在难以下咽，十分尴尬地坐在那里，不知如何是好。

徐渭是从底层百姓走过来的，也吃过苦，倒是没觉得什么，拿起筷子道：“海知县亲自做的菜，在下定是要尝一尝的。”徐渭吃了一口，认真地嚼完咽下，不知是不是故意气鄢懋卿的，瞟了他一眼，评价道：

---

[1] 今属海南省海口市。

“海南风味，甚为独特。”

鄢懋卿当然知道徐渭所说的“独特”是什么意思，见海瑞招呼他们吃饭，只得闷头扒饭，不敢伸筷子去夹菜。海瑞见状，道：“鄢宪台如何不吃菜？”

鄢懋卿自打为官以来，从来没有扒光饭的经历，心里真是把海瑞恨透了，嘴上却说道：“许是饿过头了，没了胃口，吃些饭就好。”

海瑞不傻，他自然看得出来鄢懋卿的意思，故意叹息一声，道：“民生艰苦，超乎为官者之想象，此正是当朝最大的悲哀，为官者高高在上，过的是上流生活，漫说是不会去理会百姓的不易，很多官员甚至看不起低贱的穷人，偏偏制定各项政令的又是那些高高在上，与社会脱节的官员，两位以为，可不可悲？”

徐渭抬头问道：“那么以海知县看来，什么样的官才是好官？”

“当有悲天悯人之心。”海瑞严肃地道，“如果一个官员，连最起码的同情心都没有，如何做好一个好官？”

徐渭点头，深以为然。海瑞看了眼桌上的菜，又道：“其次应吃得了苦。为官者，说穿了只是三百六十行里的一行罢了，并无特殊，其作用是维护社会的秩序。若是吃不得苦，不思百姓之疾苦，已与管理者相去甚远，留这样的官员有何用处？”

鄢懋卿听得面红耳赤，夹了块腌萝卜，勉强咽下。徐渭端起桌上的一碗水，说道：“海知县知民生之不易，来淳安上任，端的是淳安百姓之福也，在下以茶水代酒，敬海知县。”

海瑞连忙端起碗道：“徐先生谬赞了，只不过我一直生活在平民之中，从平民中而来，这才知道他们想什么、要什么、盼什么。”

二

县大牢里，一盏油灯如豆，胡桂奇朝徐渭发着牢骚，看他的样子依然十分气愤。徐渭则静静地坐着，拿一壶酒自斟自酌，像是在听着胡桂奇的倾诉，又像是完全没去理会，只顾喝酒。待胡桂奇说完了，指指桌上的酒菜，道："公子不饿吗？"

胡桂奇气愤道："那海瑞算什么东西，他有什么资格将我关在这儿？"

"他不算什么东西，但有资格关你。"徐渭喝下一口酒，淡淡地道，"如果你不把你与姚顺谦的事情说清楚，他还会揪着公子不放的。"

"我会怕他？"胡桂奇冷笑一声，"区区一个知县，他能将我怎样？"

徐渭叹息一声，"公子啊，莫非你真不明白当前的形势吗？"

胡桂奇瞪着他道："那又怎样？"

"此次反贪是皇上下的旨，不管是做戏还是动真格的，在这当口，无论是哪一级的官员，都是避之唯恐不及，连胡部堂也下了公函，表明态度要配合朝廷肃贪，你可倒好，偏要往这风口浪尖上撞。"徐渭放下酒杯，估计是已有了几分酒意，竟然像教训子孙一般，一副恨铁不成钢的样子，激愤地道，"你想要干什么？这样下去，连胡部堂也会被你涉连，你想过吗？"

胡桂奇一愣，"你是什么意思？"

“还是那句话，把你和姚顺谦的那些事交代清楚。”徐渭的语气丝毫不容商量，“把拿的银子捐了，赶紧回头，不然连胡部堂都保不了你。”

胡桂奇似乎在这时才意识到事情的严重性，走到徐渭面前蹲下，说道：“先生莫唬我啊。”

徐渭看都没去看他，径倒了杯酒喝下，道：“说吧，那天在洪福酒楼，你究竟干了什么？”

胡桂奇坐下来，也倒了杯酒，一口喝下，说道：“拿了他五万两银子。”

“五万两！”徐渭吓了一跳，“区区一个县丞，何来那么多银子？”

“是从朝廷拨下来的修堤款里挪的。”胡桂奇心虚道，“我曾许诺，让他向上爬一级。”

徐渭满脸通红地站起身，倏地将手中的杯子狠狠地摔在地上，啪的一声脆响，杯子被他摔了个粉碎，碎瓷片四溅时，有一粒溅在了胡桂奇的脸上，扎得他痛叫了一声，然后愤怒地看着徐渭，想要冲他发火。从小到大，只有他冲别人发火的份儿，哪个敢在他面前如此放肆？可看到徐渭的样子时，他又忍下了怒意，此人的性子他太了解了，发起狂来连胡宗宪的面子也不给，跟这样的人斗气，只怕是得不了什么好处的。

“疯了吗？”徐渭用满是红丝的眼睛瞪着胡桂奇，“那银子你也敢拿，想死啊？”

“那……”胡桂奇道，“那我现在该怎么办？”

徐渭问道：“姚顺谦的去向你可知道？”

“不知道。”胡桂奇摇头道，“那天他给了我银子后，不知为何就失踪了。我保证，他的失踪与我没有任何关系。”

“怕只怕你已经脱不了干系了。”徐渭神色肃然地道，“想过他为何失踪吗？修堤款少了五万两，为的是能向上爬一级，可这时候偏偏海瑞出现了，他再往上爬一级的希望彻底破灭。更坏的是，大雨骤然而至，河水决堤，淹没了那么多良田，一则良心上愧疚自责，二则再无升官的可能，心灰意冷，三则怕上面追究，四则……”

胡桂奇的心提了起来，“四则如何？”

徐渭道：“四则，只怕还有人给了他巨大的压力，不然剩下的修堤款不可能会不翼而飞。”

胡桂奇惊道：“先生认为，剩下的修堤款不是姚顺谦卷走的？”

徐渭嘿嘿怪笑一声，道：“只怕他还没有这么大的胆子。”

“那会是谁？”

“不管是谁，你现在要做的就是把屁股擦干净。”徐渭说道，“而且心里必须要明白，皇上要反贪，内阁和都察院都要演出好戏给皇上看，相互较着劲儿，争当戏里的主角。这时候各省、各府、各县就都会行动起来，揪出一些不法官员，以作为此次行动的政绩，一级一级往上报，所以你得收敛些了，不要再往风口上撞。”

“明白了。”

徐渭瞟了他一眼，见他态度尚算良好，也就没那么气了，便道：“你且在这里老老实实地待着，我来想办法。”胡桂奇果然老老实实地称好，恭恭敬敬地把他送出门去。走出门时，徐渭忽回身说道：“你沿途收受的那些财物，也都捐了吧。”

胡桂奇一愣，心下虽有些不甘，但到了这份儿上，也只得咬咬牙答应了。

雨又紧了起来，落在屋顶上沙沙作响，像是催命的乐符，听得人心慌。

海瑞连夜召集淳安所有官员，召开了一个动员会议，他郑重强调，百姓的财产和生命大如天，眼下桐溪已经决堤，自今晚起，所有人必须坚守岗位，每一位官员负责一个河段，责任到人，倘若沿河再发生决堤，谁负责的，谁就地免职；其次，每一位赶去抢修河堤的百姓，必须按例发放工钱，每顿供应米粥，不得让百姓出了力，衣食还没有着落。

主簿魏晋哭丧着脸道："县尊啊，朝廷发放的修堤款不翼而飞，县里实在是拿不出银子来，漫说是给修堤的百姓发放工钱，固堤的沙子业已抽不出银子去购买了。"

海瑞沉着脸道："银子的事你去想办法。"

魏晋一愣，心想这下倒好，本是想吐苦水的，倒揽了个要命的活儿，全县都遭灾了，教我到哪儿筹措银子去？

"怎么，有难处？"海瑞看了一眼，冷冷地问了一句。

魏晋看了眼他那张冷冰冰的脸，心里突突直跳，委实没有勇气去反驳，更不敢说有难处，咬着牙答应下来。

海瑞目光一转，落在典史冯全身上，说道："冯典史，本县不管你用什么办法，尽快找到姚顺谦和赖文川两人，活要见人、死要见尸，不得已时，通报严州府，让他们配合查寻，不得有误。"

冯全沉吟了一下，问道："万一要是活不见人、死未见尸呢？"

海瑞浓浓的眉头一沉，那粗粝的脸变得越发沉重，这是十分有可能的，在权力的支配下，发生任何事情都不奇怪，但是他不允许有这样的事情发生，沉声道："如果真要是活不见人、死未见尸，跟他们一样，本县就地撤了你的职！"

在场众官吏闻言，暗暗地倒吸了口凉气，均想此人哪里是什么一县正印，分明是个冷面无情的活阎王。

次日一早，魏晋喝了一碗粥，就往外走，海瑞下了死命令，他可不想真丢了官，无论如何也得想办法把救灾款弄到手。刚到街上，便遇上了徐渭，魏晋连忙揖手参见。徐渭抚须笑道："魏主簿一脸愁容，何事烦恼？"

魏晋叹道："昨晚县尊下令，要按例给修堤百姓发放工钱，并供应米粥，可如今修堤款没了，县里哪来的银子啊。"

"就为这？"

魏晋怔怔地道："这难道还不够吗？一文钱难倒英雄汉。县尊说，要是筹不到银子，就地免职。"

徐渭哈哈笑道："在下有办法可解魏主簿眼下之忧，不过魏主簿也得帮在下一个忙。"

魏晋听他说有办法筹到银子，笑逐颜开，"先生若是能帮我解了燃眉之急，只要我能帮得上忙的，定不推辞。"

徐渭道："昨晚在下去见了胡公子，他很后悔，希望你们知县能给他个悔过的机会，饶他这一次。他答应只要海知县不追究，愿意把他收受来的十万两银子如数无条件捐献出来。"

"胡……"魏晋本来想说，胡公子真的愿意跟海知县服软？转念一想，这也难怪，在这场轰轰烈烈的反贪大潮下，即便贵如胡宗宪之公子，也不敢冒险继续玩火，倒不如做个顺水人情，把赃银拿出来，将功赎罪，以便脱身。想到此处，魏晋心下一喜，他喜的并非是可以拿到那十万两赃款，而是更多的银子，把那笔丢失的修堤款补全。

魏晋的官衔虽低，但官场的那一套是相通的，不分职务高下，只要对方有求于人，而且所求的还是攸关名节的大事，徐渭一定会不惜一切代价替胡桂奇擦干净屁股，"这……这个有点难啊，先生是知道海知县为人的，他铁面无私，容不下私情，估计一开口就会被他骂出来。”

徐渭虽是书生，可毕竟跟了胡宗宪多年，对这些为官者的心思看得分明，笑了一笑，说道：“在下还可以送魏主簿一个大大的功劳。”

魏晋眼睛一亮，问道：“什么？”

徐渭道：“韦德正早晚都是个死，横竖少不了要挨那一刀，到时候他的家产必是要充公的，可是一旦移交国库，你们一点好处也得不到，倒不如趁着现在，让他拿出二十万两来，权作救灾用，谁也不会说什么，而且天灾当前，这种做法也是合乎情理的。如此一来，淳安县的财政问题就解决了，你说呢？”

魏晋拊掌道：“徐先生高明！”

“走！”徐渭要趁热打铁，“咱们这就去见海知县。”

魏晋也想早些把这事解决了，两人一拍即合，一起往衙门走。到了县衙署，没见着海瑞，一问之下才得知去了沿河一带视察，两人无奈，只得也往沿河赶。

此时，海瑞正在县闸官署大发雷霆。

闸官乃是专门管理河流的官员，开闸泄洪、管理河道以及河上来往的船只等，皆属于闸官的管理范围。然莫要看闸官的官职小，却是个油水很足的地方，商业船只的登记管理，河流的开发审批，虽要经县衙署批准，但由于在闸官的管理范围之内，一般县衙署见没什么大问题，且有利于县内的经济，便审批通过了，因此实际上皆由闸官说了算。

闸官如此做法本无不妥，各府各县都是如此做的。但是，由于淳安县近年来频发洪涝灾害，洪水不光冲走了良田民舍，也使得河道管理混乱的问题浮出了水面。

海瑞在暗访期间早已发现了问题，沿河一带的土地，有的开发了鱼塘，有的则成了集观河、酒店为一体的酒楼。其中规模最大的一间酒楼唤作龙泉阁，金碧辉煌，夜夜笙歌，热闹非凡，其出入的皆是当地之权贵。有一日，海瑞想要进去用些便饭，被外面迎宾者挡了出来。海瑞好奇，酒楼对外营业做生意，何以不让他进？那迎宾者上下打量了他一眼，见他穿得寒碜，笑道："这是什么地方你可知晓，岂是你这种人可以进去的？即便是让你进去了，你消费得起吗？"海瑞听完，倒也不与那迎宾者理论，回头离开。

除了被开发利用的田地外，有些沿河的地即便还有人耕种，业已不属于百姓名下，那些在地里干活儿的几乎都是雇农。当时，海瑞十分好奇，问正在耕地的一位农夫，何以沿河的地都非个体所有？农夫无奈地笑笑，回答海瑞道："这些地啊，由于濒河，常受河水浸泡，因叫作荡田，赋税较一般的地少了一半都不止呢。因了田赋少，那些有权有势的都眼红，便各施神通，纷纷将之收为名下。"

海瑞又问道："何以不告官？"

农夫叹气道："官府也是支持这一带用来开发的，说是有利于淳安发展。起初还有些人不愿意被征用，可官府说，不愿意被征用也行，你们自己留着，但不能种植任何作物，否则便是违法，是要罚款的。"

海瑞愤然道："土地不让耕种，违的是哪条法？"

农夫道："我等百姓如何知晓啊，反正官府代表的就是法，他们说违法，我等便无说理的地方。"

海瑞闻言，当时就是一肚子怒气，河道本是运输、灌溉所用，如今却成了某些人的私有财产。最让人无可忍受的是，由于沿河田地被占为私有，致使水利设施破坏殆尽，一旦下雨，河水受阻，便形成了洪灾。

这是天灾吗，是人祸！

然而让海瑞愤怒的还不只此。今日一早，他带了河泊所官吏[1]、巡检司的戴孝义等抵达沿河一带时，闸官房子金早早地就在道路上迎候了，不仅如此，还安排了一群渔夫，夹道欢迎。

海瑞眉头一蹙，明显有些不高兴，问道：“这是怎么回事？”

房子金四十多岁的样子，人不高，大腹便便，看上去一副面慈心善的模样，带着笑容像个活菩萨，微弯着腰身走到海瑞旁边，装出一副十分为难的样子，说道：“海知县莫怪，下官也是实在没有办法，事前三令五申，让他们不要来，免得误了正常的渔业作业，可……可他们不听啊，非要自发地来欢迎县尊，搞得我也是十分为难。”

海瑞暗暗冷笑，我昨日刚到的淳安，能有多少百姓知晓，更无政绩名声，何致让百姓自发地前来欢迎？等一下再收拾你。因此忍着不快，在房子金的带领下往河边走。

房子金在官场上游历多年，对陪同上级视察之事驾轻就熟，表现得十分客套、谦卑，说话更是有技巧，几乎滴水不漏。海瑞听着他说话，脸上却是阴气沉沉，无一丝笑意。这更让房子金谨慎起来，走到河堤上时，他指着沿河一带说道：“县尊请看，我县沿河一带原本是一片荒芜，近些年来着力开发，县尊看到那边的那座酒楼了吗，那便是龙泉阁，乃我县最豪华、最高级的酒楼，沿着龙泉阁下来，便是一片鱼塘，平日也向外开放，供百姓休闲垂钓。县尊再看下流，那是景观区，植了大量芦苇以及水草树木。”

此前海瑞早就在这一带暗访过，对这里的情形心知肚明，却故意问道：“为何要在河道沿岸种植那些东西？不怕河道阻塞，影响泄洪吗？”

[1] 掌管渔业税务的官员。

房子金道："县尊容禀，沿河发展商业，对我县的经济增长是显而易见的。下流打造成景观休闲区域，也使那片荒芜之地干净漂亮了许多。去年严州的袁府台来参观时，对此赞不绝口。但是，下官也必须承认，凡事皆有利有弊，如此对泄洪确有一定影响，下官正在全力想办法。"

"想到办法了吗？"海瑞的脸阴沉得可怕。

房子金小心翼翼地道："暂时尚无有效的方案。不过请县尊放心，存在的弊端下官一定想办法尽快解决。"

海瑞瞟了眼水面，问道："河面上何以没有渔船作业？"

"有少量渔船作业，不过眼下正是洪涝期，已禁止捕捞了。"房子金笑着道，"县尊有所不知，如今这一带商业发达，很多渔民不愿干捕捞之事了，酒楼需要伙计，鱼塘需要管理，到处需要人，捕鱼虽然是自给自足，自由些，可收入不稳定，所以很多渔民都上岸过日子了。"

"本县出身海南，家乡也是水系众多，对河里的事多少知晓一些。"海瑞说道，"河道分深水区和浅水区，来了淳安后本县听说，浅水区累年不曾疏通，导致河道郁积，船不能行。若是不知深浅者，船只随时搁浅。这会不会是渔民不愿捕鱼而上岸的原因呢？还有，河道淤积，水运更受影响，你们又是怎生解决的？"

房子金闻言，暗暗心惊，原来这是个行家啊，不好糊弄，便道："县尊莫要听信某些心怀不轨者的片面之词。我们每年都疏通河道。适才县尊也说了，河道有浅水深水区域之别，某些人不谙水性不慎搁浅，乃是寻常事。总不能将个人经验不足所犯下的过错，归究河道管理之人吧？"

海瑞点点头，似乎认同了他说的话，又在河岸走了一圈。时近中午，堤坝下跑来一人，穿一身锦缎，头戴方巾，五十岁的样子，满面油光，跑上堤坝时，已是气喘吁吁，由于海瑞穿的是便服，且十分朴素，那人一时没认出来哪位是新来的知县，先是往房子金看了一眼，得到房子金的暗示后，方知面前这位其貌不扬的中年人正是新来的淳安知县，急忙作揖道："草民单春芳，乃龙泉阁主人，不知海知县大驾莅临，未曾迎迓，听凭责罚。"

房子金在一旁打圆场，"未来迎接县尊大驾，自然有罪，你说如何罚你吧。"

那单春芳忙道："草民已备下薄宴，恳请各位大人赏光，以谢草民不敬之罪。"

"算你识相。"房子金转首朝海瑞笑道，"县尊，正好也快到午时了，不妨给他个面子，移尊龙泉阁，用些膳食如何？"

海瑞冷眼看着他们一唱一和，心里却若明镜也似，单春芳是故意来迟吗？连老百姓都自发前来迎接了，龙泉阁主人如何不知？他是故意迟到，以赔罪的方式给予来视察的官员一个合情合理的吃喝方式，此等拙劣的前后矛盾的把戏，傻子都能看得出来。但是，现在很多官员都吃这一套，顺水推舟，去那本地最高档的场所心安理得地吃喝。

端的是用心良苦啊！海瑞暗叹一声，有多少官员就是在这种恭维的环境之下，一步一步堕落的！

海瑞看透了，却不说破，他想要看看官场里的这一套，究竟是什么样子的，于是说道："既如此，本县恭敬不如从命，走吧。"

一切尽在自己的预料之下，房子金大大地松了口气，看来你表面上虽然做出一副严厉之状，但终归还是吃这一套的，只要你肯吃这一套，那么下面的事就好说了。

单春芳在前面带路，房子金则在旁边陪着，这帮平时耀武扬威的权贵，此时极尽恭敬谦卑之能事，领着海瑞进了赫赫有名的龙泉阁。

三

龙泉阁堪称是富丽堂皇，到处透着股贵气。单春芳显然是有自己的想法的，但凡达官贵人，皆喜附庸风雅，即便他们本身不喜欢文人，也没有赏字看书的兴趣，在个人的着装以及对出入场所的要求上，却无不偏向于风雅，以体现出其品位的不一般。

龙泉阁乃达官贵人的出入之所，自然不能仅仅体现其华丽，因为过于华丽就会显俗，所以在装饰上，刻意于豪华中透着些风雅，随处可见名人字画，且每间包房都取了个清雅的名字，比如接待海瑞的这间厢房，便唤作“听竹轩”，进入里面后沿墙果然种了竹子，在翠绿的竹子下面，铺了层鹅卵石，石边筑了条小型沟槽，有水流淌。

海瑞见状，直是瞠目结舌，那日暗访，曾被迎宾者赶了出来，端的是不当官不知人间竟还有这等享受所在，搞得他浑身不自在。房子金和单春芳请他在上首落座，没一会儿菜肴便一样一样送了上来，不止山珍海味，且每一样都十分精致，满满地摆了一大桌。粗略估算，今日这一桌菜少说也得在百两银子左右。普通百姓不吃不喝一年之收入也不及这一桌菜。

这就是人世间啊，上下尊卑之差别竟如此之大，莫非不是社会之症结吗？

“来来来，海知县请尝尝我们这里的菜如何。”单春芳作为东道主，拿起筷子要为海瑞夹菜。海瑞一伸手阻止了他，单春芳讶异地道：“怎么了？”

“我海瑞这一生，漫说没吃过这么好的菜，连见都不曾见过。”海瑞肃然道，“你为何要请我吃这么好的菜？”

这一问着实让单春芳惊诧不已，官员到下面来视察，请客吃饭乃是惯例，大家早习惯了。海瑞这一问，反倒让他十分不习惯，不知道该怎么回答了。好在他见惯了世面，只要上了桌，恭维的话张口就来，讪笑道：“海知县切莫见外，你到淳安任职，乃是淳安之福，今天又不辞辛劳，到沿河来视察，无论是草民还是这一带的百姓，无不心存感激。草民备下这一席酒菜，没有别的意思，只是想孝敬一下而已。”

海瑞问道：“那么本县问你，你开这酒楼，百姓感激你吗？”

单春芳见他的脸色不对劲儿，不知是哪里做得不好，紧张至极，连冷汗都出来了，强笑道：“草民开酒店，乃是对外做生意，做的就是这买卖，人家感激草民做甚。”

海瑞冷哼道：“本县到淳安做官，乃是拿朝廷俸禄，做应做之事。而且本县刚到淳安，什么事都没做出来，你们对我的感激却是从何而来？还是就因为本县手中有权？跟你说一件事，在本县到任之前，就已经在淳安暗访多日了，有一日在这沿河一带，本县饿了，想着就近来吃顿便饭，谁承想被迎宾的赶了出来。人还是同一个人，只不过本县现在亮出了身份，就能成为这里的贵宾，而且这一切都是你无偿提供的。身份不同，待遇也是天差地别，这是为何？无非是一个有权，一个没权而已。”

单春芳大惊，以为他是在置气，连忙说道：“海知县莫恼，草民现在就去把那迎宾者赶出去。”

“休得胡来！”海瑞陡然沉声道，“本县并非在责问那迎宾者，而是在问你们，生而为人，并无不同，所差的只是一个无财，一个有财；一个无权，一个有权而已，如何在你们眼里，一个是人，一个就不当人看待了呢？”

遇上如此一个不按常理出牌的人，在座的官员个个如芒在背，着实不知该怎生应对。房子金吓得屁股像被针扎了也似，突地起身赔不是，“县尊责备的是，下官等今后一定坚决改正陋习，纠正不良之风气。”

大家以为他做做样子，说几句气话也就过去了，哪承想海瑞又沉声道：“撤了，把这一桌菜撤了。”说话间，从怀里掏出三枚铜钱，啪地放在桌上，又道：“给本县上两样素菜、一碗米饭，其余人想要在这里吃的，各自掏钱。今后哪个要是敢在本县地面上，胡吃海喝，就地免职。”

在座人等面面相觑，河泊所的官吏和巡检司的戴孝义等人，摸出两枚铜钱，要了一菜一饭。单春芳尴尬无比，看了眼房子金，只见房子金也掏出两枚铜钱，放在桌上，道：“按照县尊所言，把铜钱收了，撤下酒菜，重新上。”

单春芳迭声应是，吩咐人把酒菜撤下，并按照各人所付的铜钱，给海瑞上了两样素菜、一碗米饭，其他人则一菜一饭，不敢再说巴结之词，闷声把一顿饭吃完了。单春芳战战兢兢地问道：“海知县，需要喝茶吗？”

“上开水。”海瑞冷冷地说了一句。开水上来后，海瑞往房子金身上一瞟，目光如电，“说吧，把沿河一带改作鱼塘饭馆，种植水草，致使河道堵塞，是谁给你的胆子？”

房子金本好好坐着的，听了此言，屁股一滑，跪倒在地，“县尊明鉴，下官如此做，也是想淳安百姓的日子好过一些。”

“可他们的日子好过了吗？”海瑞拍案而起，怒气冲天，厉喝道，“年年治水，年年遭灾，一条条人命，一亩亩良田，在洪水肆虐下消失。而你们呢，还敢在这处地方饮酒赏水，谈笑风生，良心让狗吃了吗？今日你要是不老实交代，漫说你性命不保，全家都会受你连累！”

房子金脸色煞白，脑子里嗡嗡作响，身子晃了几晃，险些昏厥过去，“下官冤枉，下官治理河道兢兢业业，不说有多大的功绩，但从不敢有私心，请县尊明察。”

“不招是吗？好，本县就让你死个明白。”海瑞早已成竹在胸，朝戴孝义使了个眼色。戴孝义会意，取出韦德正的供词；海瑞一手接过，重重地扔在桌上，道：“这是韦德正的供词，据他交代，侵占良田，把好好的良田变作诡田，乃是严州通判卓有才在撑腰。你呢，是哪个给你的胆子，把荡田强行征用，又从中得了多少好处？”

“下官没有。”房子金虽然怕得要命，但依然抵死否认，“下官自管理河道以来，秉公办事，从不敢有私心，更漫说从中得到好处了。”

旁边的单春芳插嘴道：“房闸官所言，并无虚假，请海知县明察。”

“房子金。”海瑞加重了语气，“本县再给你最后一次机会，倘若还不招认，本县只得按律处置，不只你要接受严惩，你的家人也要充军或者发配。”

包房内的空气一下子沉重起来，压抑无比。房子金也开始人神交战，犹豫起来。他早在昨天就听说了海瑞惩治胡桂奇，逼迫韦德正招供一事，此人连胡宗宪的公子都敢去动，他区区一个闸官算得了什么呢？正想着该不该如实交代，只听海瑞的声音再次传来，“本县再提醒你一件事，这座龙泉阁有没有你的份？”

此话一落，不仅房子金吃惊，连单春芳也站不住了，双腿一屈，跪在地上。原来他什么都摸清楚了，不光是荡田的事，连龙泉阁之事也了然于胸！面对这样一个阴沉冷峻又洞若观火的知县，房子金终于连最后一丝抵抗的勇气也没有了，倏然垂着头痛哭起来，“下官知罪，请县尊法外开恩！”

单春芳见房子金屈服了，他身上自也没了当地富商的架子，磕头若捣蒜，本是想拉个官爷入股，以保平安，哪承想来了个铁面判官，油盐不进，反惹来了灾祸。

“你们这帮人……”海瑞气得浑身发抖，“百姓的身家性命，莫非还没有你们自家腰包重要吗？当官为何啊，当官是让你们为民造福，而不是叫你们来祸害百姓的！说吧，霸占荡田，以开发为名，兼并土地，破坏沿河水利设施，私筑圩田[1]，种植沿河作物，致使河水拥堵，是谁给你的胆子？”

房子金抬头看了眼海瑞，见他那副面色铁青、眼中冒着怒火的模样，急忙又低下了头，老老实实地交代道：“不敢再欺瞒县尊，这些事情是赖知县认可的。”

“胡说！”海瑞知道赖文川的为人，不然他也不会和赖文川一起联手举报韦光正，听得房子金居然把罪责推到已然失踪的赖文川头上，越发气怒，“赖知县岂会与你同流合污，干这龌龊之事！”

徐渭和魏晋进来时，正好赶上海瑞在发火，先是一惊，继而想到这海瑞乃有备而来，现身之前就已经举报了韦光正，并且在淳安暗中调查已有时日，如此雷厉风行也在情由之中。不过在听到房子金说赖文川亦参与其中时，也是难以置信，以赖文川的性子，是决计干不出这等事的，尤其是徐渭，因都是读书人，且性情相投，甚为了解赖文川的为人，而且在这次的洪水来临之前，还去见了他一面，从他的种种言行来看，无疑是一心为民的好官。但是，到了这种时候，房子金敢说此话，应非空穴来风。徐渭走到房子金面前，问道：“有证据吗？如果没有证

[1] 在河流浅滩内筑田，一种占湖为田的方法。

据，信口开河，就罪加一等。”

以房子金的级别，自然不认识徐渭这样的人物，但他看得出来，此人身份不低，便答道：“此事让单春芳说吧。”

单春芳连头都不敢抬，跪着答道：“禀知县大人，房闸官说得没错，赖知县确实拿了草民的好处。”

徐渭眉头一皱，神色陡然凝重起来，从韦德正的供词来看，此案涉及严州府，究竟到了哪一级，尚不明确，如果说赖文川真的卷入其中，再加上姚顺谦逃逸，难不成淳安县的官场已经烂透了？还有，赖文川突然失踪，莫非与此有关？思忖间，看了眼海瑞，走到他跟前小声提醒道：“海知县，依在下看，带回衙署再行询问为妥。”

海瑞知道他的意思，此事涉及赖文川，这里人多眼杂，在没有更多的证据前，不宜声张，当下吩咐戴孝义将二人押回衙署。

在回衙署的路上，徐渭将此行的来意说了，魏晋则在一旁搭腔，意思是说有了胡桂奇捐献的十万两银子，如果可以再从韦德正那里拿出二十万两的话，今年的修堤款就没有问题了，今年要是能把河道治理的问题彻底解决，明年便不会再有洪涝灾害，淳安的百姓不会再受灾，这是有利于千秋万代的好事。

事实上海瑞并没有真正要关押并审理胡桂奇的意思，眼下如此做，一则是为了压垮韦德正的最后一根稻草，使其知道他反贪的决心；二则是为了敲山震虎，让其他官员明白，在此番的反贪过程中，不管是谁，只要落在他海瑞的手里，绝不姑息。所以关胡桂奇是权宜之计，他也在等着徐渭出面来说情。现在看徐渭把三十万两修堤款给凑齐了，自然是顺坡下驴，见好就收，海瑞便道：“此事可以商量，不过我有个条件。”

徐渭忙道：“海知县请说。”

海瑞道："须由本县差役亲自押送胡桂奇。"

徐渭一怔，"海知县的意思是要用囚车押解胡公子去总督府？"

海瑞点了点头，此时他那张黝黑粗粝的脸上又出现了那抹不容商量的神色。徐渭猜透了他的心思，在此人眼里，法就是法，没有人情可言，他可以放胡桂奇出狱，但并没有释放的意思，只不过是移交给了胡宗宪，让总督大人去自行审判。这么做有两个好处，其一是不会得罪胡宗宪，毕竟胡桂奇受贿在前，即便是胡宗宪也不敢说什么；其二是警告胡宗宪，得管理他的亲属和手下了。

徐渭苦笑一声，道："就依海知县所言。"

徐渭也只有苦笑的份儿了，他与海瑞虽说只接触了两天，但有时候两天就足以认清楚一个人，海瑞的铁面无私及其依法办事的行为作风，在大明朝的历史上，也许只有当年的太祖皇帝能与之媲美了。

四

自从海瑞到任后，鄢懋卿的压力很大。在京师为官者，大部分人的心里都明白，胡宗宪是严嵩这条线上的人，尽管胡宗宪有功于社稷，甚至在当今朝廷之中，功绩能大过胡宗宪者寥寥无几，但是胡宗宪究竟是不是贪官，或者贪了多少，却是个谜，朝中除了严嵩外，只怕没有人清楚。

现在的问题是，来了个不怕死的，可能他的身份不仅仅是淳安知县，还揣着某种特权，今天他查了胡桂奇，万一明天查到胡宗宪头上去了呢？严嵩既然委派他到浙江来，那么他就有责任、有义务想到这一层上去，切实为严嵩分忧，不然的话，把事情搞砸了，他也得吃不了兜着走。

出于这方面的考虑，鄢懋卿觉得是该拆锦囊的时候了，当下把贴身藏着的锦囊取出来，从里面抽出一张纸条，上书：

不遗余力，不惜代价，整顿浙江官场，只限州府。

看完锦囊的内容，鄢懋卿豁然开朗，只要不查到省一级官员上面去，上层就不会乱，只要上层不乱，无论下级官场如何整治，严嵩都可以稳如泰山，顺着皇上的意思把这场戏演好。如此看来，该是到了他出手的时候了，不能由着海瑞把风头占尽，教高拱在严嵩面前耀武扬威。

想到此处，鄢懋卿迅速做了个决定，去省里跟胡宗宪碰个头，在浙江、江西、南直隶等沿海地区，胡宗宪才是真正的领导者，要去治理严州，必须先跟他通个气打声招呼。当下，他先去县衙署，本是想去知会海瑞一声的，不想他一早就出门了，便跟衙役交代了一下，当天就离县去了杭州。

在杭州浙直总督衙门的后院，有一座占地约三亩的园林，奇花异草在涓涓细流的灌溉下长得正茂。

胡宗宪最满意的是园子里的这棵油松，树大根深，枝叶如盖，层次有别，站在树下，恍如走入了一间天然的厅堂，特别是夏季，坐在树下，暑气顿消，实在是避暑的好去处。

这时候，胡宗宪坐在树下的石桌前饮茶，其对面坐着的便是四十余岁、满面油光的鄢懋卿，似乎园子里的凉意丝毫解不了他的暑气，脸上不停地冒着汗，擦之不尽，后来索性伸出蒲扇样大的手，往脸上抹了又抹。

胡宗宪见状，微微一哂，道："景卿，心静自然凉。身在官场，你只有静下心来，才能看清楚涌动的暗流。淳安县的河堤年年修，还年年出事，为何啊？那是因为朝廷拨下来的专款，有一大部分进入了某些人个人的口袋，焉有不出事之理？"

到了杭州总督府后，胡宗宪没有请他吃饭，说是要在自家院里请他喝茶，方便议事，亦显风雅。从这一点来看，胡宗宪是个谨慎之人，这种时候最好还是不要搞接风宴之类的事，免得落人话柄。但是，这茶也并不好喝，鄢懋卿与胡宗宪到底差了一级，官大一级大的不仅仅是品级，在权力和气势上都要高于人一头，所以当胡宗宪像话家常一样与他说话时，鄢懋卿的心里总是惴惴不安。不过鄢懋卿是聪明人，他知道在严嵩这条线上的各级官员，几乎无有不贪者，迎合圣意，主动反贪，不过是为了更好地保护自己罢了。正是因了这缘故，他才必须在浙江弄出些动静来，方不负严嵩所托。听了胡宗宪的话，鄢懋卿道："听说淳安上一任的知县赖文川，便是因为治水不利，才被撤职查办的，莫非他也贪了？"

"贪没贪，本部堂并不知晓。地方上的官场，比你我想象的还要复杂。"胡宗宪道，"不过本部堂知道的是，不光淳安的天要变，严州也得闹出大动静来。"

鄢懋卿又伸手抹了把脸上的汗，心想原来你早猜到了严州府也不干净，这就好办了，当下把严嵩交给他的锦囊取出来，给胡宗宪看，说道："这是严阁老的意思。眼下韦德正已然招认，指认将良田变成诡田乃是严州通判卓有才替他撑腰。海瑞在淳安大展拳脚，我们是不是也该在严州府做出些动作了？"

"还是严阁老想得周全啊。"胡宗宪瞟了他一眼，"我大明的国库空了，主要是两个问题，一是当官不作为，二是贪墨横行。如此上下勾结，层层贪腐，几乎要把大明的根都掏出来了，朝廷自然会不惜一切，大力肃贪。最近连严阁老都感到了压力，足见此次的反贪，不仅仅是针对淳安，而是会在整个大明形成一个巨大的风暴。”

鄢懋卿闻言，脸上的肥肉不知为何跳了一下，“朝廷连阁老都要动？”

胡宗宪沉默了会儿，反问道：“你觉得朝廷只是想治一治府县一级的官场了事吗？”

鄢懋卿不知道皇上是怎么想的，但他明白高拱的心思，他是想掀起一场彻彻底底的反贪风暴，把严嵩这条线连根拔起，要治标，更要治本。

“部堂是如何想的？”鄢懋卿也反问了一句，弦外之音是说，现在胡桂奇已经被捕了，你将如何自处？

胡宗宪拿起杯子，喝了口茶，一副云淡风轻的样子，脸上看不出丝毫表情，将杯子轻轻地放到桌面上后，叹息一声，说道：“我那不争气的儿子啊，贪图眼前的利益，沿途收受各级官员之贿赂，撞在那海瑞手里，活该。你择日启程去严州吧，该查的还是要查，无论涉及谁，严查到底。”

鄢懋卿盯着他看了会儿，心想你这是官话还是真心话，不怕真查到自己头上来吗？严嵩都已经表明态度，只查到州府一级，适可而止，你是不是也应该表个态？但这种话他没敢说出口，毕竟胡宗宪贪没贪，谁也不清楚；他没挑明，哪个敢乱嚼舌头呢？

送走鄢懋卿后，胡宗宪的脸立马就沉了下来。他表面上装作镇定，其实心里暗流涌动，那个海瑞是何许人他并不清楚，但是从鄢懋卿所描述的情形来看，真是一个不识好歹、不知天高地厚的刺头，这样的人是不会按官场的规则和常理来出牌的，如果由着他继续下去，真会把大明朝的天给翻个跟斗。嘿嘿，高拱新近上任都察院，新官上任三把火，恨不得把事情闹得越大越好。这么多年管理大明朝海防线的经验告诉他，进取固然重要，但更重要的是维稳，没有稳定哪来的进取的机会？同理，当今朝廷固然需要肃贪，但如果肃贪闹得上下不宁，使得朝野内外的官吏人人自危，无心理事，天下不就乱了吗？所以他同意了鄢懋卿去严州，一则是做戏给朝廷看，浙江方面在配合朝廷反贪，而且力度还不小；二则是给那个海瑞变相施加压力。

要知道知府是正四品的衔，乃是地方大员，查到他那里去，只要严州府有问题，那么势必会反抗，届时海瑞往上查，严州府往下压，两厢对抗下，海瑞必定会吃尽苦头。想到这儿，胡宗宪的脸上不由得露出一抹冷笑，那种人不挫一挫其锋锐，他真就可能无法无天了。

海瑞抵达衙署后，按照路上的约定，由县差役负责押解胡桂奇去杭州。临行时，他交代差役不得徇私，须按照押解犯人的规制把胡桂奇交到胡宗宪手里；倘若有故意放宽押解规制之行为，差役就不用回来了，自行脱下制服回家种地去。

差役知道这位海知县执法如山，自然不敢阳奉阴违，只一一答应。徐渭听说鄢懋卿去了杭州，心想这里有海瑞坐镇，而且他是高拱的人，没必要留在淳安助他，也就随胡桂奇一道去了杭州。

当天下午，海瑞便坐堂审理房子金一案，让他交代兼并荡田、从中收受好处的种种细节。房子金不敢再存侥幸之心，一五一十地交代了。

原来在建设龙泉阁之初，时任知县赖文川是反对的，沿河之堤坝本就不稳，如果再在其外围大力开发，会使堤坝越发脆弱，到时候大水一来，高高耸立的龙泉阁自然不会有事，下面的田地和作物就遭殃了。为官者一味谋利而不顾百姓死活，这等行为比为官不作为更加可恶。出于此等考虑，赖文川一口否决了这个提议。

明朝的俸禄是非常少的，七品知县按常例，月俸约为九十石米，只能勉强度日，倘若再摊上几个穷亲戚，时常来串门或者求办事，少不得要打发些银两、请客吃饭，日子就越发拮据了。赖文川的确是清官，也是难得的好官，坏就坏在亲戚上。

在任淳安知县前，赖文川家中穷迫，一直靠亲戚帮衬，当了官后知恩图报，只要力所能及，能帮的如数给帮了，帮不了的只能婉拒，说我穷困潦倒时，全仗你们相助，没有你们，便没有今日的赖文川，欠你等之恩情，时刻铭记于心，无日或忘。只是我也不敢忘记先贤之教诲，为官者为公，非是自家之私器，可任性胡为，望你们也体谅我读书之不易，莫使我落个停官罢职的下场。

然而亲戚们不会如此想，在他们的思想里，家里出了个当官的，理当好办事才对，不然辛辛苦苦供你读书为何呢？而且他们觉得落魄时帮了你，你理应回报才是，你却倒好，飞黄腾达了，以种种理由推诿，简直忒不近人情。

遇上这等事，赖文川苦恼，亲戚们怨恨，两厢不欢喜。房子金发现此事后，觉得这是个突破口，那日得知又有亲戚来找赖文川，就让单春芳出面，说是赖知县的朋友，给了他们一百两银子。此后，其他亲戚陆续来到淳安，有求职的、求财的、求办事的，房子金和单春芳一一予以满足，一年下来，算上实物和财物达十万两之多，及至赖文川知晓时，一切都已经晚了。无奈之下，赖文川只得批准荡田开发一事。至于清理河道、增加水利设施、加固堤坝等事，在左右掣肘之下，不能开展，就此拖了下来，直至去年洪水暴发，赖文川因治水不利，被革职查办。

沿河一带开发后，房子金不仅可以从龙泉阁抽取利润，在其他酒店及鱼塘主身上，亦可每年得净利润数千两以上。

海瑞听完陈述后，久久没有言语。他突然意识到，原来腐败不光要自律，还要时刻警惕亲属被腐蚀，不然你再怎么廉洁奉公，也是徒然。

权力是什么呢？海瑞开始重新思考权力的定义。有人说它像一把刀，可以披荆斩棘，荡尽世间之混沌，可它似乎更像是一个香饽饽，人人趋之若骛，让得到权力之人成了众人仰慕和依靠的对象，又似乎像一个神器，很多人以为它无所不能，世间没有权力办不到的事情。

都错了，海瑞在内心坚定地否定了这些定义，权力是责任，是正义的维护者，若非有一身正气、一腔热血，有一颗爱国爱民之心，便不配为官。它不是神，但是神圣的，不该受世间一切诱惑之影响，一往无前，不忘初心，解国家之忧，百姓之苦，兢兢业业，死而后已。

“那么姚顺谦呢？”海瑞沉吟良久之后，开始对姚顺谦好奇起来，问道，“你可知他的为人？”

房子金说道：“据罪官所知，姚县丞与赖知县一样，都是廉洁的好官。罪官从未听说过他们的劣迹。”

“所以你觉得姚顺谦卷款失踪很奇怪，是吗？”

“是的。”房子金肯定地道，“从常理来看，姚县丞干不出那样的事。”

难道姚顺谦如赖文川一样，也是被从侧面腐蚀的？

如果说荡田案是赖文川亲戚被腐蚀所致，诡田案是严州府推波助澜的后果，那么姚顺谦卷款失踪，洪水暴发当晚桐溪陡然决堤与这两起案子有无直接关联？

第六章

伏 法

一

半月后，京师。

京师的夏季十分炎热，早上太阳出来后，便热辣辣地炙烤着大地，与江南的天气截然不同。因此，若非有急件传来，京师的官员很难想象江南受灾的情况。

御门听政在嘉靖朝基本属于有名无实，有事要奏时，臣子们想见皇帝一面都难，一般情况下，奏疏只能先送到内阁，由内阁看了后，再决定是否给皇帝御览。

浙江遭洪灾的消息，是由鄢懋卿八百里加急发出的，这位京官到了浙江后，起先也并没在意，直到大雨来临，去受灾现场察看，眼前所见的景象，让他震惊不已。

鄢懋卿的折子送抵内阁，严嵩看了之后，心头暗自一喜，鄢懋卿办事还是让他放心的，这道折子言辞激愤，说了灾情严峻之余，痛陈官场之腐败，言此次看似天灾，实则人祸，并表决心说，定要揪出涉贪官员，还百姓一个公道，还地方一个平安！

此外，胡宗宪的折子也到了内阁，其内容除去要求朝廷赈灾外，几乎与鄢懋卿一样，亦声言要严查浙江官场。

一个是封疆大吏，一个是监察御史，都是他严嵩亲手培养之人。如果他们真的能在浙江掀起一场反腐风暴，把这场戏给演好了，那么今后哪个还敢来查严家？

严嵩看了眼徐阶、高拱以及各部尚书，狠狠地把浙江来的折子甩在地上，莫要看他年纪大了，耍起狠来劲儿却是不小，啪的一声，折子被甩在地上，然后装出一副痛心疾首的样子道："一帮良心让狗吃了的混账，年年受灾，年年死人，朝廷每年拨下去的赈灾款去了哪里，都让狗吃了吗？灾难面前，百姓的生死面前，尚贪心不泯，想着一己之私利，这种人简直是猪狗不如，应该抓一个杀一个，绝不姑息！"

高拱点点头，高声道："严阁老说得好啊，但凡是贪官，于国于民均无益处，那种害群之马自然是越少越好，现在胡宗宪和鄢懋卿都在浙江配合朝廷，大力除贪，端的让人欣慰。"

严世蕃脸皮一动，朝高拱笑道："不知高宪台秘密遣送的淳安知县海瑞可有什么动作？"

由于鄢懋卿在折子里已经透露了新上任的淳安知县，所以在内阁开会的大臣都知道了有这么个人，但他们似乎都不怎么看好此人。与严世蕃一样，他们似乎都乐于看高拱的笑话，这次的反贪行动是你挑起来的，如果你这边的人搞砸了，那么在这个舞台上，高拱将成为最搞笑的小丑。

高拱微微一笑，他是火爆脾气、急性子，平时要么大笑，要么大怒，要么大声说话，直来直去，无所顾虑，这种好整以暇式的微哂，在他身上极少出现。之所以装出这么个态度，是想让他们看看，他高拱是没有选错人的。微哂间，从袖口里摸出道信函，看它鼓囊起来的样子，里面应是装了厚厚的一叠纸。

严世蕃的独目中精芒一闪，忍不住问道："这是什么？"

"证据。"高拱颇有些得意地笑笑，"我看了这些证据后啊，简直瞠目结舌，区区一个七品御史，居然没花一两银子，空手套白狼侵占了两百余亩地，其名下的财产不计其数。由于尚未来得及清算，暂时不知具体数目，但仅仅是眼前这些，就足以教人触目惊心了。"

严世蕃冷笑道："那些土地都是在韦光正名下的吗？"

高拱道："倒不是，乃是在其弟韦德正名下。"

严世蕃哈哈一笑，"这么看来，韦光正是清白的。"

高拱摇头道："东楼想简单了吧？"

"哦？"严世蕃虽只有一只眼睛，天生残疾，但他却十分聪慧，想要在韦光正的案子上故意刁难高拱，"既然没有直接证据证明韦光正贪污，那么他就是清白的。如此简单的道理，莫非还能想出更复杂的问题来吗？"

"是的，这其实是我们每个人都该去深思的问题。"高拱收敛起笑意，正色道，"你们想想，韦德正无官无职，何以如此无法无天、任性妄为？这就是所谓的裙带关系，他有一个在当监察御史的哥哥啊。监察御史管的是什么？代天子巡狩，乃皇上之耳目也，监督的就是天子的官员。其虽官为七品，但权力大、威望高。天下哪个官员见了监察御史不是战战兢兢，敬他们三分？这就是韦德正敢无法无天、任性妄为的基础。地方上的官员没一个敢得罪他，所以就产生了腐败。这样的腐败，事实上比官员直接收受贿赂更加可怕，何也？因为隐秘，不易觉察。而我们在反腐的过程中，由于没有直接证据，往往也会将这种隐秘的腐败忽略，从而导致举国上下腐而不败的现象，莫非不值得我们深思吗？”

“是值得我们深思。”严嵩不得不承认高拱说得有道理，“腐而不败，是对律法的藐视。针对越来越多样化的腐败手段，反腐的手段也不应固而不化。那个海瑞有没有查到更加具体的证据？”

“有。”高拱将那个信函送到严嵩面前，“据韦德正交代，他是依仗其兄之权势，与严州通判卓有才合谋，利用征地文书之漏洞，不花一两银子兼并土地。事实上在淳安地面，类似于韦德正这样的乡绅还有不少。他们把良田变作诡田，把荡田变作私田，在沿河一带大肆开发，表面上看起来政绩突出，实际上使水利设施遭到严重破坏。这便是淳安年年治水，年年遭灾的根本原因。”

严嵩认真地阅读着海瑞送来的折子，忽然白眉一动，惊诧地道：“胡宗宪的儿子胡桂奇也被海瑞扣押了？”

“是的。”高拱看到严嵩那副吃惊的样子，暗自得意，他刚才故意没把胡桂奇的事说出来，就是想送给严嵩一个大大的意外。胡桂奇是何许人？他是直隶总督胡宗宪的儿子，而且还是锦衣卫千户，挂着正五品的衔。海瑞连这样的人都敢去动，就足以向朝中的所有人证明，他并非是寻常人了。

“看来这个海瑞真是不简单。”严嵩放下折子叹道，“行事不循常理，胆大至极。他会如何处理胡桂奇？”

高拱道：“我也不知道。”

严嵩看了眼严世蕃，没再说话，暗地里却不免有些忧心，那海瑞何止是胆大啊，简直是不知天高地厚、目中无人，遇上这么一个人，这场戏就不太好演了。

“看来张居正得感谢你啊，高宪台。”严世蕃虽瞎了一目，可脑子比谁都清楚。他知道张居正敢接这活儿，有其自身之利益考虑，如果真能在这场轰轰烈烈的反腐大潮中脱颖而出，那么他就不会再是翰林院的五品小吏了。

高拱哈哈一笑，“东楼此话有点俗气了，为官者不管在哪个位置上，都敢为朝廷出力，尽心尽责效忠于皇上。他如果真扛住了压力，没让韦光正逃脱，那便是大功一件，届时自是应该论功行赏。”

韦光正笑了，他不知道危险临近，像是看戏一样看着张居正尴尬的样子，以为在他屋里没搜出贪污的证据，都察院就算得到了些风声，没有赃物也定不了他的罪，况且又有严嵩压着，区区张居正又能奈他何?

张居正回过身，面向神情又恢复了自信的韦光正。看着那张略带着一丝笑意的脸，张居正的自信倏地又回来了。此人先是装作若无其事，被他略施小计后，又表现出了愤怒，现在抬出严嵩，他又恢复了常态，这一系列的情绪变化，足以说明此人心里有鬼。

“你想要见严阁老怕是见不着了。”张居正冷冷地看了他一眼，脚步一抬，重又进入厅内，“事到如今，我跟你交个底吧。都察院是接到了举报后，才决定调查你的。都察院乃监察全国官员之机构，如果连自己内部都不干净，如何监察天下官员？在我来这里之前，高宪台已派人去了你的老家，今晚就会把清查结果送到京师。你觉得还能逃得过去吗？念在同僚一场，我想劝你一句，这种时候谁也救不了你，反倒应该想想你身边的人，是抵赖到底祸及全家，还是主动认罪，将功抵过，此中利害，相信你心里比谁都清楚。我再给你最后一次机会，等到太阳下山。”

“好啊！”韦光正仰首一笑，“那我就陪你一起等，等到太阳下山，咱们看看谁先沉不住气，如何？”

张居正奇怪地问道：“你端的如此自信？”

“清者自清，浊者自浊。”韦光正抬起手拂着颌下的一缕青须，“我问心无愧，何惧之有？到是你啊张学士，你今日气势汹汹地闯入私宅，大肆搜查，扰我家人，如果查不出结果，应该想想如何向我交代。”

张居正脸色阴沉地转过身去，面向院外。他知道这其实是场赌博，但他相信高拱。因为如果没有结果，高拱也无法向皇上和严嵩交代，他不会打没把握的仗，所以他只需要把韦光正堵在这里，等消息传来就可以了。

“我会给你个交代的。”张居正回头自信地朝韦光正说了一句，然后怔怔地看着院子。

没过一会儿，院子外跑来个人；张居正神色一振，迎了上去。那人走到张居正面前，拱手道：“高宪台令你把人带回都察院。”

张居正眼睛一亮，“证据到了？”

那人点点头。张居正看到此人的表情时，浑身的热血都沸腾了起来，机会来了，机会终于来了，看来他成了这场赌博的最终胜利者！

“来人！”张居正回身厉喝道，“把韦光正带回都察院！”

见此情状，韦光正脸色煞白，急叫道：“你们凭什么？”

“就凭你贪赃枉法，目无法纪，纵容亲戚在地方上巧取豪夺。”

张居正又是一声喝：“带走！”

韦光正踉跄了一下，险些跌倒，其身后的韦肖氏突然扑通跪在地上，哭着喊了声：“老爷……”

韦光正看了眼妻子，目光一转，落向脸上毫无血色的韦母，不知为何，心头倏地一阵窒息，“娘……”此时，他已彻底崩溃，无法再强装自信，身体像泄了气一般，慢慢地蹲下，跪在韦母面前，“娘……儿子不孝……”

韦母的身子一阵战栗，她似乎还不敢相信儿子竟然真的做了不法之事，“你果然贪赃枉法了？”

韦光正没有回话，而是把头垂得更低了。韦母看着他这副神情，重重地叹了一声，突地跪在地上，向着张居正咚咚咚地磕起头来！

韦母陡然下跪，让张居正吃惊非小，再转眼看韦光正，他依然垂着头，没有任何抵赖或负隅顽抗的意思，看来此人的良知尚未泯灭，至少是秉持了孝道，在家人的安危面前，选择了伏法。

思忖间，张居正走上去要扶韦母起来，不想她虽已年迈，力气却不小，硬是俯首不肯起身。张居正道：“老人家，起来说话。”

“请大人饶我儿一死！”

张居正不知道韦光正陷到了何等地步，哪敢随便保他性命无忧，见扶不起韦母，说道：“老人家，韦光正需要去都察院配合调查，至于能否保得了性命，还要看他的具体表现。若是他能好生交代，并且帮助朝廷办案，或还有一线生机。”

“听见了吗？”韦母痛心疾首地道，“犯了什么事要好生交代，帮助朝廷办案，争取将功赎罪。”

“儿子明白。”

韦母这才起身，又道：“我儿啊，你要知道世上每一个职业，都有责任和使命。当官的没有特殊性，只是三百六十行里的其中一行而已，所以也就不存在特权。谁妄想要搞特权，那么他的一生也就要毁了。娘不说大话，不要求你为国尽忠，为民谋福；娘只想你恪尽职守，莫忘了为官、为人之根本，平平安安的，你的一生才算完整，才无愧于天地良心。”

“娘……”韦光正听着母亲的教诲，落下泪来，“儿……错了，儿当配合都察院，争取再做回个堂堂正正的人。”

夜深了，严府里灯火通明。

严世蕃急急忙忙地走进书房，肥胖的脸上带着丝慌张，“父亲，韦光正被抓了！”

严嵩摆了摆手，示意后面捶背的丫鬟离开，然后坐直了身子，消瘦的脸映入旁边的灯光里，使其脸上的老年斑看起来异常醒目，微微凸出的眼睛里散发着一种犹如老狼般沉稳而狡黠的光芒，“审出来了吗？”

“那厮是个软骨头，全都招了。”严世蕃狠狠地道，“从韦府的茅厕里挖出了三百五十两银子，沿着蹲坑的地面，齐齐整整码了一圈，深达两尺，朝中官员笑称其为‘银坑’，当今天下最昂贵的茅坑。另证实了在其老家族弟名下，查得不明财物达五十余万两，田产两百二十余亩。”

“进宫！”严嵩霍地起身，修长而年迈的身子在这一刻似乎突然有了力量，急步往外走。严世蕃不知就里，心想这时候入宫去，不是自寻麻烦吗？严世蕃问道：“父亲，进宫做什么？”

严嵩走到门口，回过头森然道：“都察院出了这么个巨贪，高拱就没有责任吗？”

严世蕃愣了一下，随即明白了父亲的意思，韦光正贪污受贿，被人揪出来了，那就是他自己找死；既然救不了，那么索性就利用这次机会，参高拱一本……不对，这一回合高拱明显占了上风，即便是去皇上面前参他一本，亦是无济于事，莫非……

“做事不能只看眼前！”严嵩盯着愣怔的儿子，沉声道，“抓韦光正是敲山震虎，真正的较量才刚刚开始，咱们得开始做准备了！”

严世蕃明白了，“是……”

“浙江那边要安排好。”严嵩似乎有些不放心，叮嘱道，“配合朝廷，以雷霆之势反贪，得杀几个人了！”

“是。”严世蕃暗吸了口凉气，“儿子明白。”

严嵩父子入宫的时候，高拱和徐阶两人正好也在宫里，向嘉靖帝禀奏今日审理韦光正案的结果。严嵩听完案情，勃然大怒，愤然道：“岂有此理，岂有此理！区区一个御史，居然敢如此明目张胆地大肆敛财，这还了得！高宪台，看来你的都察院得好好管管了，再这么下去，我大明朝的国库都要被这些人蛀空了。”

徐阶看着他气愤不已的样子，暗暗地冷笑了一声，皇上要反腐，百官欲趁着这个时机，把严党连根拔起，韦光正的下马，便是一个极大的信号。从明面上看，韦光正是都察院的人，严嵩在此时参了高拱一本，意思是说左都御史该负连带责任。实际上是严嵩在为自己安排后路，借此撇清与韦光正的关系，并借此警告高拱，如果反腐过程中，再次挖出都察院的人，他严嵩绝不会善罢甘休。

高拱知道他要干什么，蓦地红着脸道：“阁老此话何意？”

嘉靖帝是何等聪慧之人？他自然知道严嵩是什么意思，但这正是他想要看到的局面，他前脚批准了让鄢懋卿下放江南之事，后脚又准了高拱举荐的海瑞，去淳安担任知县，形成了两股势力在浙江争斗的局面，让双方各挖各的墙脚，将各自阵营里的蛀虫都挖出来。而如此争斗的结果，最大的获利者则是朝廷。所以在听完严嵩参高拱的话后，他只是淡淡一笑，说了句：“倘若属下贪污，上级也要治罪，那么朕是不是也该去坐牢了？”

轻轻的一句话，任由严嵩如何言辞犀利，如数挡了回去。严嵩自然知道皇上是要坐山观虎斗，那就斗吧，看看谁能笑到最后。

嘉靖帝见严嵩没再言语，又道：“海瑞的折子里说，诡田案涉及严州府方面，看来从淳安到严州，已经形成了一条隐秘的利益线。海瑞可有说他的打算？”

高拱奏禀道："目前尚不清楚严州府除了通判卓有才外，还有谁涉入，故海瑞尚未有进一步的动作。不过臣相信他是有把握的。"

"哦？"嘉靖帝讶然道，"何以如此说？"

高拱道："海瑞早就到淳安了，只是一直没有露面而已。在此期间，他一直在民间暗访。臣相信他已经掌握了足够多的线索，以臣对他的了解，此人要么不动手，动辄必雷霆万钧，令对方措手不及。"

"好。"从目前海瑞的举动来看，至少是令人满意的，嘉靖帝相信高拱不会看错人，便道，"那就让他继续查，只要查到证据，他动不了严州府方面的人，就让他向杭州的胡宗宪寻求帮助。你说呢，阁老？"

严嵩毕竟在宦海游历了半辈子，城府极深，依然不动声色地道："皇上说的是，既然是反贪，那就应该联起手来，铲除官员队伍中的不法之徒。"

二

严州通判卓有才的身材并不高，人也显得清瘦，但气势很足，一举手一抬足都是官员该有的模样，而且他说话很爱打官腔，但凡是事不关己，永远都是高高在上，嘴里吐出来的话无一句切合实际的。

可是现在不一样了，韦德正被抓，其名下产业悉数被查封。如果韦德正扛不住交代了的话，那么下一个入狱的就是他卓有才了。思及此，卓有才坐立难安，没奈何想找严州知府袁昆商量。他相信只要袁昆肯帮忙，把区区一个淳安知县压下去，并非什么难事。他刚要出门，忽想起袁昆的脾气，又止了脚步。

袁昆的年纪并不大，也就四五十岁，是个没什么野心，或者说没有进取心之辈。他好像把什么都看透了，不求有功，但求无过，只要是有些许的风险，就会立马制止。因此这些年来他几乎没做出什么政绩，平平庸庸的，当然，也是平平安安的。要想让这么一个人出手相助，帮他去料理韦德正的烂摊子，只怕并不现实。

卓有才垂眉沉思了会儿，想起袁昆有个妻舅，唤作莫非，是个好吃懒做的主儿，这些年仰仗着袁昆的名头，到处招摇撞骗，拿着鸡毛当令箭，严州府治下的各级官员虽对此人恨之入骨，怎奈那袁昆是个惧内的主儿，到袁昆那儿说了几次无果后，只得任由莫非胡来。那是匹喂不饱的狼，要是能让他出面，去做袁昆的工作，此事当有些把握。

主意打定，卓有才写了张请帖，让门下的人火速送去，邀请莫非来府上做客。当日中午，莫非果然应邀而至。

那莫非瘦得跟个猴子似的，身上没几两肉，虽说每日都是山珍海味吃着，脸色却蜡黄，像个没吃饱过饭的病鬼，想来是风月场所去得多了，纵欲过度所致；下了马车后，摇摇晃晃地走上去，与卓有才两厢见了礼，笑道："卓通判今日怎么想起兄弟来了！"

卓有才笑了笑，道："近日闲了，便想请莫兄过来坐坐，喝杯水酒。"

"闲了？近日你应该闲不了吧？"莫非知道此人的脾性，喜欢说场面话、打官腔，十分不着调，索性就直接捅破了他。

卓有才笑容一收，"莫兄此话怎讲？"

"怎讲？"莫非是个十足的地痞，耸耸肩，"既然卓兄没想好怎么讲，那咱们今天就不讲了，改日再来叨扰便是。"转身就要往回走。

这下卓有才急了，连忙赶上去拦在他前面，讪笑道："确实有点事想要跟莫兄合计合计，到屋里说如何？"

莫非伸出食指笑着指了指他，"这才像话嘛，走！"

酒席早已备好，待入座后，下人依次端上来。莫非也不客套，大模大样地端起杯子，跟卓有才碰了下，一口喝下，咂咂嘴道：“这是什么酒？”

“正宗的绍兴女儿红啊。”

莫非忙又倒了一杯，再次饮下，又咂咂嘴，方才品出味儿来，笑道：“果然是，柔中带着丝甜味，不烈但后劲儿足，是好酒！”

卓有才趁机端杯道：“酒逢知己才能算上好酒，莫兄是品酒高手，实实在在的风雅之人，此酒遇上莫兄也算是它有幸，今日咱兄弟俩就痛痛快快地喝他一场，不醉不归。”

“卓兄千万别给我戴高帽子，我可不是什么风雅之人。”莫非虽是地方上的痞子，却有自知之明。他十分看不惯卓有才说话遮遮掩掩不着边际的样子，伸出手把他端过来的酒杯又推了回去，说道：“不忙喝酒，有什么事，你先说。”

卓有才笑了笑，说道：“莫兄何须这般警惕，搞得好像兄弟我会设计于你一般。罢了罢了，莫兄是爽快人，那么我就打开天窗说亮话了。实不相瞒，兄弟我遇上了点麻烦事。”

莫非眼中精光一闪，嘻嘻笑道：“我猜到了，是韦德正的事叫你愁上了吧？”

卓有才故作吃惊，拿手轻轻地一拍桌子，道：“莫兄真是神机妙算啊，这都让你猜着了！”

“什么叫猜着了？”莫非举起杯子吱的一声，把酒喝了，笑道，“淳安新来了个知县，叫什么……海兽？”

“海瑞。”

“对，海瑞。”莫非皱皱眉头，“那是个什么东西，你还不清楚吗？就是一举人，而且出生于海南琼山蛮夷之地，也不知是他家哪座祖坟冒了青烟，朝廷突然任命他来淳安为官。你想那样的土包子他能当官吗，当得了吗？以为坐在县衙门里，他就是淳安的土皇帝了，可以由着性子来。可官场是什么地方，那是一级一级连在一起，只有各级衙门联合起来，才能把事情办了，打断了骨头连着筋呐，这正是那个什么……对，休戚与共。可当他倒好，真把自己当回事了，上任第一天，就逮了韦德正，还顺便把胡部堂的公子一块儿办了。胡部堂能饶了他？”

“是是是……”卓有才一个劲儿地点头，“胡部堂肯定不会饶了他。但是，兄弟我现在让他缠上了，总得想个应对之策不是？”

“话说到这儿，你这顿酒啊，我才算喝得问心无愧。”莫非端起杯子与卓有才碰了一下，喝了之后，有滋有味地吃了几口菜，边嚼边道，“你放心，他那种人就是欠收拾，只有给他点颜色才肯学乖，这事包我身上了。”

听了这话，卓有才终于把心放肚子里了。别看莫非一身的痞子样，可他十分讲义气，只要从他嘴里把事情应承下了，就一定会做到。

海瑞很快就撤了房子金的职，并且查封了龙泉阁，要求沿河一带撤掉所有在建商业项目，还田于民，督促魏晋尽快疏通河道，在下一次洪峰到来之前，要不惜一切代价，确保洪水从淳安安全过去。

这么做老百姓自然高兴，可是对县里的经济来说，则是一个不小的打击。魏晋是管理赋税财政的，建议海瑞是不是一步一步来，一下子把沿河的项目全部撤下来，对地方经济打击太大。海瑞一听就火了，厉声道：“还有什么比百姓的生命安全更为重要？你给本县记好了，只有稳定才是经济繁荣的根本，没有安全，别与本县谈什么经济。如果这些事情要是落实不到位，本县绝不姑息。”

魏晋闻言，不敢再说什么，只得答应下来，但他心里是不认同的。这些天以来细雨绵绵，雨水几乎没有停过，对抗洪确实是个考验。但是，事情得从两边看，前几天的洪水来得突然，导致桐溪决堤，这是有外因的，说不定是有人在暗中搞鬼，有人想要看到淳安受灾，借机来发灾难财，这说明淳安的堤坝并非是不堪一击的，只要近几日继续修固，把急需要撤下来的项目率先撤掉，至于其他项目，完全可以从从容容慢慢解决，这样的话，既加固了堤坝，又不会严重损害经济，何乐而不为呢？

魏晋叹了口气，看来这位新来的县老爷，虽然理政、整饬风气雷厉风行，的确是一把好手，可是委实没有理财头脑。如此一棍子打死，从大局而言，究竟是好是坏呢？换个角度再仔细一想，海瑞的做法似乎也没有错，眼下朝廷在淳安主抓的是反腐，大家都把目光放在反腐的政绩上面去了，谁会去理会经济呢？从为官之道方面来讲，海瑞的思想完全贴合上面的意思。难不成这海瑞表面上铁面无私，做起事来不管不顾，而实际上是个世故之人？

随着沿河一带商业项目的撤销，土地退还于民，整个衙门开始忙碌起来，那些土地要重新登记造册，重新制订田赋，另外加固堤坝、清理河道也需要同步进行。魏晋作为主簿，在县里的县丞缺位的情况下，他需要将二把手的工作也担起来，连日来忙得晕头转向。

而作为县里的一把手，海瑞的热情同样被调动了起来。看着里里外外忙得热火朝天的情景，看着老百姓的脸上又焕发出了笑容，他的心里颇为欣慰，亦很是自豪，这座被灾难洗礼过的县城，又恢复了活力，出现了生机，多么不容易啊！他暗暗地告诉自己，不能再让受苦受难的百姓再受伤了。其实在普通的民众眼里，生活很简单，那就是平安，只要确保了平安，生活才会有希望。

土地重新登记造册的工作由魏晋主持，课税司具体负责，本是井然有序，并没出差错，可是由于涉及的土地太多，牵涉的人口亦十分复杂，县衙为了不出差错，需要一点点核对，免得出现退错的情况。如此一来，进度难免就慢了，很多百姓排了一天队，也未必能办理。两天后，百姓怨声载道。

课税司的人也很恼火，上面要求一次性将所有被强侵的土地退田于民，可毕竟人手有限，工作又是千头万绪，如何事事都照顾得过来呢？百姓怨，办事人员也恼火，就出现了摩擦。

这一日，百姓排着长队，等待办理退还土地手续，有几人等得不耐烦了，在后面嚷嚷，骂官府办事拖沓，质问是不是故意拖着，不想把田退还于民？

课税司的人本来就烦，倒头来不但不被理解，还得让人骂，自然不乐意，怒道："官府实行仁政，还田于民，你们还不乐意了？不乐意的都滚！"

这下排队等候的百姓真的不乐意了，那些被侵占的地本来就是我们的，是你们官府不作为，只知道自己谋取私利，这才上下勾结，坑害百姓，现在把地还于原主，不是应该的吗？如此一吵二闹，事件逐渐发酵，越闹越大，官民之间险些引起冲突。

又过了一日，民间传出一则骇人听闻的谣言，说海瑞在淳安反腐，不过是做戏而已，其真正的目的是想以此为跳板，更上一层楼。老百姓一听就当真了。在百姓心里，当官不作为倒不是最可怕的。因为一个官员再怎么不作为，他总还是要做做样子的，最怕的是来雷厉风行地干一番，然后拍拍屁股就走人了，留下一大摊子事不曾了结，等到新任的官员上任，由于想法不同，又把前任的政策推翻，一切又回到原点，白折腾一回不说，那些先前被打击过的乡绅卷土重来，搞打击报复，变本加厉，果是如此，那还了得啊！也不知是谁领了头，集体去课税司闹事，更有甚之，闹到了魏晋那里。

魏晋听说时，正好在沿河一带督促河道清理，急忙往衙署赶，劝说百姓莫要闹，更不要听信谣言，海知县刚到淳安，不可能存在调动一事，希望他们去课税司排队分派土地，并且承诺，一定加派人手，尽快把这些事落到实处。

事实上县衙门里根本就抽调不出多余的人手。按照本朝体制，除知县、县丞、主簿、典史是朝廷任命的正式官吏外，巡检、驿丞、闸官、课税、河泊所等办事人员，一律由县内自行聘请，且一应支出由县里负责。淳安这些年来年年遭灾，靠着朝廷赈济过日子，根本没有多余的银子，去聘请更多的人员来衙门理事。

魏晋觉得，如此下去可能还会出事，便来找海瑞商量，哪知道海瑞没在衙署，据当值的差役交代，到河道上流调查去了。魏晋跌足长叹，我的县尊大老爷啊，你除了查贪反腐外，县里的其他事就不管了吗？

“去，找到县尊，说是由于人手不足，百姓在衙门闹了起来。”魏晋觉得此事得在第一时间让海瑞知道，他是一把手，而且此事也是由他拍板定下的，万一真出了事，这责任也得由他来担。看着差役飞跑着出去，魏晋这才觉得放松了些，以他的经验来看，今天老百姓所传的虽是谣言，但是这谣言未必不会成真，在官场啊，把自己的热情全部投注进去，也未必就是好事。干好了自然有功，万一坏事了呢？没人替你担责。

三

海瑞正在考察桐溪上流的徽港[1]，前几天桐溪决堤，他正好在现场，亲眼见了决堤的全过程，当时暴雨如注，桐溪浊浪滔滔，众多淳安的百姓自发赶来固堤，希望能在洪水暴发之前，加固河堤，避免一场灾

[1] 今新安江。

难。可惜的是洪水提前暴发了，桐溪的水流量陡增，河堤在众人的惊骇之中崩溃。

那些激增的水是怎么来的？海瑞一直怀疑当晚有人刻意在上流泄洪。每年都有人想发灾难财，如果不把潜伏在暗中的害群之马揪出来，淳安便不会真正的平安。

徽港贯穿淳安，在境内的支流有桐溪、六都源、鸠坑源、梓桐源、云源港、清平源、商家源等，犹如血液，在淳安形成一条条跳动的脉络，它们原本象征着生命的源泉，灌溉着这一带的万物生灵，会使这一带欣欣向荣，可不知从何时起，竟让人利用，成了淳安百姓的噩梦。

海瑞看了眼周围的环境，此地一面靠山，另一面枕着淳安，山下则有一座大型水库，此时水库的水并没有盈满，按道理说雨季刚刚来临，水库尚有一定的积水能力，短时间内不可能需要放水减压。水库周围没有被人挖过的痕迹，周围的堤坝也完好无损，也就是说水库根本就没有出现过异常。

海瑞浓眉一蹙，如果说水库是正常的，当晚桐溪的水流量何以会骤增？

“去把水库的管理人叫来。”海瑞转头吩咐捕头戴孝义。

水库管理之人叫作老陆，六十多岁了，不过身体还算健朗，听是新来的县老爷前来勘察，连忙作揖道：“小老儿见过县老爷。”

海瑞问道：“桐溪决堤当晚，这里可有异常？”

“有。”老陆非常肯定地道，“老爷可知道桐溪决堤当晚是什么日子吗？”

海瑞想了想，没有想起来，便摇了摇头。老陆道：“那晚刚好是七月半。”

戴孝义忍不住问道：“你是说那晚出现了诡异之事，才导致决堤的？”

“是啊。”老陆看着戴孝义，“那晚大雨倾盆，雷电轰鸣。小老儿怕水库出问题，睡觉之前穿了蓑衣，提着风灯沿岸观察，可是当晚的风雨实在是太大了，风灯没多久就被风雨扑灭。那风雨刮得人眼睛都睁不开，又没了灯照亮，小老儿生怕出事不敢再继续走，正要返回去，突地一声霹雳，闪电把雨夜照亮。这时候小老儿看到，在对岸有一行人抬着口棺材，后面跟了五六个人，个个披麻戴孝，正往山上走。小老儿也是快入土的人了，人死出殡之事见得多了，平时不会去当回事，可那晚的事实在太诡异，如今想来依然让人毛骨悚然。”

戴孝义问道：“你看到了什么？”

老陆道：“当时那一道闪电劈过，偏巧劈在那具棺材上，棺材突然断作两截，里面的尸体摔落地面，两端的抬棺人跟着倒地，也不知死活。闪电一闪而没，眼前又恢复了黑暗，什么都看不见了。小老儿心想，大晚上的又是这么个风雨交加的时候，哪家会选择在晚上给逝者入葬啊？小老儿本是想摸黑过去，要是帮得上忙，兴许能帮他们一把。可还没走几步，又是一道闪电下来，小老儿急忙往那边看……”

说到这儿，老陆的脸色已经变了，眼神中透着抹恐惧，按说以他的这个年纪，什么样的事情没见过，不该出现这般神情。海瑞不禁问道：“你看到了什么？”

“那……那些抬棺和送葬的人不……见了。”老陆哆嗦着道，“只看到那具尸体站在堤坝上。”

“真见鬼了！”戴孝义瞪大了眼睛，不可思议地看着老陆。

海瑞也觉得不可思议，因又问道：“你如何断定站在堤坝上的是那具尸体？”

“这还不好辨认吗？”老陆道，“他身上穿着寿衣啊。”

按照民间的传统习惯，人死之后都要穿上崭新的寿衣，雨夜之中天色虽黑，但有闪电强光的照射，且寿衣较为特别，老陆应该不会看错。这是怎么回事呢？尸体站起来了，活人却不见了，是有人故弄玄虚，还是七月半的当晚，真就出现了鬼魂？

“更加奇怪的事情还在后头呢。”老陆道，“当时小老儿看到那情状，吓得浑身一哆嗦，哪还敢往前走啊，急忙掉头回屋去，刚刚进屋，就听到了一阵轰然大响，那是水流的声音，很大。小老儿以为是决堤了，从窗户往外边张望，虽然看得不是很清楚，但以小老儿的经验判断，水库四周是隐隐晃动的水光，虽有涟漪但未见大的漩涡，说明不是决堤，应该是水库的闸门自动打开了。”

“可小老儿架不住害怕啊，没敢出去查看。”老陆突然跪倒在海瑞面前，哀声道，“直到第二天早上才敢出门，到那儿一看，人和尸体都没看到，只有两半截棺材还在，闸门果然是打开的。后来我才听到桐溪决堤，淹没了大批良田的消息。小老儿有罪，请老爷惩罚。”

海瑞扶了他起身，说道：“陆老莫要自责，遇到那等诡异之事，哪个不害怕，你且带本县去那里看看。”

老陆将海瑞带到了当晚诡事发生的地方，那具断作两截的棺材还在。据老陆解释说，当晚桐溪决堤，这事上面早晚要来调查，为了证明他所说并非捏造，就没去动那棺材。海瑞仔细观察了下棺材的断裂面，参差不齐，的确像是骤然断裂的样子，但不像是被雷电劈断的，因为查遍整个断裂面，未曾看到被雷电劈过的焦灼点。换句话说，这可能是起阴谋，是有人想借雷雨之夜，假托鬼神打开水库闸门。

海瑞命衙役把那两截棺材抬回去，辞别老陆从水库下来，又交代戴孝义道：“到了县里后，你马上去查一下，这具棺材出自哪家店铺。”

在半途中，接到衙门里差来的人禀报，说是由于人手不足，排队的百姓和官府的人在课税司发生了冲突，并闹到了县衙署。

海瑞眉头一仰，看了眼戴孝义，说道：“还地于民，乃是大大的利民之举，百姓高兴还来不及呢，你说他们会因为排几天队而去官府闹事吗？”

戴孝义虽是粗人，却也听出了些苗头来，笑道：“县尊说的是，前些年土地被霸占，百姓尚且忍气吞声，现在还地于他们了，庆祝还来不及呢，哪还会有心思闹事哩。”

“看来是有些人坐不住了。”海瑞眉头一舒，“走，带本县去看看。”

戴孝义眉头一仰，“要不要我去带些人过来？”

海瑞胸有成竹地道：“不用了，本县自有安排。”

第七章

前任之死

一

课税司门前依然闹哄哄的，那些人见衙门前依然没有增派人手，闹得越发厉害了。

海瑞到课税司门口时，往人群里面挤。由于他穿的是便服，皮肤粗糙，长得又黑，混在百姓之中，没人认出他来。他边排着队，边往周围观察，把这里的情况看得一清二楚。此时门口有两拨人，一拨是老老实实排队等候的百姓，他们虽也有些情绪，但依然排着队；另一拨人则聚在课税司门口，称官府办事不力，让主事的出来给他们个交代，如若不然，就要冲入里面去，如果不是有人拦着，只怕真就让他们冲到里面去了。

衙门里面，魏晋和课税司主事听着外面的吵闹声坐立不安。他们知道这样下去早晚得出事，但没有切实可行的办法，生怕被外面的人围住，连面都不敢露，只能等海瑞出现。

“再去看看，海知县到了没有。”魏晋催促着。不一会儿，去衙门外查探的人回来说，没有看见海知县。魏晋急了，海知县迟迟不出现，究竟是何意思，难不成是想把此事的后果往我身上推吗？

课税司主事显然有些害怕，问魏晋道：“县尊是什么意思？”

“我怎么知道他是什么意思？”魏晋恼怒地回了一句。

海瑞一边排着队，一边观察着办事人员，所谓“苍蝇不叮无缝的蛋”，那些人在衙门口闹，也非毫无道理。在官场里，绝大多数官员都有个错误的理解，认为官民关系，有上下之别，尊卑之分，为何要分呢？原因也很简单，凡是能当官的，都是读书人，都是十年寒窗苦读，一朝金榜题名的人，学识高了，再加上有官衔在身，身份地位不就比那些百姓要高了吗？而百姓呢？要么不会读书，要么没有家庭背景，说白了就是一群粗鄙的、没有文化素养的人，天生就该让人管，于是官便应运而生。

如果真是这样的话，又如何会有起义和抗议呢？事实证明民并非该管的那类人，官也需要民来管理和监督。因为人心是会变的，并不是说读了书，有了学识就能保证一辈子有涵养、有见地、有担当，很多官员变质后，连普通百姓的见识和胸怀都没有。所以当年太祖时期，就有许多普通百姓押解官员上京告御状之事；沿途官员不但不得阻拦，还得给押解官员的百姓提供食宿，以便他们能安全抵京。

而如今呢，那些衙门的办事人员，将百姓之诉求视之为求，而他们似乎就高人一等，一副作威作福的模样，说话之语气仿如面对的是一位仇人。他们是仇人吗？恰恰相反，他们乃是衣食父母。为官者一衣一食皆来自百姓的双手。没有百姓的赋税，何来为官者衣食无忧的生活？

海瑞越想越气，插队走上前去，其余排队的百姓见状，自然不乐意，嚷嚷着叫他让开。课税司的办事人员头也没抬，冷冷地道：“下去，排队。”

海瑞没说话，只黑着脸看着。办事人员感觉到那插队之人并没离开，抬起头喝道：“聋了吗？让你下去，排队！”

海瑞依旧没有说话，鼻孔里的气息越来越急促。那办事人员瞅着他冷冷一笑，“想要站着是吗？请在旁边站好，今天就让你站个痛快，怎样？”

“你在跟谁说话？”海瑞沉声问道。

“在跟你说话，看不出来吗？”

海瑞是存心想找他的茬儿，想要让百姓服气，就得从自己人身上下手，从自身找毛病，然后杀一儆百让人看看。见那人铁着脸一副高冷的模样，海瑞突地一弯身，把桌子给掀了。他在老家一直务农为生，力道很大，把那张桌子掀了个底朝天，厉声道：“我再问你一句，你在跟谁说话？”

此时，陪同海瑞的戴孝义等人就躲在一旁，看着那办事人员趾高气扬的样子，着实为他着急，心想瞎了眼的东西，县尊面前还敢如此嚣张，不是找死吗？

那办事人员浑然没看出来海瑞的身份，也是被激恼了，喝道：“你要造反吗？来人，把此人给我抓起来！”

课税司的差役纷纷上来，七手八脚地把海瑞按在地上，另一拨在衙门口闹的人也不闹了，过来围观。

“放开！”海瑞喊道，“让你们主事的出来见我！”

“嘿嘿！”那办事人员沉声道，“你这刁民，扰乱公务，还想见我们主事，谁给你的狗胆，带走！”

戴孝义见状，唯恐事情闹大，急忙现身出去，“干什么，干什么？”想要把海瑞的身份说出来时，只见海瑞朝他使了个眼色，急忙收住口，心想县尊这是要做什么？

课税司主事和魏晋闻悉外面的事，终于坐不住了，出来查看，见是海瑞被按在地上，吓得魂飞魄散。“放开！”两人边喊边跑上去，扑通跪在地上，“下官不知县尊驾到，管束不力，让县尊受惊了。”

所有人都惊呆了，原来这闹事的就是新上任的知县！那办事人员更是吓得魂不附体，直挺挺地跪下，磕头如捣蒜。

海瑞起身，拍了拍他身上那件洗得发白的交领道袍，目光扫了眼魏晋和课税司主事，寒光闪闪，“是你们管束不力吗？”

“是是是……”课税司主事迭声应是。

“是你们从上到下目中无人！”海瑞破口大骂道，“朝廷养你们，是让你们来欺负百姓的吗？眼下集中退田于民，县里的人手的确不够，可人手不够就是你们蛮狠地对待百姓的理由吗？人手不够，就该把一项利民之举，搞得人神共愤吗？大家在这里排队等待办事，等得时间久了，难免会有怨气，那你们就不会想办法了吗？”

魏晋低头跪着，虽不敢还嘴，心里却道，县里没有经费，请不起人，还能想什么办法？你也不能一味地讨好百姓，这事双方都有过错，真的要罚，闹事之人也该一并处罚，不然的话，日后还得生事。思忖间，只听海瑞又道：“排队的人多了，就搬些椅子出来；椅子不够，就拿垫子，煮两锅开水，以便渴了供人饮用，很难吗？你们以为老百姓的怨气是等出来的吗？是你们的态度给惹出来的。如果你们和和气气，让人家累了有休息之地，渴了有饮用之水，哪个还会有怨气？人心都是肉长的，凡事要将心比心，你们就该坐着，他们就合该累着、渴着？这是哪个教给你们的行为方式，圣贤书都白读了吗？”

此一番话落，大家都心服口服，很多时候脾气不是等出来的，而是给惹出来的，在场的百姓纷纷表示海知县说得在理。

“还跪着做甚，起身，搬椅子去！”海瑞喝了一声，魏晋、课税司主事和那办事人员急忙起身。

“你站住！”海瑞指着那办事人员道，“本县不想追究你，但衙门里不需要你这种人了，滚！”那人面如死灰，愣了会儿，垂头丧气地离开。

椅子很快就搬了出来，茶水也煮上了，海瑞转身面向那些闹事之人，问道：“是你们在闹事是吗？”

“是又怎样！”

“老实交代，是哪个指使你们如此干的？”

“哈哈！”当前一人仰首笑道，“衙门办事不力，故意拖着不办，分明是另有企图，别把我们当傻子。天下乌鸦一般黑，你们这些当官的哪个不贪，哪个会真正为民着想。你做这些事，也不过是表面工作，想着将来晋升罢了，以后你拍拍屁股走人了，留下一大摊子事，最终苦的还不是我们老百姓！”

海瑞冷冷地看着他们，面色如铁。他知道这伙人的背后肯定有人在撑腰，但是在没有证据之前，他也不急着发火，说道：“莫以为不招，本县就没有办法了。如果你们真的问心无愧，那就陪着本县一起等着。”

“等什么？”

海瑞一副讳莫如深的样子，道：“等会儿你们就知道了。”

魏晋见状，心里暗暗纳罕，海知县在等什么，又如何认定这伙人乃是有人指使的？

“让开，让开！”一阵高喊传来。众人循声望去，只见一支衙差队开道，簇拥着一顶小轿徐徐走开。

海瑞眼睛一眯，捏须微笑。魏晋忍不住好奇，走过海瑞身边问道：

“县尊，来者何人？”

海瑞道：“本县也不知道来的是哪个大人物。”

魏晋越发奇怪了，你方才不是说等着吗，莫非等的不是轿中那人？

没一会儿，衙差走到课税司门口，自动往两边散开。轿子一停，轿帘掀开，下来位中等身材的清瘦中年人，着一身锦服，很是气派，正是严州通判卓有才。

海瑞并不认识这位卓通判，但他知道此人定是来者不善，故而挺直了腰站着，没有要上去迎接的意思。卓有才早就看出来眼前这位貌不惊人的正是新任淳安知县，走到他面前站定，微哂着打官腔道：“海知县啊，俗话说新官上任三把火，本官理解，可你把淳安搞得乱哄哄的，可非好事。”

魏晋认得此乃严州通判，忙上去参见，也算是给海瑞提个醒，“下官淳安主簿魏晋见过卓通判。”

海瑞闻言，这才知道原来面前这位，看上去官样十足之人正是严州通判卓有才。卓有才的级别较海瑞高了一级，乃正六品的衔，按照官场上的规矩，海瑞该上去参见。事实上卓有才也正在等着他来参见。可海瑞不为所动，心想好啊，你与韦德正上下勾结，侵占民田，我没去找你，你倒自动送上门来了。你此时出现，来做什么呢？莫非眼前这起闹民事件与你有关？倘若真是如此，那就是天堂有路你不走，地狱无门你偏闯进来，休怪我不客气了！

思忖间，往前走了两步，也没作揖，笑道：“原来是通判大人，久闻大名啊！”

卓有才见他没有参见的意思，暗暗生气，心想好你个海瑞，见了上级不参，目中无人，今日我便治一治你，挫挫你的锐气。当下打着官腔，冷冷地道：“你刚到淳安，就把这里搞得乱哄哄的，民怨四起，本官问你，是何道理？”

海瑞又向前走上两步，及至卓有才身边时，朝他小声道：“是何道理，卓通判心里没数吗？”

“放肆！”卓有才怒道，“没上没下，没大没小，哪个教你如此与本官说话？”

“大人。”闹事之人中越出一人来，朝卓有才道，“淳安衙门查封了沿河商业用地，声称要还田于民，可几天过去了，所还之田寥寥无几，分明是他们故意拖着不办，只做表面形象工作，请大人为草民等做主啊。”

“本官听说了。”卓有才目光一抬，看向海瑞，“海知县，这就是你的不是了。你知道哪里做错了吗？其一，你不该一次性查封沿河所有商业用地，此乃遏制淳安经济发展之举，更是对前任知县工作的否定。如此做上对不起同僚，下对不起百姓，实属贪进冒失之行为。其二，一下子把征用的地还于民，彻彻底底把衙门里原来的秩序打乱了，一切都要从头开始，能不乱吗？现在出了乱子，那么你就要负起这个责任来！”

一旁的魏晋见卓有才大有问责的意思，心想海知县甫到淳安就被问责，工作刚刚展开，就有可能出现瘫痪，这可不是什么好兆头，说不定会引起更大的乱子。魏晋虽说对海瑞的工作有些不满，但只是纯粹从政务出发，不曾夹带丝毫的个人情感，见到卓有才这架势，暗暗为海瑞感到担忧。

不想海瑞依旧表现得云淡风轻，问道：“敢问下官要担什么责？”

卓有才沉声道：“速去严州，向袁府台说明情况，听候府台发落。”

“下官若真有过错，自会向府台请罪。”海瑞道，“可是在去严州之前，请容下官把这里的事情先查清楚。”

卓有才讶然道：“这里有什么可查的？”

卓有才的话音刚落，便听得一声呼喊传来，众人不知道发生了什么，纷纷回头望去。海瑞朝那边瞟了一眼，见一名大汉一手提着口大刀，一手提着猴子也似的中年人，朝这边大步走过来，“让开让开！”

海瑞见到那名大汉时，铁青色的脸上露出一抹不易察觉的笑意，真正的好戏开场了！

二

那名大汉身若铁塔，穿着一身短打，浑身的肌肉如虬枝一般，格外醒目，到了海瑞跟前时，把手里的那人往地上一丢，抱拳道：“主人，便是此人在暗中作怪。”

戴孝义见了那人，惊讶不已，海知县身边何时多了位这样的神将！而卓有才看到被扔在地上的那人时，脸色却变了，他正是严州知府袁昆的妻舅莫非，本是让他来找海瑞的茬儿的，怎个就叫人抓了呢？魏晋的心思与戴孝义一样，当日海瑞现身于公堂时，乃是只身一人，于是所有人都以为，他此番是单枪匹马前来赴任，谁承想他居然还留了一手。这不由得让魏晋重新审视起海瑞来。他先是在淳安暗访，直至一月后时机成熟时，才亮出身份，今日又猛然出现这位凶神恶煞般的大汉，他的身后究竟还藏着多少秘密和杀手锏？

想到此处时，魏晋不由得暗吸了口气，或许这就是传说中的干吏吧，你永远都琢磨不透他想要干什么，然而他做出来的事情往往会令你大感意外，惊心动魄。莫非乃是地方一霸，在严州府管辖范围内，无论是官是民，都像敬畏瘟神一般要敬让他三分，不想海瑞不动则已，动辄就把他给逮了来，难道他真就不怕袁昆上诉朝廷撤了他的职吗？

魏晋觉得越来越看不透他了，或者说他做的事越来越让魏晋感到不可思议，先是动胡宗宪的公子，再动袁昆的妻舅，他这哪里是在做官，分明是于刀尖上跳舞，在玩儿命啊！

卓有才强装镇定，斥道："海瑞，你好大的胆子，知道他是谁吗？"

"不知道，但看卓通判如此紧张，下官想此人的身份应该不低。"海瑞的确不知道莫非姓甚名谁，但在他眼里，法就是法，法不容情，即便是天王老子，只要犯法，也难逃律法的制裁。海瑞的目光从卓有才身上移开，朝那大汉道："包仔，从哪里抓的此人？"

包仔浓眉一扬，大声道："我跟了他半天，那些闹事的都是此人指派，让我抓了个现形。"

"带走！"海瑞一声喝。戴孝义明知道莫非不是寻常人，换作他人避之唯恐不及，但他知道海瑞是个例外，他说要带走，谁也拦不了，便应了一声，把地上的莫非抓去了衙署。

"谁还想继续闹？"海瑞转身面向那些闹事之人，大声道，"如果还想闹，本县便请你们去县衙署继续闹。如果怕了，那就滚。"那些人本就是莫非临时雇来的地方混混儿，见莫非被抓，早就怕了，听海瑞没有追究他们的意思，如获大赦，拔腿就跑。

魏晋暗松了口气，也暗暗佩服海瑞的洞察力，原来这场气势汹汹的闹剧是有人在暗中指使。但接下来只怕会更麻烦，府台大人是知县的顶头上司，把他的妻舅抓了，焉能有好果子吃？

果然，只听卓有才道："海瑞，你会后悔的。"

海瑞笑了笑，"要后悔的只怕是卓通判。"

卓有才莫名其妙地怒笑道："本官何来后悔？"

海瑞道："今日本县有人闹事，卓通判恰好就出现了，你说这是巧合吗？"

卓有才冷笑道："怎么，你还怀疑本官也参与了此事？"

"你说呢？"海瑞道，"卓通判要不要跟下官去一趟衙门，跟韦德正对质？"

卓有才闻言，脸色一下子就变了，强笑道："韦德正是疯了，乱咬人的，你也信？"

"不瞒卓通判，下官相信。"海瑞道，"不过目前证据不够充分，因而尚不敢向卓通判下手。"

"本官不妨再提醒你一下，你会后悔的。"卓有才扔下一句狠话后，大步离开，乘着轿子扬长而去。

"县尊。"魏晋担忧地道，"如果袁府台真的怪罪下来，你……就危险了。"

海瑞眉头一动，对魏晋道："在官场里人人都畏惧官场规则，害怕上级，所谓官大一级压死人，只要上级一发怒，无论他是错是对，便都习惯性地唯唯诺诺，不敢再吱声。可我不怕。法就是天，只要犯法了，就得降罪，在法面前，没有官衔大小，职位高下之分。若是连律法都治不了贪官，那么我还待在官场里做甚？"

海瑞的理想主义着实把魏晋说愣了。没错，这个道理人人都懂，可在现实生活里却是另一番景象。他不敢想象海瑞真的不怕，除非知县只是他的表面身份，在其背后还有类似监察御史之类的头衔。

"你是不是在想本县的知县一职，只是表面身份？"海瑞似乎看透了他的心思，微哂道，"这两日来，本县看你也是个有担当的人，不妨与你透个底，本县的身份只是淳安知县而已。但本县为官，讲的是法，做的事但求个无愧于天地良心，只要问心无愧，自然就不惧那些牛鬼蛇神。好了，你只用把河道的事情治理好，余下之事本县自会好生处理。即便是真出了事，也累及不到你身上。”

“戴孝义，让你去查的事情，今日须查清楚，不得有误。包仔，我们回县衙。”海瑞吩咐完毕，便大步离开了。魏晋看着他离去的背影，长长地舒了口气，也许这场暴风雨才刚刚开始，县尊保重！

胡宗宪听到胡桂奇是被淳安的差役押入杭州时，脸色十分难看。这分明是对他的羞辱。从淳安到杭州，千里迢迢，海瑞来这么一出，是在向天下人公示，他胡宗宪的儿子因贪污被抓了，只怕在不久之后，朝廷也会得知此消息，相当于束缚了他的手脚，绑架了他护犊的情感，让他不敢公然徇私。

好一个海瑞啊，你真是胆大包天，什么事都敢做！

徐渭陪着胡桂奇走进去的时候，胡宗宪兀自怔怔地坐着，一副心不在焉的样子。

“部堂……”徐渭叫了一声，胡宗宪这才从沉思中回过神来，见到胡桂奇时，黑着脸一步一步向前走去。胡桂奇见他的脸色不对劲儿，慌忙跪在地上，“儿子错了……”

胡宗宪一脚踢在他身上，骂道：“你个逆子，还知道错吗？真是丢尽了老子的脸！”

“部堂。”徐渭说道，“海瑞到任淳安后的举动，不只是出乎了我们的意料，只怕严阁老也不会想到，区区一个举人，竟能做出惊人之举来。事情显然要比我们之前想得严重，当务之急是要想办法应对。在下以为，事到如今，表面工作是少不了的，先把胡公子关押起来再说。”

“来人！”胡宗宪沉声喝道，“把他关起来，不得区别对待，与其他犯人一视同仁。”外面有人应声而入，把胡桂奇押了出去。

待胡宗宪平静下来后，徐渭问道：“鄢宪台可是来过杭州？”

“来过，今去了严州。”

“他率先去严州就对了。”徐渭道，“从目前的时局来看，鄢懋卿才是自己人。让他先海瑞一步，提前在严州动手，好歹能扳回一局，这样严阁老的面子也会好过一些。”

“不瞒先生，我心底隐隐有些担心。”胡宗宪道，“这场戏演到现在，局面似乎已经失控了。把严州府端了之后呢，咱们要怎生善后？”

“这好办。”徐渭手捏着颌下的胡须，胸有成竹地道，“只要让海瑞离开淳安，一切就都风平浪静了。”

“那是个烫手的山芋啊，由高拱亲自举荐，在皇上那里也是挂了名的。没有朝廷的圣旨，谁敢明目张胆地让他离开淳安？”

“这个倒不需要部堂去担心了。”徐渭道，“无论是在严州还是在淳安，想要让他离开之人多得是。”

胡宗宪一想也是，在地方官场上，那些当官的黑道白道通吃，办法比谁都多，沉吟片晌，忽抬头问道：“先生觉得，我贪吗？”

徐渭一愣，没想到他忽然会有如此一问，因两人私下里犹如知己，故也不忌言，说道：“在下以为，部堂贪，但盗亦有道。”

“盗亦有道？”胡宗宪显然对这个比喻十分不舒服，他明明是官，如何是盗呢，“此话怎讲？”

“部堂的贪，非为一己之贪。”徐渭道，“还记得戚继光吗？他也贪，他贪的是功。不过此人与俞大猷一般，虽然好功求进，企图开创一个新的局面，但他比俞大猷更为精明，非常清楚当前之制度不可能被打破，无论是军事还是朝廷的制度，已然固化，俨如百年野蛮生长的层层藩篱，想要用改革去打破它，在当今的政治格局下，几乎是不可能完成的事，于是他便从中周旋，在制度的夹缝中如鱼得水，方才成就一世功名。那么戚继光的贪是谁成全了他呢？这个功劳非部堂莫属。没有部堂的全力支持，就没有今天的戚继光，更不可能有今天辉煌的抗倭成绩。然而朝廷是由文官控制的，很多朝中掌实权的文官，宁愿将大把的银子花费在彰显表面政绩上，也不肯投入军事，这才导致我大明朝兵员数量虽众，而形如散沙的局面。部堂想改善这种局面，使大明军队不再是纸老虎，所以就睁一只眼闭一只眼，让戚继光创立戚家军。戚家军的存在，对朝中那些文官来讲，形同私家军队，是大忌，如果不是部堂顶着巨大的压力维护这支军队，十支戚家军也没了。军队要建设，装备要与时俱进，那么多新招来的军人要养，经费从何而来？都是部堂亲手拨的。因此，在下以为，部堂之举，功在千秋。如果真要是有人想揪着部堂不放，部堂也是问心无愧，惧他何来。”

“先生真乃我胡宗宪的知己。”胡宗宪欣慰地道，“我有先生，今生无悔了。那么先生是如何看待海瑞的？”

“海瑞是一柄无坚不摧的剑。”徐渭的眼前不由得浮现出海瑞那钢铁般冷峻的脸来，“用好了，他的剑光会如一股清流，荡涤我大明官场的污浊。怕只怕高拱和徐阶的用心不纯，矫枉过正，果若如此的话，就可惜了一柄好剑。”

“好比喻。”胡宗宪笑道，“听先生一席话，使我豁然开朗，那就静观其变吧。”

三

卓有才情知这事情要闹人了，如果不能及时解决，海瑞早晚会找到更多的证据，把他给送入牢里去。现在，唯一能让卓有才感到欣慰的是，袁昆是惧内的，只要袁夫人能出面去救他的弟弟，那么袁昆断然不会袖手旁观。于是他先去找了袁夫人，把海瑞如何抓莫非一事，添油加醋地说了一遍。

袁夫人闻言，顿时火冒三丈，这真是翻了天了，一个区区知县，居然敢去动知府的妻舅，他这是要造反啊！袁夫人是急性子，打发了卓有才，立马就来找袁昆，把那事跟他说了。

袁昆正好在读书。对他来说，书房就是桃花源，只有走进了这里，闻着书卷的气息，所有的俗事烦恼便都可以抛却，所以他待在书房的时间多过了去前衙理事。听了袁夫人的诉说后，袁昆把眉头一皱，道："这事啊，不好办。"

袁夫人听到他这种腔调，气不打一处来，尖声道："人家都把尿撒到你头上来了，你还能坐得住？你以为闭着眼冥想当是淋场雨就没事了？他早晚会把你这个府台踢下台去。"

"胡说！"袁昆喝了一声，可见到夫人的脸色时，声音又小了，"夫人啊，你有所不知，别看那海瑞只是个小小的知县，可他是徐阶、高拱的人呐，一个是内阁次辅，一个是都察院的左都御史，都是朝中掌实权的大人物。谁敢去动他？"

"你个没脑子的东西！"袁夫人伸出食指在他脑袋上戳了一下，"你不能去动他，可以指使别人去啊。"

"不行。"袁昆断然道，"夫人，我倒是觉得，你那弟弟也该收敛收敛，让人去管教管教了。这么下去，他早晚要出事。让海瑞去管管他不是正好？"

"你看不起我娘家人是不是？"袁夫人眼圈一红，眼泪说来就来，上去扑在袁昆身上，又撕又打，"你个没良心的混账东西，我侍候你吃侍候你穿，这么多年来任劳任怨，说过什么没有？你倒好，我弟弟让人欺负了，你还是一副事不关己的样子，你到底还有没有良心！你不管是吧，好，那我就去跟海瑞拼命，就算是豁出去这条命不要，也要跟他去论一论理！”

袁昆一听，着实吓坏了，这娘儿们说闹就闹，她还真不是唬人的，忙道：“哎哟我的夫人啊，我管，我管还不成吗？”

袁夫人闻言，破涕为笑，“当真？”

袁昆皱着眉点头道：“我哪敢骗你啊夫人。”

袁夫人擦了眼泪，笑道：“谅你也不敢！”

袁昆放下书，从书房走出来，差人去找了卓有才来。他虽不管事，但并不代表他不晓事。卓有才是什么样的人，又做了些什么样的事，他心里多少是有些知道的。现在海瑞在淳安大力肃贪，随时会威胁到卓有才，海瑞无形中也就成了卓有才的死对头，要想假他人之手救出莫非，卓有才是唯一的最好的人选。

卓有才听得袁昆传唤，情知是袁夫人起了作用，喜上眉梢，急忙来见袁昆，两厢见了面，却故意装出一副浑然不知情的样子，揖礼道：“不知府台找下官何事？”

袁昆没心情跟他绕，说道：“莫要与本府打马虎眼了，莫非的事你去解决，但要记住一条，做得干净一些，千万别惹一身屎来，让本府替你擦。”

听了这话，卓有才装不下去了，说道：“既然是府台的吩咐，下官定当从命。”卓有才出了府，急往自己的家里赶。对卓有才来说，要想对付海瑞那种人，太简单了，毛手毛脚、办事不计后果的人，想在官场上混，简直是找死。

同知是知府的佐官，也是严州府的第二把手，分掌督粮、捕盗、海防、江防、水利等事。卓有才干了什么，严州同知辛望远一清二楚。淳安水患的症结在哪里，辛望远也十分明白。只不过那是官场之沉疴，大家都睁一只眼闭一只眼，得过且过罢了，哪个也不会去当那出头鸟。

可是自从鄢懋卿来了严州后，情况就起了微妙的变化，显得不一样了。

鄢懋卿抵达严州后，依葫芦画样学海瑞在严州暗访，就住在辛望远府上。辛望远知道鄢懋卿是来查淳安水患的，更加知道现任知府袁昆是个不理事的，他要是能配合朝廷，把这件事办好了，没准儿就能取袁昆而代之，成为严州府的一把手。所以这些天以来，他十分卖力地替鄢懋卿办事，而且嘴巴守得严严实实的，连袁昆都不知道严州府来了这么个大人物。

卓有才的举动很快就落入了辛望远的眼中，赶来请示鄢懋卿。鄢懋卿听了这事，脸上的肥肉一挤，挤出抹笑意来，“看来卓有才的死期到了。”

辛望远眼睛一瞟鄢懋卿，试探性地问道：“宪台，如果这功劳又让海瑞抢了，咱们会否被动？”

“不。”鄢懋卿颇是自信地道，“这一次海瑞也不会轻松了。”

辛望远不解地问道：“海瑞也会跟着倒霉吗？”

鄢懋卿道：“海瑞锋芒太露，倒霉是早晚的事。”

辛望远眼里发着光，仿佛待这一番反腐的风波过去后，严州知府的位置真就是他的了一般。

在很多人的眼里，海瑞是个毛手毛脚、仅凭个人的气血之勇，想要在官场做出一番功绩来的莽夫。也有一些人把他当作一柄利器，披荆斩棘，所向披靡，最后伤了他人，也会损了自己。但其实他的每一次行动都是有的放矢，极具目的性的。所以他不出手则已，一出手便是雷霆一击。那天他不光抓了莫非下狱，还查到了水库堤坝上那具棺材的来源，行动之快，让人瞠目结舌。

当天晚上，海瑞在堂上就公审了莫非。起先莫非还想抵赖，说淳安水库上出现的棺材，怎么可能是他做的，但当棺材店掌柜以及购买棺材之人一一亮相做证时，也是哑口无言。

海瑞一拍惊堂木，堂上的两班衙差齐喝一声威武，让莫非第一次对公堂产生了种畏惧感。

“你装神弄鬼，在大雨之夜刻意开闸泄洪，致使桐溪决堤，上百亩良田被淹，大量房舍冲毁，此举人神共愤，按律当诛。”海瑞一字一顿，铿锵有力地说出这番话时，莫非吓得魂不附体，想到所有的荣华富贵将化作云烟，荡然无存，想到要被送上断头台，一命呜呼，求生的欲望本能地喷发出来，“大人饶命啊！你要我做什么，只管说。只要能饶我一命，我什么都愿意做。”

站在审判官的角度，最希望看到的就是这种一审就㞞的犯人。海瑞顺水推舟，说道：“好，那么本县便给你一个机会，只要你提供的线索，能够帮助本县找出此案的幕后主使，本县便考虑酌情从轻判罚。”

莫非见不用死了，大大地松了口气，道：“大人只管问，我一定知无不言。”

旁边陪审的魏晋看到莫非的表现，越来越佩服海瑞，从在课税司闹事擒获莫非，到查明水库上棺材的来源，最终将两起案件合二为一，让莫非伏法，这中间肯定有巧合之处，但是所有的巧合都是有迹可循的，为何前些年淳安年年遭灾，大家都相安无事，海瑞一到，问题便一个一个暴露出来了呢？莫非这也是巧合吗？不是的，所有的巧合，都因了海瑞身上的一股正气。淳安包括严州的官场实际上已经烂透了，谁有胆量去踩上一脚，都能踩出一堆蛆虫，所以说这世上啊，缺的不是巧合，而是正气。

思忖间，忽见衙门外跑来一人，此时天色已入夜，魏晋微微眯着眼往外一看，正是多日不见，一直在追查赖文川和姚顺谦下落的典史冯全。见到此人，魏晋心头微微一怔，莫非是找到赖文川或是姚顺谦了？只要那二人出现其一，所有隐藏在黑暗处的魑魅魍魉就都会跳出来了。

冯全看上去是个五大三粗的汉子，做事却比较精细，跑入堂内时，没有说话，而是朝海瑞使了个眼色。海瑞情知事情不太妙，现在莫非反正已经崩溃，换谁审他都会交代，便走下堂来，交由魏晋处理，吩咐完毕后，跟着冯全出去了。

走到衙门口时，海瑞问道："人找到了？"

"赖知县找着了。"冯道蹙着眉道，"可惜已经死了，夫妻俩吊死在山上。"

"上吊？"海瑞眉头一皱，显然十分吃惊。他是熟悉赖文川的，甚至可以说是知己。一个月前，海瑞在淳安暗访，便接触了赖文川，两人一拍即合，决心铲除淳安官场累年难治的毒瘤，于是联名举报了韦光正兄弟。赖文川是一位正义的好官，尽管后来被人从侧面挖墙脚，受亲戚之贪婪所害，可他心中的正气一直未泯。这也是徐渭去见他时，他依然初心未改的原因。如此一位一身正气且对未来充满希望之人，如何会忽然间上吊自尽呢？更为关键的是，他十分钟爱其发妻，怎么可能会带着她共赴黄泉？

"还有其他发现吗？"海瑞觉得当中定有蹊跷，边走边问。

冯全道："现场没有发现可疑迹象，老黄正在验尸，看看他能否有所发现。"

老黄是县里的仵作，六旬有余了，眼睛有些花，所以他验尸时脸几乎是贴在尸体上的。有人曾笑他道，你与尸体如此接触，不害怕吗？老黄笑道：“若是面对活人，特别是肮脏之人，定然是会害怕的。因为你不知道在你全神贯注时，他何时会对你下手。但尸体不可怕，而且是最能让人心安的。”

老黄的祖上三代都是仵作出身，他从少年时就跟着父亲接触尸体了，拥有丰富的验尸经验，民间有人称他为“与死神对话者”，故而在淳安，甚至整个严州，无人可取代老黄的地位。

海瑞走进去时，老黄正低头对着赖文川的尸体查验，听得脚步声，抬起头来，见是海瑞，微微躬身行了个礼，说道：“死了两天了，身上没有瘀痕，是上吊死的，从赖知县身上看不出任何疑点，奇怪的是在赖夫人身上，居然有伤痕。”说话间，老黄把赖夫人的尸体翻了个身，使其背部朝上，揭开其身上盖的布后，果然有三条乌黑的瘀痕。

“是钝器击打所致。”老黄道，“除非是自杀前夫妻俩吵过架，不然这三条伤痕就非常可疑了。”

冯全道：“哪个要自杀了，还有心思吵架？”

“是的。”老黄点头道，“所以我推测，赖知县是遭遇了逼迫，万念俱灰，才了结余生的。而赖夫人似乎并不甘心，遭到了殴打，打晕之后被吊死的。”

海瑞紧捏着拳头，想到赖文川一生清廉，即便被罢职后依然不忘反腐，清除作恶之贪官，最后竟落得如此下场，不由得鼻孔一酸，目蕴泪光。海瑞默默地站了会儿，待平息情绪后，吩咐冯全道：“再去赖知县的家里以及发现尸体的现场勘查一遍，看看能不能发现线索。一定要把此案查清楚，给赖知县一个交代。”

冯全领命，道：“下官当全力以赴，查明凶手。”

门外忽响起个脚步声，很仓促，海瑞回过身去，见是捕头戴孝义，其面色慌张，不由得心里咯噔了一下，“何事？”

戴孝义边喘气边道：“严州府的卓通判带了人来，说是奉命要逮县尊你归案。”

海瑞一怔，不敢相信自己的耳朵，又问了一句，“逮谁归案？”

戴孝义道：“逮……逮你的，海知县。”

第八章

蒙冤

一

海瑞迅速地分析了下目前的局势，卓有才如此紧张，连夜带人来挑衅，目的可能是要救出莫非，可能莫非要交代的，与卓有才有莫大的关系，换句话说，桐溪决堤当晚，上流水库开闸泄洪一事，与卓有才脱不了干系。而莫非乃是袁府台的妻舅，估计卓有才就是仗着这层关系，才有胆来县衙。那么袁昆是否也陷进去了呢？

思忖间，海瑞问道：“莫非招了没有？”

“没有。”戴孝义道，“你刚出来不久，卓通判就到了，魏主簿尚未来得及审呢。”

海瑞又问道：“卓有才阻挠审案了？”

“是的。”戴孝义气愤地扬了扬眉，“卓通判说你有问题，不得再干涉莫非一案，要将莫非带回到严州后再行定夺。”

“奇怪了。”冯全道，“他凭什么带人来逮捕海知县？”

“魏主簿问了，但他没说。”戴孝义道，“只说有确凿的证据证明，海知县在处理沿河土地时，严重违纪。”

“强盗，一帮强盗！”海瑞怒道，“这哪里是什么官场，分明是一帮杀人越货的强盗！戴捕头，你去告知包仔，让他按照我的吩咐做。”

戴孝义听完，大吃一惊，“海知县……”

海瑞断然道：“对付什么样的人，就得用什么样的招。只管去就是了。一切后果，本县自会承担。”戴孝义领命，急步走了出去。

冯全叹了口气，他虽只是一介典史，职位低微，但也多少了解些官场之情状。事实上官场是最没人情味、最凶险，也是最肮脏之所在，这里容不下有情怀、有理想之人，但凡有人跳出来想要整饬官场，都是凶险重重，甚至大多数都不得好死。

海瑞是古往今来难得的有正气且不畏强权的好官，如果能给他足够的权力，不出多久，大明朝的官场定然会是另一番景象，但问题是，他能冲破那重重险阻吗？

冯全作为一县之典史，负责侦察各类案件，一直希望能扶持一位好官，跟着他破案，给这肮脏不堪的社会注入一股清流。为此，在了解了海瑞的为人后，他就暗下决心，要跟着海瑞好好干，哪怕再苦再难，好歹不枉此生了，当下扬眉道：“海知县，下官能为你做些什么？”

“继续追查姚顺谦的下落，以及杀害赖知县的凶手。”海瑞沉声道，“记住了，无论在什么时候，从来都是邪不压正，总有一天，我们会将那些为非作歹之徒，绳之以法。”

冯全闻言，全身的气血顿时上涌，红着脸道：“下官明白了。”

说话间，戴孝义又回来禀报，说包仔已经把莫非劫走，安排到了指定的地方。海瑞闻言，暗松了口气，说道：“一定要保护莫非的安全，告诉魏主簿，争取早日让莫非招供。”海瑞说完，走了出去。走入夜色中时，他那并不宽阔的后背挺了一挺，俨然如铁板一般笔直，脚步很坚定，诚如他所说的那样，从来邪不压正，既如此，又何须胆怯？

衙门里，卓有才正在大呼小叫，指责魏晋说，莫非被劫，县衙署里的人，谁也逃不了责任，若是不能在三天内把莫非交出来，统统等着袁府台治罪吧！

海瑞在衙门外时，就听到了这些话，只冷冷一笑，挤入围观的百姓之中，昂然而行。此时，众百姓发现是海知县，皆吃惊不已，人家既然是冲你来的，何以还要送上门去？几个好心的百姓有意挡着他，劝道："海知县，那人来者不善，避一避为好。"海瑞朝他们笑了一笑，以示感谢，脚下的步伐依然没停，走到门口时，大声道："卓通判好大的火气啊！"

卓有才闻声，霍地转过身去，眼里精光一闪，冷笑道："海知县，你终于现身了！"

"我问心无愧，为何不敢现身？"海瑞一步步往前走，走到卓有才身前时，"敢问卓通判，以何罪名逮捕于我？"

卓有才道："贪功冒进，在治理沿河一带的事情上，搞一言堂、一刀切，滥用权力，致使大量百姓蒙受巨大损失，那些人已经把你告到严州府去了。本官接到报案，意识到事态严重，这才亲自前来逮捕于你。不过让本官没想到的是，你果然是胆大包天啊，竟敢当着本官的面劫人，想死吗？"

"劫人？"海瑞故作惊讶，"谁劫走了谁？"

卓有才见他装糊涂，气得脸色铁青，厉声道："你的家奴包仔劫走了正在堂上审问的莫非。你知道这是何行为吗？倘若查实此事是你指使的，不光是你这知县做到头了，只怕还得在牢里待上几年。"

海瑞脸色一变，吃惊地道："那个混账小子，端的害我不浅啊！卓通判有所不知，他是个浑人，想干什么就干什么，浑然不顾后果。此举也是下官万万没有想到的。”

卓有才见他继续装傻，情知问不出什么来，沉声道：“既然如此，你就等着被革职罢官吧，带走！”

海瑞没有反驳，更没挣扎，由着他人将他带出去。魏晋本是呆呆地站在那里，见海瑞被往外带时，不知哪儿来的勇气，赶了上去，朝卓有才道：“通判大人，淳安县的各项工作刚刚开展，这时候把海知县带走，县里就乱了。”

卓有才喝道：“该停的工作先停下来，等候袁府台消息就是了。”

魏晋知道自己人微言轻，说得再多也无济于事，便朝海瑞看了一眼，心想县尊啊，你当初要是肯听我一言，也不致让人抓到把柄。

海瑞知道魏晋是可信任之人，说道：“魏主簿，不要担心，淳安乱不了，做你该做的事便是了。”

“是，谨遵县尊之令。”魏晋躬身送走了海瑞，心里却传来一阵凉意。所谓欲加之罪，何患无辞，以海瑞的行事风格，即便是没有落人以柄，只怕也有人不想让他待在淳安。

海瑞被带走不久后，戴孝义和冯全便进来了，把海瑞交代的事情跟魏晋复述了一遍。魏晋闻罢，眼睛一亮，道：“事不宜迟，今晚继续审问莫非，务使他交代。”

今晚真的很忙，似乎各方人物一下子都动了起来。魏晋刚要让冯全、戴孝义带路，去审莫非，门下便有人禀报说严州同知辛望远到了。

魏晋闻言，着实有些吃惊。辛望远是什么样的人物，他再清楚不过了。由于县主簿分管户籍、赋税，与府里的同知、通判常有接触，为此，无论是卓有才还是辛望远他都非常熟悉。辛望远与卓有才不同，他不贪，但有野心，城府颇深，一般情况下不轻易向人吐露心迹，平时也是沉着一张脸，讳莫如深。然一旦有上司莅临则是另一副嘴脸，极尽谄媚之能事。不过这样的官员很多，司空见惯了。让魏晋奇怪的是，辛望远也在今晚来了淳安，究竟是何意思？他隐隐感觉到会有大事发生，便走出衙门去迎接，拱手行了礼，说道："辛同知深夜来淳安，可有要务？"

辛望远的脸色与平时一样，拉得很长，斜着眼看了下淳安的几位官吏，道："本官听说你们的县尊让人给带走了，故过来瞧瞧。"

魏晋叹息道："同知说得没错，县尊刚刚让卓通判带走了，说是滥用权力，致使百姓利益蒙受了巨大损失，要带去府里调查。"

辛望远负着手大摇大摆地走到衙门里面，往正首的法案位置上一坐，朝魏晋道："淳安近几年来端的是不太平，前任的知县、县丞尚不知去向，新上任的却又被带去询问了，这可不是什么好兆头。"

魏晋知道海瑞现在非常危险，唯一能救他脱险的便是莫非的口供，心里急得要命。可是他又不知道辛望远到淳安究竟干什么来了，只好旁敲侧击地道："辛同知说的是啊，县尊一走，县里刚刚开展的工作便不好推进了，下官等正为此着急呢。"

辛望远看了他一眼，问道："你们想救海瑞出来吗？"

魏晋闻言，眼睛一亮，"辛同知有何良策？"

辛望远却反问了他一句，"你果然想救海瑞？"言下之意是说，海瑞一走，你就是县里的一把手了，能够暂时署理一切事务，主掌大权，你还想救他出来？

魏晋岂有听不明白的道理，便认真地道："在同知大人面前，下官不敢欺瞒，权力自然是个好东西，谁不想执掌实权，大干一番呢？可它在不同的人手里，效果也全然不同。海知县是个干吏，他做事雷厉风行，无论是手段还是谋略，下官皆望尘莫及。以淳安眼下之局面，唯海知县方能驾驭。”

辛望远听得出此乃真心话，不过此话正好说到了他的心坎上，严州府的局面又何尝不是如此呢？那袁昆碌碌无为，占着茅坑不拉屎，倘若他能取而代之，那么严州就是另一番景象了。思忖间，辛望远的脸上出现了一抹难得的笑意，说道：“既如此，本官便给你们指一条明路。”

冯全没想到他真有办法，插嘴道：“请同知大人明示。”

辛望远道：“本官问你们，韦德正明明已经招供，说他与卓有才合谋侵吞良田，为何不抓他？”

魏晋道：“不瞒辛同知，韦德正只供出了征田文书是卓通判下发的。大人也了解办事之程序，征田文书虽是卓通判下发的，但是此文书获批却要得到袁府台首肯。由于此事牵涉袁府台，而且涉案之金额也并不大，所以海知县想拿到更多的证据后，再行动手。”

“结果人家先动手了。”辛望远冷冷一笑，“不过这样也好，今晚卓有才之举正是此地无银三百两，他急于动手，只能说明心里有鬼。莫非不是还在你们手里吗，连夜把莫非和韦德正押送去严州。”

魏晋惊道：“不知同知此言何意？”

辛望远站起来，走到魏晋旁边，拍了拍他的肩膀，说道：“事到如今，本官也不瞒你，都察院的鄢宪台此刻正在本官府上，这件事连袁府台都不知道，目的就是要暗中调查严州官场，把那些目无王法、坑害百姓的贪官一网打尽。本官今晚来淳安，就是鄢宪台指示的。”

魏晋这才恍然大悟，原来鄢懋卿到严州去了，而且依葫芦画样学海瑞暗访。从上面传出来的风声说，鄢懋卿是严嵩培植的，与海瑞可能不是一路人，但是从目前的局面来看，他们的目的无疑是一致的。而且鄢懋卿在淳安时，魏晋也能从他的言行举止中看得出来，此人是有心反贪，有了他在上面主持，那么此事就好办多了。

“听凭辛同知吩咐。”魏晋喜道，“下官这就去提人。”

“慢着！”辛望远道，“此事要做得隐秘些，莫让卓有才听到了风声。”

魏晋迭声应是，带着冯全、戴孝义等人去了。辛望远看着他们走出衙门，一直绷着的脸松了下来，鄢宪台这一招高明啊，稳坐帷幄，于不动声色间掌控着全局，今晚之后，无论是淳安还是严州的官场，都要变了。

海瑞被押抵严州后，没有提审，连夜就入了牢，这意味着卓有才确实掌握了控诉海瑞的证据，更加意味着此番他逃不过一场官司，甚至还存在被撤职的可能。这是他进入官场以来遭遇的首次挫折。此等遭遇，对一个锐意进取、一心一意想要做出一番功绩，踏踏实实要为老百姓做些实事的人而言，无疑是一个巨大的打击。然而他心里也明白，做任何一件事，打击和挫折是必然的。正是因了这些打击和挫折。才更加证明官场的腐败，亟须整治。邪不压正，只要朝廷是真心要反腐，那么他目前的困境就只是暂时的。

正自思来想去，牢门外人影一闪；听得声音，海瑞抬头一看，居然是典史冯全，不由惊讶道：“冯典史，你如何到了严州？”

原来莫非和韦德正在冯全的押送下，被秘密送进了同知府。冯全得空儿，便连夜来探监，顺便将此消息告知海瑞。海瑞听闻，粗粝的脸上不禁露出一抹笑意，原来鄢懋卿就在严州，如果纯粹从本案出发，这无疑是件好事，他会毫不手软，严惩卓有才等一干人。但是，从他个人的角度来看，则未必是福了。

要知道鄢懋卿是奉了严嵩的命令而来，他所做的一切都是以严嵩的利益为出发点，在严打卓有才的同时，他会轻易地饶过他海瑞吗？这便是政治场上诡谲莫测之处。党派间的明争暗斗，时时干扰着大明朝的整体走向。而他海瑞在这场政治游戏中，不过是一枚过河的卒子，生死难料。但他还是高兴，他为官，不是要依附哪股政治势力飞黄腾达，只是简单地想要一展抱负罢了，即便是遭了殃，领了罪，甚至革了职，只要能在官场中注入一股正义的风气，那他就没白走此一遭。

“很好。”海瑞道，“记住，接下来无论我遭到怎样的待遇，都不要管，更不要害怕。一如既往地追查杀害赖知县的杀手，并且找到姚顺谦，明白了吗？”

“明白。”冯全道，“此乃下官职责所在，定一查到底。”

鄢懋卿连夜提审了莫非和韦德正两人。韦德正已经在海瑞那里招了，自无须在鄢懋卿处抵赖，依然如前所言，将他如何依靠兄长韦光正的关系，勾结卓有才利用征地文书的漏洞，大肆侵吞土地之事复述了一遍。那征地文书在淳安县衙署有存档，鄢懋卿也曾看过，确实是严州府批准的，但上面没有袁昆的签名，只盖了个府里的大印。海瑞当初没去动卓有才的原因也就在这里。如果没有更多的证据，贸然去动卓有才反而会打草惊蛇。直到莫非的出现，才使此案有了转机。鄢懋卿也明白莫非身上藏了很多秘密，这个地痞流氓背靠着一个当知府的姐夫，暗地里定然做下了不少见不得光的事，如果能让他开口，把袁昆挖出来，那么严嵩锦囊里的指示便可以实现了，一场轰轰烈烈的反腐大戏就此结束，届时回了京师该领赏的领赏，该治罪的治罪，皆大欢喜。

鄢懋卿看了眼瘦不拉叽、一脸蜡黄的莫非，问他道：“你是否认为卓有才去了淳安，就可以把你捞出来？”

莫非确实是这么想的，他本来已崩溃，想要招供了，卓有才的出现让他重新有了信心，区区一个知县算得了什么呢？在权力面前，所有的事都不算事。何况现在已经到了严州，这里就是他的天下了，哪个还能把他怎么着呢？他看了眼旁边坐着的辛望远，朝他笑了笑，好像在说，是我姐夫让你来的吧？

鄢懋卿看得出他的心思，又问他道：“你知道我是谁吗？”

莫非摇摇头，眼里一副无所谓的样子，管你是谁，在严州地面上，哪个不是我姐夫手底下的人？

“我叫鄢懋卿，从京师来的。”鄢懋卿边说边看他的脸色变化，有种猫玩老鼠的意味，“忝为都察院副都御史，监察天下官员，奉严阁老的命令，来浙江整肃官场。”

莫非听他说完，脸色顿时就白了，不可思议地看了看鄢懋卿，又转头看向辛望远，似乎想从他那里求证此事的真伪。辛望远微微一哂，用淡淡的笑容告诉他，此事千真万确。

“现在你知道自己的处境了吗？”鄢懋卿继续威胁他，伸手拿起放在桌面上的几张纸，“这是淳安知县海瑞查到的，关于你装神弄鬼，在桐溪决堤前夕，故意开闸泄洪的证据。难道你不知道在那座水库的下面，是淳安万千的百姓吗？单是这一项罪名，本官便可让你人头落地，甚至诛你满门。不过说实话，本官不想杀你，因为单凭你这么一个地痞，借你个胆也干不出这种胆大妄为之事。说吧，谁让你干的？”

莫非的精神再一次崩溃了，甫出狼窝，又入虎穴，若不据实交代，漫说是他姐夫，就是神仙也救不了他，“我交代，我交代……若是招了，我能脱得了一死吗？”

“那要看你能否戴罪立功了。”鄢懋卿端起茶杯，悠悠然地喝了口茶，“先说来予本官听听。”

“好好好……”莫非迭声称好，说道，“这……这事是卓有才指使的，是……是他让我干的。就像这一次，让我去淳安找海瑞的茬儿，也是他吩咐的。”

辛望远冷笑道："大雨当晚，开闸泄洪，乃损人不利己之事。卓有才让你去干这事做甚？"

"辛同知，你这不是明知故问嘛！"莫非说道，"开闸泄洪，淹了田，再搞个赈灾和征地文书，他们不但能把良田变成诡田，还能从赈灾款里捞一笔，是一举两得的好事啊。"

"不对啊。"鄢懋卿放下杯子，皱着眉头，"姚顺谦失踪，赈灾款也不翼而飞了。你们怎么捞好处，除非那三十万两赈灾款是你们拿的。"

"我没拿。"莫非忙辩道，"不过卓有才拿没拿，我就不清楚了。"

鄢懋卿又端起茶杯，喝了口，道："此话怎讲？"

莫非道："鄢宪台你想啊，他卓有才区区一个通判，有这么大的胃口吞得下三十万两银子吗？"

鄢懋卿见他给自己分析的样子，不由得一笑，"看来你还挺机灵，可惜都用在了歪道上。本官给你个机会，你敢吗？"

"但凭宪台大人差遣！"莫非本是跪在地上的，一跃而起，兴奋地道，"草民定不负大人期望。"

"你如此有信心？"鄢懋卿好整以暇地道，"如果此案最终指向袁昆，你当如何？"

莫非嘻嘻一笑，道："不怕宪台笑话，我那姐夫极惧内，我姐姐让他往西，他断然不敢往东。以他的性子漫说三十万两，便是三百两银子也是不敢拿的。"

"好。"鄢懋卿说道，"过两天本官放你出去，把卓有才背后的人给本官找出来。"

"没问题。"莫非答应得很爽快，"草民虽不知他平时跟什么人有来往，但也见过几次他府上有神秘人物进出。要把那些人挖出来，应该不难。不过，宪台大人答应过草民的，也请不要食言啊。”

“放心吧。”鄢懋卿道，“只要你能找出卓有才背后的势力，你的性命就无忧了。”

将莫非、韦德正押下去后，鄢懋卿道：“这两人在严州的消息，不得外传。”

辛望远已明白了鄢懋卿的计谋，他是要借海瑞被捕的机会，放莫非出狱，再通过莫非与卓有才的关系，打探出卓有才背后之人，如此一来，海瑞被打压了，反贪的成绩也出来了，一举两得，当下揖手道：“宪台放心，下官理会得。”

二

卓有才以为斗倒了海瑞，便可以高枕无忧。他利用职务之便，在淳安搜集海瑞在“退田于民”一案中，搞一刀切损害百姓利益的证据。堂审当天，出庭做证的人居然也有百余之众。这些人中有乡绅，也有普通的百姓，有自愿的，也有被迫而来的。在这些人里面，乡绅自然是“退田于民”一案里的受害者，而那些普通百姓，也确实是兼并土地中的实际受益者，这部分人往往好吃懒做、游手好闲，且跟官府里的人有一定的关系，所以他们并没吃亏，得到了一笔不菲的土地赔偿款。

海瑞实施“退田于民”政策后，那些得到了土地赔偿款的百姓，自然得将银子吐出来。这对于好吃懒做的人来说，无疑不是什么好消息，在官府的威逼利诱之下，便出来做证了。

袁昆不愿亲自出面，他为人温和，多一事不如少一事，可心中毕竟是有一杆秤的，为官者，不可能做到百分之百的公平，但他们实施的政策，只要有利于绝大部分民众的利益，那么就是正确的。海瑞的行为虽不免急躁了些，但他的所作所为代表了大多数百姓的利益，毫无疑问，他是实实在在为百姓谋福利的好官。站在道义的角度，作为严州的一把手，他应该站出去为海瑞说句公道话，甚至还他个清白。可惜啊，这世道已无公道，就连这场轰轰烈烈的反腐，也不过是一场作秀罢了，那他还站出去做什么？于是索性就交给卓有才去审理。至于结果如何，那就看老天还有无天道吧。

在百余人的控诉下，海瑞为求政绩急功冒进，在实施“退田于民”的政策中搞一言堂、一刀切的罪名成立。卓有才问他是否要陈词反驳时，海瑞只是淡淡一笑，粗粝的脸上冰冷如铁，看了眼卓有才，然后摇了摇头。

摇头并不是他认罪了，只是代表他问心无愧，天道昭昭，是非黑白早晚会有公论，如果有生之年，他看不到还他清白的那一天，那么这个世间也就无可留恋处了，生死且由他去罢了。

“你不辩论，本官就当你认罪了！”卓有才一拍惊堂木，大喝道，“将犯官海瑞带下去，等候朝廷处治。”

海瑞的判决文书送抵杭州总督府时，胡宗宪笑道：“这柄利剑终于受挫了。”

徐渭也是拂须而笑，说道：“卓有才太沉不住气了，控制这场戏的人是皇上，反腐进行到现在，远没到落幕的时候，卓有才的行为是此地无银三百两，下一个倒霉的就是他了。”

胡宗宪道：“先生说得没错，看来还是鄢懋卿聪明，躲在暗处，伺机而动，现在的局面，对他来说无疑是最好的，那就把这道判决文书原封不动递交京师吧。”

徐渭点头道：“理应如此。想来严阁老看到这个之后，也会十分高兴。”

胡宗宪笑了一下，“你说高拱看了后，会是何表现？”

徐渭道：“他应该不会好受。”

海瑞的判决文书抵达京师后，高拱的确不太好受，虽说逮捕了韦光正，将了严嵩一军，可说到底韦光正是在都察院任职的，对严嵩并没形成实际威胁，现在海瑞又出了问题，这场戏还怎么继续唱下去？

徐阶也是十分着急，万一严嵩坚持要罢海瑞的官，那可如何是好？

张居正看了他二人一眼，说道：“二位大人莫忧，静观其变就可以了。”

高拱是急性子，听了此言，冷笑道：“叔大啊，你说得倒是轻松，到了这时候，还如何让人静得下来？”

张居正微哂道：“历朝历代以来，反腐都是最难推进之事。阻力越大，只能说明问题越严重。海瑞的表现是有目共睹的，连皇上都知道他是一柄利剑，现在他却把自己查了进去，这说明什么？当今皇上圣明，如此简单的问题，他一定看得透。”

“是啊。”徐阶拊掌道，“叔大说得没错，海瑞在严州被查，只能说明严州的问题相当严重，这一点皇上一定也能看得出来。只要能让海瑞继续查下去，该胆战心惊的就是严嵩了。”

高拱沉着眉头想了一下，说道：“照这么看来，我等须想办法给海瑞些特权了。”

徐阶一愣，“在他去淳安上任前，你没有许他特权吗？”

高拱摇了摇头。徐阶倒吸了口凉气，也许天下人都会以为，海瑞如此大胆，背后一定还有一重特殊的身份，没想到他竟然真的只是七品知县而已！以区区七品之衔，让他去撬动淳安甚至浙江官场，无疑是把一只羊放在群狼环伺之中，真的是异想天开啊！而敢去做这种事的，普天之下除海瑞外，只怕也再无他人了。徐阶叹息一声，怨怪高拱道：“这就是你的不对了，如此安排，与羊入虎口何异？”

“海瑞是羊吗？”高拱似笑非笑地看着徐阶，“他是柄好剑，但好剑也需要磨砺。当初我看重的是他身上的正气和不畏强权的冲劲儿，但那股劲儿需要约束，不然会很麻烦。所以让他受些挫折，看清楚官场之险恶，没什么不好。”

徐阶苦笑，“给你当差，端的是不易。这个时候去申请特权，皇上会准允吗？”

张居正道：“只要皇上明白严州的问题，应会答应。”

高拱瞟了眼张居正，张居正也看了他一眼，大家都心知肚明，这场戏尚未过半，把海瑞放出来，并给他特权，戏的高潮才会来临，皇上应该也很想看到这样的场面。

此刻，严嵩的心情大好，这一招鄢懋卿处理得太妙了，简直是神来之笔，接下来只要挖出卓有才背后的人，这场表演就可以圆满落幕了，届时最大的赢家必然是他严嵩。为此，他特意备下一桌酒菜，破天荒地喝起酒来。

严世蕃在一旁作陪，问道：“要不要进宫，去皇上面前参高拱一本？”

“多此一举。”严嵩摇摇头道，“这场戏就是海瑞挑起来的，你以为皇上会制裁他，让这场戏终止？只要我们能控制好局面，让他在卓有才背后的势力那里终止，我们就能高枕无忧了。”

严世蕃一想也是，道：“要不要儿子先去查查站在卓有才背后的是什么人，有备无患？”

严嵩想了想，说道：“还是让鄢懋卿去查吧，他会有分寸的。倒是应该去跟胡宗宪提前通个气，一旦查出卓有才背后的势力，让他不遗余力地配合，严厉打击，要从上到下把气势和反腐的决心打出来。”

严世蕃笑了一声，“儿子明白了。”看来这种事情，还是父亲老练。

朝廷的回执文书下来了，即日押赴海瑞至京，听候都察院核实发落。

卓文才看到回执文书后高兴得不得了，终于把那个不知死活的海瑞打发了。人在官场，你想出淤泥而不染，濯清涟而不妖，想要清清白白，留芳名于后世，只怕是太理想化了，那不是在做官，是在作死。在这个世上，所谓的清官，也只是表面上看起来是清官，一点泥水都不沾的，几乎没有。

卓文才很快下发文书要求淳安方面释放莫非，然后去了袁昆府上。像是位凯旋的将军，大摇大摆地往袁府客厅上一坐，说道：“袁府台，这回你可得好好谢我，要不是我出面，你那小舅子只怕得在牢里待上几年。”

袁昆心想，你这是在救我小舅子吗？是救你自己罢了。但表面上袁昆没驳他的面子，笑道：“是啊，此番辛苦你了，拙荆为了感谢你，特意备下家宴，犒劳卓通判。”

卓有才哈哈笑道：“夫人客气了，那下官就恭敬不如从命了。”

须臾，袁夫人出来请卓有才去用膳，卓有才觉得有恩于他们，因此不客气，随着袁昆夫人去了内室。酒过三巡，莫非也到了。袁夫人见弟弟果然无恙，更是感激卓有才，让莫非去给他敬酒。

莫非在姐夫处捞不到实际好处，所以平时与卓有才走得较近，两人沆瀣一气，做了不少见不得人的勾当。那时候他觉得很痛快，可以以权压人，不劳而获，每天带着手底下的人出去遛一圈回来，就有银子了，而且老百姓还不敢对他说什么，实在是逍遥快活至极。可人在不同的环境下，心境亦会有变化，特别是像莫非这等地痞，没什么信仰和理想，觉得鄢懋卿给他分派的任务很刺激也很有趣，把卓有才拉下水后，世界依然还是原来的世界，不会有太大的变化，而他的命运则发生了改变，将来洗白释放之后，只要姐夫这棵大树不倒，该怎样还是怎样，所以此刻面对卓有才时，他的内心竟然产生了种莫名其妙的快感，卓有才啊卓有才，以前你总是压老子一头，这回老子要亲手送你上路了。

听得姐姐催促着让他敬酒，莫非端起杯子笑道："教卓通判费心了，你的大恩大德，日后我定当涌泉相报！"莫非喝了一杯酒后，兴奋地跟卓有才聊闲话。卓有才则依然是一副高高在上的官样，说着场面话。这让莫非更加兴奋，很快老子就不需要再看到你这副虚头巴脑的样子了。

几家欢喜几家愁，海瑞被押解出城的时候，心中有种壮志未酬身先死的悲壮感，想他日子虽过得清苦，可从来没有忘记责任和使命，半生与诗书为伴，深受先贤之教诲，一朝为官，便矢志要秉承先贤之志，造福一方。可是当今天下啊，虽说依旧提倡尊文崇儒，人人崇尚读书，而当真正学而优则仕的时候，人的心就变了，一切以权和钱至上，把儒家思想抛置脑后，浑然变了一个人，导致社会乌烟瘴气，混浊不堪。那些真正想为老百姓做事的好官，个个遭受打击，正义不得伸张，理想不得酬报，究竟是谁之过也？

天空又飘起了雨，不，这段日子以来绵绵的细雨几乎没有断过，大雨会否再次来袭，河水会否再次决堤？淳安的各项工作才刚刚开展，如果因此而中断，当灾难降临时，谁来负此责任？那些本该为民请命者，眼里只有利益，谁会去顾虑老百姓的死活？

囚车摇摇晃晃地在雨中前行，雨水打湿了海瑞的脸，亦凉透了他的心，这风起云涌的世间啊，何时方能拨云见日，让百姓真正过上安宁的日子？

路旁陡地传来一声大喝，包仔从草丛里冲出来，身上同样湿漉漉的，想来已经在此等了很久，他提着柄大刀，天神一般站在前方，一脸的愤怒。押送的差役纷纷拔出兵器，喝道："让开，劫囚车是死罪，若不让道，格杀勿论！"

"把我家主人放了，若不放了他，休怪老子手里的刀不认人！"包仔是海瑞从海南老家带出来的，为人单纯正直，在他的世界里黑白是非，犹若泾渭分明，他的主人一心为民，廉洁奉公，不该受到这样的待遇，所以他要争，哪怕为此付出生命，也要争，争一口气，争一个公道。

海瑞看着一身怒意的包仔，深沉地叹息一声，争什么呢，在权力至高无上的时代，哪个能争得过权力？

"包仔，回去。"海瑞道，"去县衙署等着，我会回来的。"

包仔一愣，"你真会回来吗？"

"会的。"海瑞肯定地点了点头。他虽然心寒，但信念未灭，相信这世界还是有公道的。人活于世，最大的悲哀莫过于心死，一如赖文川，他是对这世界彻底绝望了，所以才会在他人的胁迫下，从容赴死。可他不，无论面对多大的困难，他依然怀揣着希望，无论遭遇怎样的磨难，依然坚持初心，只要还有机会卷土重来，他还是会那样去做，义无反顾，绝不回头！

第九章

粉墨登台

一

鄢懋卿躲在暗处，把形势看得十分透彻，海瑞离开后各种人物就会粉墨登台了，跑官的、攫利的都会纷纷冒出来。他就像是一位岸边的垂钓者，全神贯注地注视着平静的湖面，等着鱼儿上钩。

辛望远这两日也很高兴，他是多么希望能借此机会立功，取袁昆而代之。按照本朝体制，地方官员以三年为限，要去京师述职，政绩平庸不突出的，会被调离或撤职，让更有能力者上位。明年袁昆在严州任职就满三年了。只要他能在这次的反腐行动中立功，如果有可能的话，再让鄢懋卿在京师帮忙疏通一下，他坐上知府的位置几乎就没有什么悬念了。

“下官提前恭喜鄢宪台，即将破获一起腐败大案。”辛望远每日都好酒好菜招待鄢懋卿，连日来该说的好话都说完了，实在没什么好的话题，便抬出此事，端起杯子，“下官谨以此杯，先行向宪台道贺了。”

鄢懋卿倒是很喜欢此人，能干事，有胆魄，虽说喜欢钻营，但身在官场，哪个不想着往上爬呢？在这个圈子里，或许这并不是劣迹，相反，是种向上的表现。当下端起杯与他碰了一下，一饮而尽。

“下官在想，谁会是卓有才的后台。”辛望远的眼里炯炯发光，对此事表现出了极大的兴趣。

鄢懋卿慢悠悠地夹了口菜，放入嘴里，边嚼边问：“你希望是谁？”

辛望远当然希望是袁昆，但这话不能直接说出来，笑道：“这个可不敢乱点名。”

“现在皇上在等着这场大戏，朝中很多高官大员也在等着这场大戏。”鄢懋卿道，“你我虽在这舞台之上，但又何尝不希望看到这场大戏的高潮来临呢？等着吧，那个人很快就会冒出来了。”

话音刚落，莫非在家丁的带领下进来了。辛望远眼睛一亮，难不成这么快就有消息了？他起身迎上去，问道：“可查到了什么？”

莫非故意不开口，走到桌前，把辛望远杯里的酒喝了，旁若无人地吃了几口菜，“两位大人，你们不知道我现在有多忙，手底下的兄弟都派出去盯梢了，今天得到消息说，卓有才府上的神秘人物又出现了，我就冒雨亲自前去观察，等着那神秘人物出了卓府后，一路尾随，你们猜怎么着？”

鄢懋卿知道这是个地痞，并不跟他计较有无礼貌，问道：“那人出城了？”

莫非惊讶地道：“鄢宪台真是神机妙算啊，是的，那人出城了，看来他不是本地人。”

鄢懋卿道：“你如何确定那人有问题？”

莫非笑道：“我与卓有才是什么关系？别看他成天摆着副官样，装出副高高在上的样子，遇上麻烦事还不是我给他去解决的？那个人我见过几次，总是神神秘秘的，上次开闸泄洪的前一天，他也在卓府出现过。”

辛望远意识到机会来了，忙道：“他出城后你就没跟了？”

"辛同知，放心吧。"莫非给自己把酒斟满，美滋滋地喝了一口，"我是那种做事没头没尾的人吗？让手底下的兄弟跟上去了，不出意外的话，今晚之前就会有消息。"

"好！"辛望远鼓励道，"只要你能把这次的事情办妥当了，鄢宪台定不会亏待于你。"

"这还用说嘛！"莫非似乎现在才回过神来，自己是戴罪之身，忙给鄢懋卿把酒满上，嘻嘻笑道，"鄢宪台是什么人，那绝对是一言九鼎，岂会糊弄我这么个小人物！"

鄢懋卿饮了杯里的酒，算是领了他的情，说道："放心吧，事情办妥后，你的性命就算是保住了，顶多进去关几个月。"

"好好好，草民再敬宪台一杯！"莫非又为鄢懋卿倒了一杯，对他而言，坐牢算不了什么，只要能保住这条命，出狱后严州还是他的天下。

胡桂奇被关在牢里已有几日了，情知胡宗宪如此做，虽有惩罚之意，但更重要的是保护他，因此没什么怨气。宦海浮沉，在这个圈子里待久了的人都知道，官场是最肮脏的地方，什么样的交易都可能存在。这一点老百姓心里清楚，官场里的人更是清楚，甚至连坐在朝堂上的皇帝也清楚，所以无论进行怎样的交易，有一点需要记着，即在朝廷要进行肃贪时，莫要顶风作案，这个时候朝野上下的人都盯着呢，无论你是什么官阶，有着怎样的背景，一旦被抓，谁也逃不了。他这一次算是倒霉，一来不知道朝廷已经暗中任命了淳安知县，给了姚顺谦一个没法实现的承诺，二来那新来的淳安知县居然是个空前绝后的不要命的二愣子，不仅把他逮了，还将他堂而皇之地送来杭州。如此一来，在这风口上，即便是胡宗宪也不敢徇私，只能把他关起来了。

好在胡宗宪虽然严令要让他跟其他犯人同等对待，牢里的人却不敢真这么做，给他弄了间单独的牢房，且打扫得干干净净，一日三餐更不草率，因此过得尚算舒坦。

这些天，胡桂奇也想通了，大不了多关几日，等风声过去了，再出去就是，谁也不会真正把他怎么样。现在最让他放心不下的是那个海瑞，按照以往官场里的规则，海瑞的官是当不了多久的，他一旦倒台，定然是墙倒众人推，没一个人会帮他，到时候得好好参他一本，出了这口气，然后还了心头的一个愿，给姚顺谦一个官做。

想到姚顺谦，胡桂奇也是百思不得其解，他去了哪里？以他区区一个县丞，断然吞不下那么多银子，那么那三十万两的修堤款又流向了何处？

这一日午饭后，胡桂奇府上的谋士屈彦过来探监，与他说了海瑞被严州通判卓有才抓着把柄，撤职罢官之事。胡桂奇闻言，眼睛一亮，随即嘿嘿笑了起来，这是意料中的事，如海瑞那样的人，无论是为官还是做人，均讨不了好，在这世间，不会有他的立锥之地，你看现在，该发生的事终归是发生了。

“这世上的事啊，怎么也逃不脱世情常理。一旦有人僭越，定然就得出事。”胡桂奇心情大好，“朝廷是怎么说的？”

屈彦道：“押赴京师候审，现在押解的囚车快要到杭州了。”

“去找鲁则仕来。”胡桂奇想要通过浙江巡抚鲁则仕，在杭州给海瑞些颜色看看，不想屈彦道：“鲁抚台去了淳安。”

胡桂奇一愣，“他去淳安做什么？”

“这个我也不清楚。”屈彦作为胡桂奇府上的谋士，乃是个八面玲珑之人，长得文雅秀气，脾气好，平时在官场上迎来送往之类的事也做得很到位，故而每个衙门都有他的熟人。只见他微微一沉吟，又道：“不过我侧面去打听了一下，据说是主持淳安修堤工程去了。”

“修堤？”胡桂奇有些不解，“淳安沿河一带之事都是海瑞搞出来的，他如今被撤了职，沿河的工程还要继续吗？”

“这个我就不清楚了。”屈彦为人谨慎，吃不透的事不敢乱说。然胡桂奇却感到了异样，按说海瑞被罢了官，便是否定了他的政绩，如何还有撤了职再去支持他工作的道理？

屈彦瞟了几眼胡桂奇的脸色，猜到了他在想什么，便又道：“不过这也没什么奇怪的，眼下的局势分明是高宪台和严阁老两方势力在斗，海瑞被抓着了把柄，高宪台棋差一着，自然只能愿赌服输。但是海瑞在淳安的所作所为，大方向是没有错的。鲁抚台去淳安主持工作，也是在情理之中。”

胡桂奇毕竟非善谋之人，听了此话便再没疑虑。屈彦沉吟会儿，说道：“还有件事需要千户定夺。”

胡桂奇看了他一眼，似乎瞧出了他的心思，问道：“可是有人求官来了？”

“正是。”

胡桂奇笑了一声，道：“淳安知县刚空缺出来，便有人开始打主意了，说说，是谁？”

屈彦从怀里摸出一封书信，递给胡桂奇，说道：“是杭州府的毛善农替淳安县丞姚顺谦求官。此信是他亲自送过来的，说是促成此事，有三样好处。”

胡桂奇也不拆信，讶然道：“原来姚顺谦在他府上！”随即想到，姚顺谦在桐溪决堤当晚失踪，修堤款也不翼而飞，看来都是此人在暗中操作，那笔修堤款应也是到了他手里。

好棋啊好棋！胡桂奇不由暗暗惊叹，海瑞那个异类的出现，是所有人都不想看到的局面，官场就像是张巨大的网，每一个网结都环环相扣，但凡其中一结出现问题，便会出现窟窿。毛善农的举动明显是在给海瑞出难题，人没了，银子也没了，看你如何修堤，又怎生反贪？虽说后来海瑞解决了银子的问题，但姚顺谦的失踪，无疑依然是海瑞在淳安反贪最大的障碍。这里面有个问题，那毛善农充其量只是个商人，虽然手眼通天，杭州的官府上上下下都与他称兄道弟，但他到底只是一介庶民，是谁在背后替他撑腰，敢让一个县丞“失踪”，吞下朝廷发放的修堤款？

胡桂奇再傻也感觉出来了这里面不简单，问道：“是哪三样好处？”

屈彦道：“毛善农说，其一，可兑现千户的承诺，毕竟你是答应了人家的，若不兑现，不免言而无信；其二，只要让姚顺谦做了淳安知县，绝不会亏待了千户；其三，让姚顺谦替代了海瑞的位置，就相当于胡部堂在淳安多了一枚棋子，这应该是严阁老和胡部堂都愿意看到的。”

“这毛善农端的是只老狐狸！”胡桂奇摇头笑道，“前面两点让我有些反感，不过最后一点倒是挺有道理。”

屈彦道：“千户的意思是帮姚顺谦上位吗？”

胡桂奇摇摇手，道：“我拿了姚顺谦的银子一事，已不是什么秘密了，此事我不能再出面。你跑一趟总督府，将此信交予我父亲吧。”

屈彦竖起大拇指，笑道：“千户高明！”

鄢懋卿、辛望远、莫非三人在辛府内喝茶，有一句没一句地闲聊着，等着莫非派出去的人回来复命。

是日傍晚，莫非的人前来复命，说是一路跟那人进了杭州城，亲眼见那人进了毛善农的府上。

鄢懋卿闻言，回头朝辛望远问道：“毛善农是什么人？”

辛望远听得此人姓名，显然有些吃惊。鄢懋卿眉头一皱，又问道：“此人来头很大吗？”

未及辛望远开口，莫非道：“鄢宪台不知道，此人的来头不是一般的大。”

辛望远斥道：“休胡说，一介庶民，来头再大，也未必入得了鄢宪台的法眼！”

莫非一想也是，鄢懋卿是从京师来的，身上又带着皇命，在地方上有几个人能入他的法眼？莫非情知自己说错话了，忙嘻嘻赔笑，“草民这嘴巴瞎说惯了。”

“禀宪台，毛善农是杭州府有名的富商，论产业之大，漫说是杭州，在整个浙江也是首屈一指。”辛望远想了下措辞，又道，“自古官商，浑然如一体，密不可分。那毛善农能把产业做得如此之大，结交之权贵自然也数不胜数，所以，此人在杭州几乎是可以呼风唤雨的风云人物。”

鄢懋卿明白了，如果一个人所结交之人，非富即贵，那就形成了一张严密的关系网，这张网层层叠叠，上下勾结，牢不可破。其虽不是官，但有的时候比之官员更加厉害，没有人不敬他三分，其威严不亚于一个土皇帝。这就是商人的可怕之处，商人虽没有权，但有钱，有钱就能使鬼推磨，权钱交易从来都不是什么新鲜事。

从鄢懋卿的角度来看，要查毛善农倒也不是什么难事，一个商人的家业再大，能力再强，朝廷想要他怎么死，他就得怎么死。现在的问题是，毛善农一案涉及了卓有才，而且从目前已知的情形来看，卓有才似乎只是听命于毛善农的一颗棋子，那么毛善农又是听命于谁的呢？严嵩给他的锦囊里提到，此案只准查到州府一级，若是再往上查，祸及根本，对谁都没有好处。然从眼下的局面分析，一旦去动毛善农，所涉及的官员必然高于州府一级，那么到底是查还是不查？

思忖间，不知为何，鄢懋卿的眼前不由自主地想起了淳安城外窑厂里住的那些贫民，他们一脸悲戚，有冤无处申，有苦没地诉，住在地狱一般的地方，简直是叫天天不灵，唤地地不应，而且他曾在他们面前信誓旦旦地说，要还他们一个公道。

你给了他们一个大大的希望，难道真不查了吗？想到此处，鄢懋卿的内心唏嘘不已，他不是什么好官，但他至少也不是什么坏人，看到那么多无辜的百姓无家可归，不免生出些恻隐之心，可是如果要查，该怎么查呢？

“宪台怎么了？”辛望远见他凝思不语，不由问了一句。

“没什么。”鄢懋卿笑了一笑，掩饰其内心的彷徨，“本官没想到一个商人，也能在地方上只手遮天。”

正说话间，辛府底下的人来报，说是袁府台差人来说，浙江巡抚鲁则仕明日抵达淳安，明日一早，严州府主要官员都随袁府台前往接迎。

辛望远讶然道：“他来淳安做什么？”

鄢懋卿冷笑道：“各种人物粉墨登台，这场戏越来越精彩了。”

胡宗宪接过屈彦手里的那封信函，脸上没有任何表情，也未有任何表示，只摇摇手让屈彦退下。屈彦自然知道这种大人物不会在他面前表露心迹，依言退了出来。

待屈彦出去后，胡宗宪很快拆信览阅，看完之后，沉着脸喊人入内，吩咐道：“去把徐先生找来。”

没多久，下人去而复返，禀道：“徐先生并不在府上。”

“再找。”胡宗宪低喝道，“无论他去了何处，在做什么，立刻让他回府。”

下人不敢怠慢，小跑着出去了。带着几人满城打听寻找，最后在城郊的一所破庙里，找到了已有七八分酒意的徐渭。他此时正跟一名乞丐饮酒，而且看样子兴致正浓，听得催促，十分不快，喝道：“没看到我正在喝酒吗，天大的事也等我喝完酒再说。”

下人知道胡宗宪正在气头上，更加清楚徐渭喝起酒来没完没了，哪里等得了？不由分说，招呼了两人，将他抬出破庙去。徐渭破口大骂："你们这帮兔崽子，哪个借你们的狗胆，敢扰我酒兴？以为仗着部堂我就不敢惩治你们了？告诉你们，就算是胡宗宪亲自来，我也未必会把他放在眼里！"

下人知道徐渭的脾气，耍起酒疯来，别说胡宗宪，皇帝也未必能入他的法眼，一边道歉一边道："是是是，先生说得是，到了府上，先生再与部堂理论便是。"

到了府里，下人恐他真使性子跟胡宗宪吵架去，吩咐侍女给他洗了把冷水脸，再灌些醒酒汤，待其清醒了些后，这才敢送过去。

徐渭虽然酒后无状，但平时对胡宗宪却是十分尊敬的，此时尽管头还有些昏昏沉沉，好歹意识清醒了，见到胡宗宪后揖手道："部堂唤我何事？"

胡宗宪沉声道："姚顺谦现身了。"

"他没死？他在谁手里？"徐渭以为姚顺谦逃不开和赖文川一样的命运，可转念一想，他没死也是有道理的，赖文川被撤职罢官后，已为庶民，杀了他有益无害。而姚顺谦则是在职官员，杀了他万一朝廷追查起来，麻烦不小；留他性命，日后为己所用，只会让局面更好。现今海瑞被罢免，确实是让姚顺谦出现的好时机。

胡宗宪把信递了过去。徐渭看完，恍然大悟，"我们早该想到是他了。严州府治下，沿河一带的土地兼并后，统一开发，何等大的项目，其背后一定会有个财力雄厚之人在运作。放眼整个浙江，除了他还有谁能吞得下如此大的工程。"

胡宗宪道："此人一倒，浙江整个商业圈都会引起动荡，对我省之经济十分不利。其次，倘若真去动他，杭州官场的疮疤就会被揭开，官商两道皆会受到重创，如何是好？”

徐渭迟疑了一下，“要不要去请示一下严阁老？”

“你以为毛善农跟严府会没有关系吗？”胡宗宪眼里寒光一闪，“我会向严阁老禀告此事，但我们必须想出个办法，在内部压制此事。”

“在下明白了。”徐渭道，“要不在下去一趟严州，与鄢懋卿再碰个面。”

胡宗宪点头称好，“押送海瑞的囚车，明日就到杭州了。我本是想让鲁则仕负责此事，没想到他不在。”

“不在？”徐渭抬手捏须，皱着眉头道，“去了何处？”

“先生猜猜他去了何处？”

“淳安？”徐渭看着胡宗宪的脸色，见他没有表示什么，便知道自己猜对了，笑道，“好一个鲁则仕，他倒是会见缝插针寻找时机。”

“为官者哪个不想升官啊。”胡宗宪道，“朝廷上上下下都盯着淳安水患的治理情况。他这时候去监督治理海瑞未竟之业，相当于是捞了个现成的便宜，真把水患治理好了，到时候功劳是他的，多好的表现机会。”

“那么海瑞之事……”

“只能我亲自去办了。”胡宗宪道，“先生在去严州之前，先去会一会毛善农，让他近段时间安分些。至于姚顺谦，也让他继续雪藏，不到时候，绝对不能现身。”

二

囚车行进很慢，摇摇晃晃一连走了几天，才算到了杭州地界，入了城后，径往杭州府衙门而去。在杭州知府衙门的安排下，将海瑞暂时关押入狱。

这几日来，海瑞憔悴了许多，看上去更加瘦亦更加黑了，唯独那双眼睛依然炯炯有神。他始终相信人间自有正气在，那些贪赃枉法之辈，只不过逍遥一时罢了。

在杭州府的监狱里没待多久，便有人进来，让他换一套衣衫出狱。这着实把海瑞弄得莫名其妙，问道："要带我去何处？"

那人小声说了一句，"总督府。"

海瑞一愣，心想我前段时间把胡桂奇押上杭州，莫非胡宗宪要趁此机会羞辱于我不成？果若如此，足见胡宗宪也只是个小人罢了，不足为此忧心。当下从容地换上衣衫，跟了那人出去。

门口有一顶软轿候着，那人道："请海知县上轿。"

见此阵仗，海瑞越发糊涂，若胡宗宪想要报复，断不会如此相待，他究竟想要做什么？有句话叫作身正不怕影子斜，海瑞自忖问心无愧，兵来将挡，水来土掩，既想不明白，便不去想了，坦然入轿。

不多久，轿子停下，海瑞从里面出来，抬头见已到了总督府门口。那人在门房里通报了后，出来说道："胡部堂已在里面等候，海知县进去吧，小人在门外候着。"

海瑞道声谢，举步拾级而入，入得大门，东西两面班房，门口负责警卫的差役均在此守值。再往里走几步，则是辕门，平时来往的信函、奏折以及来客的拜帖等，均于此收发。一路向前，通过仪门，便是前院，前院由光洁的大石板铺就，四周植有花草，院内分布着鼓亭、乐亭等建筑。迎面有一道照壁，在那道高大的照壁面前，则竖着一支旗杆，高三丈有余，顶端的旗帜正在阴暗的天空下，迎风招展。

绕过照壁，迎面是一座大堂，气势宏伟，坐北朝南，五开间的大门敞开着，整体以黑色油漆涂饰，森严肃穆。堂前有一块大大的屏风，绘有丹顶鹤、海潮以及东升之旭日，庄重威武，屏风的前方就是审案的公案桌等一应设施。平时，普通百姓是很难见到总督府大堂的，即便进去了，此地的氛围亦能把人的腿吓软。

越过大堂则是二堂，又叫退思堂，正是总督接见外地官员或议事所在。整座堂院呈四合院形式，东侧为议事厅，西侧为启事厅，四面走阔贯通，四通八达。正堂内的主桌上首，也挂有一匾，书“政肃风清”四个大字。此时堂前中央正站了一人，体形高大，昂首挺胸，形如松树般挺拔，面部棱角分明，不怒而威。海瑞虽没见过胡宗宪本人，但看到此人的气势，便也能猜到是谁了，心想不愧是带兵打仗之人，其举止俨然战场上指挥千军万马的将领。

海瑞虽说天不怕地不怕，但见了此人，心中亦不免生出一股敬畏，上前跪拜道：“淳安知县海瑞参见部堂。”

胡宗宪瞟了他一眼，转身走到正首的桌前，回身时蓦然喝道：“淳安知县海瑞接旨！”

海瑞怎么也想不到把他引入总督府乃是为了接旨，心中一凛，这是什么旨意，莫非朝廷判决我的圣旨已然下来了吗？思忖间，胡宗宪高声道：“臣海瑞接旨！”

胡宗宪展开圣旨念道：“奉天承运，皇帝诏曰：旌奖贤能乃朝廷之著典，显扬亲德亦臣子之至情，顾惟风纪之臣有最慈之度，肆推褒宠，实倍常伦，而淳安知县海瑞洁己自修，与人不苟，负壮心于政事，体民生之维艰，举朝皆知。兹特加授监察御史，察百姓之冤屈，督官场之舞弊，肃国家之风纪。”

海瑞此番被捕下狱，心中本有千般苦万般委屈，听闻此道圣旨后，不由激动泪下，原来皇上洞若观火，明察秋毫，晓他海瑞清白，原来这世道果有正气在，只要一心为民，勤政为公，即便一时为小人所害，亦终能守得云开见月明。海瑞越想越激动，含泪亢声喊道：“臣，叩谢隆恩，皇上万岁万岁万万岁！”

胡宗宪把圣旨交到海瑞手中，亲自扶了他起身，让其入座，又叫人送来茶水，这才说道：“本部堂早闻海知县在淳安的所作所为，今日见海知县真容，令我悟出了一个道理。你不像官，更像是一位勤勤恳恳、兢兢业业劳作的普通百姓。然而不像官的官员，才是真正的好官。人说官字下面两张嘴，说什么是什么，非也，所谓官者，好比农夫治田，若非勤勤恳恳、兢兢业业，如何能管好手底下的一亩三分地？”

海瑞听他这一番话，又见他并没有因胡桂奇一事报复的意思，反而以礼相待，不禁对他肃然起敬，起身揖手道：“部堂深谙为官之道，令下官钦佩，只是下官有一事不明，望部堂不吝赐教。”

胡宗宪端起一脸的笑意，道：“无妨，只管说吧。”

海瑞说道：“皇上不但没撤了下官的职，还加封下官为监察御史，何以还要将下官押赴在杭州府的大牢？”

胡宗宪道：“你是聪明人，莫非真不明白皇上的苦心吗？”

海瑞愣了一下，凝神一想，似乎明白了一些。他在淳安掀起了轩然大波，此时卓有才抓他把柄，判他下狱，无非是心中有鬼罢了，而且事实也证明卓有才跟桐溪决堤有脱不了的干系，此时将计就计，送他来杭州牢狱，正好就可以引出那些背后作祟之人，让他们露出本来面目，如此一来，此番的反贪便事半功倍了。想通了这一节，海瑞觉得受再大的委屈也是值得的，连忙说道：“皇上用心良苦。海瑞当不负圣恩，彻底肃清淳安之患。”

“这就对了。”胡宗宪笑道，“接下来的几天，你还得委屈一下，在牢里待几天。等到合适的时机，本部堂自会差人送你去淳安。”

海瑞道了谢，又问道：“不知胡公子当下如何？”

胡宗宪叹息一声，道："犬子无知，实乃我管教不严，倒教你费心了，眼下还在牢里关着呢。"

"惭愧。"海瑞道，"国法当前，海瑞也不敢徇私。"

"理当如此。"胡宗宪的话接得很快，"当官的职责乃是为民，犬子不思为民，当受惩治。"

徐渭此时已到了毛善农的府上。那毛善农乃是一省之首富，家大业大，其门庭规模不亚于总督府，但此人十分善于为人之道，行事圆通得紧，只要是官府的人来访，皆殷勤接待，所不同的只是按照官阶之差异，接待的规格也不尽相同，比如在杭州府以上的官员，一律亲自接待，以下的则让门下人照应。徐渭是胡宗宪身边的红人，毛善农自然不敢怠慢，亲自到门口接迎。

毛善农虽是富商，却与那些暴富者大相径庭，其行事低调，穿着也较为朴素，人虽高高大大的，却也并不胖，走到街上，谁也认不出他便是一省之首富。将徐渭迎入堂内后，他亲自斟茶，送到徐渭桌前，极为谦卑殷勤。此等做法会让很多人都觉得舒服，徐渭自也不例外，品了口茶，笑道："这是杭州的毛尖，极品好茶，这一杯茶只怕顶得上普通人家好几顿饭了。"

"先生说笑了。"毛善农道，"先生要是喜欢，一会儿我让人备上一包，供先生平日享用。"

徐渭摇手道："我平时不饮茶，饮酒。"

"酒也有。"毛善农知道他是代胡宗宪来传话的，如果真能让姚顺谦去顶淳安知县的位子，那么那笔修堤款就算是真正落入他的手里了，区区几坛好酒自不在话下，"敝庄有个酒窖，临行时先生只管去挑便是。"

徐渭又摇手道："在下可非那种贪图便宜之辈。圣人云，'君子爱财，取之有道'。不该是在下的，断然不取。今日来你府上，有一事相问，那姚顺谦果然在你处？"

毛善农笑容一敛，正色道："不瞒先生，正是在敝庄。"

徐渭道："唤他来见我。"

毛善农愣了一下，"先生此举何意？"

"你啊！"徐渭用手指了指毛善农，"当下的形势莫非还看不透吗？"

毛善农在杭州虽说手眼通天，官场里大部分的消息都难逃他的耳目，但对于朝廷的密令，任凭他再有本事，也是无法获悉的。他不解地道："毛某愚钝，请先生赐教。"

徐渭道："实话与你说了吧，淳安知县海瑞是高拱派过来的人，经过了皇上认可，目的是要整饬淳安乃至严州的官场。也就是说，海瑞的行为，其实是代表了朝廷的意图，大力反腐。严阁老作为内阁首辅，百官之首，自然也得做出些姿态来，配合朝廷反腐，这才派了鄢懋卿下来。两方势力在淳安交汇，便形成了淳安及严州必须要严打贪污受贿的局面。你想想，区区一个通判，能把海瑞整垮吗？"

毛善农暗吸了口气，"如此说来，海瑞被押解回京是掩人耳目？"

徐渭点头道："此时应已到了杭州，朝廷不但没贬他的官，另加授监察御史一职。你这时候把姚顺谦扔出来，不是找死吗？"

毛善农这才明白个中利害，问道："胡部堂有何指示？"

徐渭道："部堂的意思继续雪藏，不能使之露面。"

毛善农闻言，心领神会，官商一体，一荣俱荣，一毁俱毁，胡宗宪不想让杭州乱起来，自然会保护他，当下便命人去唤姚顺谦过来。

姚顺谦的本性不坏，而且在赖文川被罢免之前，几乎也没有过非分之想。然权力如毒，是会让人上瘾的，在赖文川被撤职的近一年时间内，淳安的工作一直由姚顺谦主持，他虽非知县，却无疑是淳安的一把手，既然到了这个位置上，再让他下去自然是不甘心的，于是想要往上再爬一级之心便油然而生。

当时恰逢胡桂奇途经淳安，便放下面子和自尊，卑躬屈膝前去求人，并与胡桂奇达成口头协议，取修堤款五万两换淳安知县一职。当时的姚顺谦患得患失，知县一职既得胡桂奇应允，应是跑不掉的，然心中却又如同失去了什么，空落落的不是滋味。

这便是人性。所谓人之初性本善，任何一人在跌入泥潭之前，都不免恐慌，但是当河岸决堤、淳安新任知县即将赴任的消息接踵而来时，他的心情一落千丈，本是想坐上那位子后，再兢兢业业为民谋福，哪想到花了朝廷拨下来的赈灾修堤之银子，不仅堤岸没保住，老百姓再遭天灾，他往上再爬一级的愿望也一并落空，倘若将来查起那五万两银子的下落，一查便知，到时候别说往上爬一级，连现在县丞的官职也无法保住。

一夜之间，洪水滔滔，那场洪水冲垮的不仅仅是百姓的良田房舍，还有他的前程和梦想，没了，一切都没了。诚可谓是自作孽不可活，怪得了哪个？

那晚，他失魂落魄地走入县衙署，交代魏晋要不惜一切代价保卫河堤后，又从衙署出来，走入茫茫雨夜。那一刻，他深切感受到，此时的他便如同这雨夜，前路茫茫，生死难料。正值万念俱灰时，毛善农找到了他，给了他希望，也给了他地狱般的煎熬，让他等待时机，并允他东山再起、重返淳安的机会，但前提是他要连同那笔修堤款一起消失。

他吃惊地看着毛善农派来的人，问他为何要做得如此决绝？那人告诉他，吞掉修堤款并非主要目的，真正的目的是要给新来的知县出难题，新任知县下台之日，便是他重返淳安之时。

那一刻他犹豫了，他承认自己已然陷入了危境，可现在再怎么艰难，被查出问题时，顶多罢官撤职，贬为庶民，倘若卷走修堤款，性质就严重了，一旦败露，那就不是罢官撤职如此简单了，极有可能性命不保。然而就这样放弃，从此后再无涉足官场的机会，甘心吗？

他一遍一遍地问自己，最后心底传来一个极为不甘的声音，拿修堤款贿赂，捉鸡不成蚀把米，眼看着就要到手的知县位子，就这样消失了，本可以在这片土地上呼风唤雨，施展平生所学，今却要沦为平民，一生碌碌无为，如何甘心啊！

“当真能保我重返淳安吗？”姚顺谦目不转睛地看着那人，尽管雨水漫入眼睛里，他也不敢眨眼，似乎想要看透那人的心思，到底有没有撒谎。

“家主乃是杭州首屈一指的富商。在浙江地面上，哪位官爷不敬他三分？他亲自吩咐下来的事，岂会有错？”

姚顺谦自然知道毛善农其人，他的确是浙江地面上的风云人物，平时如他这般官阶之人，想要见上一面都难，似这种大人物说出来的话，应该不会有错。已经沦落到此等地步，再赌他一把又何妨！

当天晚上，姚顺谦同毛善农的人里应外合，将二十五万两银子偷偷地从县衙署运了出来，携妻连夜去往杭州。

对姚顺谦来说，这是场豪赌，赌注是他的身家性命，要么一步登天，要么堕入地狱。

走入客堂，看到徐渭时，姚顺谦的眼睛不由一亮，机会来了吗？

“你且坐下。”毛善农指了指对面的椅子。

姚顺谦恭恭敬敬地应声好，走到毛善农对面的椅子上轻轻落座，挺直着背等毛善农或徐渭开口。

徐渭看了他一眼，心里不由唏嘘起来。他好歹是一县之丞，是朝廷正式任命的八品官吏。以他的性子来说，即便是不升，也可以安稳体面过此一生。权力这种东西端的会折磨人，只数日不见，他就像是变了个人，十分憔悴，人也变得更加卑微小心，面对他对面所坐之人，仿佛像面对长辈，屁股挨着椅子边缘，连坐都不敢正儿八经地坐着。

徐渭真的不想再打击他，或许他已经承受不起任何的打击了。然而人是自私的，哪个不为自己的处境考量？从另一个角度讲，他作为一个成年人，走到今天这一步，也算是咎由自取，怨不得人。徐渭低首沉默会儿，开口道："姚县丞，海瑞没有被罢免，还是淳安知县，而且朝廷还加封他为监察御史。"

"先……先生，此话当真？"姚顺谦坐不住了，说完这句话后，目光又向毛善农看过去，似乎想求证此事的真伪。

"千真万确。"毛善农的回答，相当于是切断了姚顺谦的希望。姚顺谦只觉脑子里嗡嗡作响。

徐渭安慰道："胡部堂也知道你的事情，依在下来看，只要有机会，会给你安排的。不过眼下你需要继续等待，不可露面。"

机会，还有机会吗？姚顺谦的心凉透了，他卑微地活了半生，虽无功绩，却也没有过错，本是想借此往前一步，有了权力，好为淳安的百姓谋福，不想竟一脚踏入了万劫不复的深渊。机会？嘿嘿！海瑞此番不但没有被罢免，还加授了监察御史的衔，再傻的人也看得出来，朝廷这次是动真格的，不拿几人开刀，断然不会收手。而自古至今，真正被拿去开刀的，不都是他这种不入流的小吏吗？

机会！姚顺谦突然仰首大笑，也不与毛善农、徐渭辞别，身上的卑微之气在这放声大笑中荡然无存，性命尚且难保了，去他的尊卑贵贱，径笑着往门外走去。

徐渭见他那情状，有些不放心，道："你派个人去看着他。"毛善农会意，着人跟随。

没一会儿，便听到外面隐隐传来一阵妇人的厉号。徐渭心头一怔，意识到不妙，霍地起身往外走。刚到门外，便见方才跟随姚顺谦之人着急忙慌地跑过来，急问道："出了什么事？"

那人慌道："姚顺谦跳井了！"

"去，快去把姚李氏稳住，莫让她鬼哭狼嚎的，惊动了外人。"毛善农也有点心慌，人死在他这里，一旦传出来，他绝对脱不了干系，因向徐渭讨主意，"先生，接下来我该如何是好？"

"安抚好姚李氏，留在你府上。只要莫让她受委屈，为了自保，她应也不会到处乱跑。"徐渭边思量着边道，"至于姚顺谦的尸首，找个偏远地方，埋了便是。总之记得一句话，莫要让人知道姚氏夫妻在你府上。"

"明白。"毛善农道，"严州那边怎么办，可不能再出事了。"

"放心吧。"徐渭道，"出了你这道门，在下就赶往严州去。为了把这场戏演好，死几个人怕是在所难免了，但决计不会蔓延到杭州来。"

是日一早，鲁则仕便到了淳安，袁昆、辛望远、卓有才则率魏晋、冯全等淳安一众官员，提前一步在县城门口迎候；车马一到，众人便在袁昆的带领下，行至车前，接迎鲁则仕下车。

鲁则仕头刚露到车外，便被眼前的阵仗吓了一跳，轻斥道："袁府台，你这是做什么？"

袁昆知道鲁则仕的出身来历，他没有家族背景，是一步步从秀才、举人到进士考过来的，从知县起历经多年，才走上今天的位置。从底层到一方大员，天壤之别，因了个人性格不同，一般情况下会出现两种截然不同的人生境况，一则是犹如一夜暴富的暴发户，大摆官威，大肆敛财，无所不为，认为唯如此才不枉为官一场；二则是依然保持朴实之本色，但毕竟是凡人，不免有虚荣之心，对下级官员之恭维奉迎明拒实喜，表里不一。据袁昆了解，鲁则仕属后者，因此亦以表里不一的那一套应对便可，当下做出一副诚惶诚恐之色，道："下官该死，明知抚台简朴，不喜铺张，实不该领大小官员出城来迎。只是敬仰抚台久矣，不敢怠慢，这才唐突，望抚台念下官一片拳拳之心，息怒莫怪。"

卓有才接过袁昆的话茬儿，道："下官等亦如袁府台一般，实在是敬仰抚台，这才来迎。"

场面话说毕，鲁则仕借坡下驴，道："好了，莫在此阻碍百姓出入城门，去县衙署说话。"

一行人入了衙署，各级官员按等级于两侧就座。鲁则仕坐在中间上首位，喝了几口茶水后，目光一抬，落在魏晋身上，问道："沿河一带的固堤、退田于民等事，办得如何了？"

魏晋忙回道："禀抚台，自海知县走后，本县就没了主心骨，沿河的工程便停滞不前，下官也不知该如何是好。"

"魏主簿，这就是你的不是了。"鲁则仕的脸本来就黑，此时沉着脸说话，委实是有些吓人。下面的官员听这口气，更是连大气都不敢喘一口，只听鲁则仕道，"淳安没了知县，县丞又不知下落，你便是淳安的主心骨了啊，在这种时候你怎能没个方向？"

卓有才越听越觉得这话不对劲儿，海瑞被罢下狱，现已押往京师，就说明否定了他先前所做之事，如何鲁则仕屁股尚没坐热，就问起沿河一带的工程进度？由于此事关系到他的政绩和前途，便壮着胆问道："抚台，沿河的工程还要继续吗？"

“怎么不继续？难不成你还想让百姓遭灾吗？”鲁则仕提高了音量，肃然道，“海瑞之举的确做得急躁了些，此确为其不当之处，但大方向是对的，因此沿河之工程须有序推进。本官此番下来，便是要监督沿河工程之进度，不光是淳安，严州府治下各县，都要制订计划，统一治理，责任到人，哪个河段没有修缮到位，便是哪个担责，务使来年不再出现灾情。”

这一番话听得卓有才心惊胆战。换句话说，既然海瑞之举大方向是没有错的，那么朝廷就有可能不会治他的罪，那软硬不吃的愣头青兴许还会卷土重来！果若如此，他这个严州通判的位置还能坐得下去吗？

卓有才在担心什么，袁昆、辛望远都心知肚明，却都打着隔岸观火的心思，大声领了鲁则仕之令。

简短的训话之后，鲁则仕便马不停蹄地赶去沿河一带勘查现场，特别是决堤的桐溪沿岸，重点交代魏晋，加速固堤，并严防死守，倘若第二次洪峰来时，再发生决堤，魏晋就直接回家，不用再到衙署报到了。

卓有才趁机在旁边帮腔，“魏主簿，责任越大压力也就越大，抚台这是对你寄予了厚望，淳安没了知县、县丞，你就是这里的主心骨；既然是主心骨，那就得把全县百姓的热情调动起来，控制险情，保境安民。”

当官的都想往上爬，魏晋不是没有此心，但他与姚顺谦不同，知道自己有几斤几两，他没有背景，也学不了像卓有才那样涎着脸去拍人马屁，更没银子去走后门。这便是他老婆常骂他的，没本事。在如今这世道，一没银子，二没本事，根本不可能有更上一层楼的机会。他表面上应和着卓有才的话，实则一点也没往心里去，多少人惦记着淳安知县的位置，怎么轮也不可能轮到他。

鲁则仕冷眼旁观，暗笑卓有才像个傻子，明明死到临头了，还在那儿装模作样。在这些人之中，唯独魏晋是个明白人，他知道自己永远不可能成为淳安的主心骨，但是，也不会自弃自馁，干好分内之事，做到无愧于心便好。

临中午时，袁昆在县里的洪福酒楼安排了一桌宴席，说是要给鲁则仕接风，尽一尽地主之谊。鲁则仕也没有推诿。他很清楚袁昆的为人，他不做事，但也不会闹出事来，看似面面俱到，实则碌碌无为，在为官者的队伍里，朝廷最是痛恨这一类人，占着茅坑不拉屎。所以在这种人面前，你即便有浑身的力气，也没处使，训他骂他更无济于事，只能由着他，自生自灭罢了，因此不说他，随他安排。

宴席上各级官员轮番向鲁则仕敬酒，借着酒劲儿什么样的话好听就说什么。魏晋对这样的饭局早习惯了，也随着大流向鲁则仕、袁昆等人敬酒，但内心却如翻江倒海一般。

似今日这等饭局，官场上几乎每天都在发生着，魏晋不属于那种好拍马屁、喜热闹之人，有时虽内心拒绝，但碍于现实，又不得不去。此时此刻，看着杯觥交错，他没来由地想起了海瑞，如果此刻海知县在场，今日的饭局是否还能促得成？

可转念又想，古往今来，有几个海知县？谁又能真正学得了海知县？人活于世，关键在于一个“活”字，上有老下有小，谁敢手持利剑，披荆斩棘，去捅破世俗和官场的规则，做出惊世骇俗之事，不想活了，不想养活家小了吗？

喝着杯中酒，分明有苦涩的味道，也许这便是人间滋味，谁能摆脱得了呢？或许这就是他佩服海瑞的地方，为了理想，为了抱负，为了将圣人所言变作现实，他义无反顾，勇往直前，哪怕是为此死了，也死得堂堂正正！

吃饱喝足，鲁则仕要求他们回去之后，马上制订方案，明日交由他审阅，然后付诸实施。

在离开淳安的路上，卓有才一直惴惴不安，想去跟袁昆讨个商量，便命人赶上袁昆的马车，把头伸出窗外去，叫道：“袁府台。”

袁昆非常清楚他要说什么，隔着窗帘淡淡地道：“何事啊？”

卓有才道：“你是否觉得鲁抚台的举动有些异常？”

袁昆嘴角一撇，揣着明白装糊涂，“本府没觉得。”

卓有才道：“他支持海瑞的政令，显然不合常理。”

袁昆道：“是不是亏心事做多了，一有风吹草动便胆战心惊了？”

“府台说笑了。”卓有才见在他身上讨不了什么主意，便没再跟他说话，心想今晚亲自去趟杭州，找毛善农商量一下。

到了严州，辛望远的马车刚在府邸门口停下，便见有人走上来，定睛一看，竟然是徐渭，急忙下车作揖道：“原来是徐先生，如何在门口站着，快入内说话！”

徐渭笑道：“我也是刚到不久，恰好你就来了。今日去淳安陪鲁抚台了？”

辛望远边走边回头看了他一眼，“先生知道？”

徐渭点了点头，“在下还知道鄢宪台在你府上。”

辛望远越发惊讶了，“先生又是如何知道的？”心想此事连袁昆都蒙在鼓里，你远在杭州，怎可能得知消息？

“在严州的这些官员当中，只有你和袁府台是没有问题的。换句话说，你俩都不是严阁老这条线上的人。”徐渭道，“鄢宪台是何等精明之人，他知道袁府台不是个能做事的，要在严州查案，最佳的合伙人定然是你。”

辛望远听闻此言，好不欢喜。从徐渭的话中不难听出，将来袁昆被调走了，卓有才等一帮人又被查出问题来，届时他做严州的一把手，便几无悬念。思忖间已入了客厅，辛望远殷勤地请徐渭坐下，让下人沏茶上来。

徐渭喝了口茶水，因没见着鄢懋卿，知道他心里有所顾虑，便开门见山，道出了来意，“何以未见鄢宪台？如果在下所料不差的话，你们定然遇上了难题。在下此行就是给鄢宪台送良策来了，他若是不出来，在下便要告辞了。”

辛望远一愣，心想这徐文长果然不愧是胡部堂身边的谋士，神机妙算，当下忙让人去请鄢懋卿过来。

须臾，鄢懋卿急步入内，见到徐渭时，知道他是奉了胡宗宪之令而来，甚是高兴，揖礼相见。徐渭也不跟他客气，直接问道：“宪台查到哪一步了？”

鄢懋卿道：“卓有才与杭州的毛善农有往来，他们之间具体是何关系，尚不明确。”

徐渭又问道：“宪台打算怎么做？”

鄢懋卿苦笑道：“苦无良策，请先生赐教。”

徐渭见他坦诚，因此不与他绕弯子，说道：“逮捕卓有才。”

“逮捕卓有才！”鄢懋卿吃了一惊，如果抓了卓有才，拔出萝卜带出泥，事情只会越来越大，届时怕不堪收拾。

第十章

博弈

一

“姚顺谦死了，投井自尽。”徐渭沉声道，“韦德正所知不多，他只跟卓有才有来往，而前任知县赖文川也已辞世，接下来就是鄢宪台表演的好时机了。”

鄢懋卿听明白了，逮捕卓有才，想方设法让他把所有的罪过都承担下来，这台戏就可以圆满落幕。

鄢懋卿想了一想，问道：“京师的韦光正会否乱咬？”

徐渭摇头道：“他还想着从轻发落呢，如果能再保证让韦德正不死，他会乖乖听话的。”

鄢懋卿再无疑虑，吩咐辛望远道：“辛同知，抓人！”

很多时候，在官场只有竞争对手，没有朋友。辛望远早就等着这一刻了，应声好，大步走了出去。

天已经黑了，这些天来，天气或阴或雨，一直没见晴，故天也黑得特别早。卓有才用过晚膳后，因觉得不放心，打算连夜去找毛善农，不想还没等他出门，差役就到了。卓有才瞧出了这阵势不对，但他依然不敢相信这一切来得如此突然，喝道："大胆，这里是什么地方你们不知道吗？"

捕头的声音比他更大，厉喝道："奉袁府台之令，若敢拒捕，罪加一等！"

卓有才闻言，腿一下子就软了。此时，其家小闻风而来，问是发生了什么事，卓有才强自镇定，劝慰家小不要惊慌，便跟了差役出去。

到了牢里，鄢懋卿、袁昆、辛望远、徐渭、莫非等人，早已在那里等候了。卓有才见这阵仗，两腿直发抖，平时的官威早就没了，但他心里依然指望着毛善农能来捞他出去，因此见到众人时，舔了舔嘴唇，道："各位大人，这是何意啊？"

鄢懋卿寒声道："你是否还在指望毛善农来救你？"

卓有才大骇，原来他们已经查到毛善农头上了！鄢懋卿看着他，冷冷一笑，道："别指望了，朝廷力主肃贪，今日你落在我手里，谁也不敢替你出头。"

"招了吧。"徐渭走到他面前，"故意在上流水库泄洪，导致桐溪决堤，大量良田被毁，再加上发灾难财，置百姓生命财产安危于不顾，攫取私利，这些罪名够让你抄没家产、身首异处了。有一个办法，可保你家人后半生衣食无忧，不知道你想不想听？"

卓有才面无人色地跪倒在地，此时他已彻底崩溃了，冷汗不停地从额头冒出来。生死当前，他后悔了，早知今日，何必当初，即便手里有再多的银子，到头来依然是两手空空，还落个不得好死的下场。可惜已经没有机会了，到了这种时候，是该为妻儿家小考虑了，便抬头问徐渭道："是何办法？"

徐渭看着他面色如土，内心亦是挣扎，他一生熟读圣贤书，岂能不知是非黑白的道理？但是人活于世，在现实生活中，怎能不顾念人情，胡宗宪于他有恩，若非是他，只怕他今天不过是个郁郁不得志的落魄书生罢了。况且胡宗宪虽有贪墨之举，却将大部分的钱财用在了建设军队，以及给将士们发放饷银上面。若无胡宗宪的这些举动，在当今文官掌天下的局势下，浙江沿海的防务不可能做到固若金汤。因此无论于公还是于私，他都没有任何理由将此案牵引到胡宗宪身上去。至于眼前的这个卓有才，丧心病狂，贪得无厌，死有余辜，有何值得同情的呢？

徐渭说服了自己后，开口道："把所有的罪都承担下来，眼下淳安所发生的事，皆是你一人指使的。这样的话，毛善农会替你照看一家老小，保他们生活无忧。"

想到自己将不久于人世，不但不能留下半分财产给家人，还要让他们寄人篱下，去过看人脸色的卑微日子，卓有才悔恨交加。然而事到如今，徐渭所言，只怕是最好的结果了，他当下答应道："横竖是一死，我全部揽下来就是了。"

袁昆叹息一声，"早知今日，何必当初啊。"在他看来，一切皆是浮云，能安安稳稳地过一辈子，比什么都强，当下叫书吏取了纸笔来，让卓有才将如何与韦德正、莫非等人勾结，如何为了兼并土地，故意泄洪，如何逼死前任知县赖文川等事，一五一十地写下来，遇及说不通之处，便虚构编造事件，将来龙去脉说圆了。签字画押后，次日由严州府差人，将卓有才、韦德正、莫非，连同关在淳安的房子金、单春芳等人，一同押赴杭州，在杭州府复审无异议后，送往京师。

当日临行时，袁昆说要宴请鄢懋卿、徐渭两人，鄢懋卿笑道："本朝自太祖以来，崇尚节俭，这种时候还是莫要频繁吃喝了。"袁昆做事圆滑，本来说的就是场面话，笑一笑也就过去了；送出城后，悄悄把鄢懋卿拉到一边，小声道：“宪台大人，下官那不成器的妻舅就拜托你了。”

鄢懋卿也听说了他惧内，心领神会地道：“袁府台放心，本官定保他性命。”

到了淳安，把房子金、单春芳提出来后，跟鲁则仕寒暄了两句，没坐多久就上路了。魏晋望着车队走远，回头朝鲁则仕道：“抚台，一干罪官尽入法网，海知县应该不会有事了吧？”

鲁则仕道：“放心吧，你们的县尊不会有事。”

魏晋听了这话，心头一喜。鲁则仕留意着他的脸色，问道：“你真希望海瑞回来？”言下之意是说，你真的不想坐那知县的位置？

魏晋笑了笑，道：“人贵自知，下官与海知县比起来，天壤之别，不敢有非分之想。”

鲁则仕感慨地道：“如今像你这样能够安分守己的人，端的是不多了。”

魏晋又笑了一下，然这会儿笑容里多了些苦涩，家里的婆娘常说他没本事，并非没有道理。可有本事又怎样呢？

“好好干。”鲁则仕拍了拍他的肩膀。魏晋应了一声，他当然会好好干，政绩不是做给别人看的，而是做给自己看的。只要对得起自己的良心，能否往上升，听天由命便是。

次日一早，魏晋便将卓有才等一干人，因贪污、兼并土地、故意泄洪等罪被逮捕的消息，向全县公布。百姓拍手称快，为之沸腾。贪官除尽，他们的好日子就要来了！

此后，在鲁则仕亲自督促下，严州府治下所有的县都行动起来，大力治理沿河危险地段，加固堤坝。魏晋像是浑身充满了力量，领导百姓在沿河一带劳动，亲力亲为。

又下雨了，淅淅沥沥地下个不停，但所有在沿河一带劳动的人似乎都没再去畏惧这雨天，形势在好起来，大家都在拼了命维护，区区雨水动摇不了他们的心，估计也无法再动摇堤坝了。

武英殿内，嘉靖帝看着从杭州送来的折子，脸上未见喜悦，却也无不满，很平静。两侧站了严嵩、严世蕃、高拱、徐阶等一干大臣，殿内除了嘉靖帝翻阅折子的声音外，再无其他异响。

在这道折子送抵嘉靖帝御案之前，内阁和都察院都已经看过了，同一道折子，两番心情。对严氏父子来说，这当然是最好的结果，鄢懋卿先人一步，一举擒获了严州及淳安的数名贪官。而且如今在鲁则仕的主持下，修堤工作正在有序推进，只要今年能将沿河的堤坝按要求修缮完成，来年便不会受灾。皇上的反贪任务完成了，老百姓心中也没了后顾之忧，皆大欢喜，这场戏该是到了收场落幕之时了。毫无疑问，此番较量，严氏成了真正的赢家。高拱和徐阶对这样的一个结果，肯定是不满意的，怎奈架不住严氏党羽众多。海瑞虽是一柄锋利无比的宝剑，然单刀匹马，独力难支，终是没能杀出重围。他以“时机未到”之名，至今仍在杭州的牢狱里待着，接下来这场戏能否继续唱下去，高拱和徐阶有没有机会扳回一局，就要看嘉靖帝的意思了。

嘉靖帝平时不怎么上朝，但对朝中的形势却是若明镜也似，一清二楚。严嵩的权力实在是太大了，大到任何人都无法驾驭。这对一国之君来说，实在是件头疼的事。所以当高拱提出来要肃贪时，他几乎毫不犹豫地同意了。现在的结果，无疑是严氏父子操控下他们想要看到的结果，表面成绩斐然，实则只触及皮毛而已。

嘉靖帝合上折子，淡淡地道：“此番肃贪，严阁老在京师运筹帷幄，一举摘除严州的几颗毒瘤，实在是朝廷之幸，百姓之福，来年淳安百姓若不再受灾，该铭记阁老之恩德。”

严嵩听得皇上夸奖，心中暗喜，但脸上却是一脸惭愧之色，说道：“老臣忝为百官之首，内阁首辅，在地方官员中发现如卓有才这般的贪官，实乃老臣之过也。不瞒皇上，看到这份折子时，老臣心中愧疚万分。”

嘉靖帝撇了下嘴角，没有接严嵩的话茬儿；高拱看在眼里，眼睛陡然一亮，他虽然还猜不透皇上究竟会不会去动严嵩，但眼下的结果皇上显然是不太满意，区区这些成果远没有达到敲山震虎的目的，皇上应该还不想收手，当下说道：“启奏皇上，臣以为就此结案，未免草率。”

嘉靖帝看向高拱，问道：“且说来听听。”

高拱揖手奏道：“从杭州呈上来的折子看，那一系列的不法之事，皆为卓有才指使操控。臣方才在想，区区一个州府之通判，哪来这么大的胆子，竟敢干下如此多的枉法之举？最让人不可思议的是，在大雨当夜，竟然指使人去上流刻意泄洪，以致桐溪陡然决堤，委实是强盗行为，教人切齿痛恨。可是静下心细想，按照他们以往之行为，无非是想要在洪灾过后，吞并被水浸泡之土地。这么多的土地凭他一个通判吞得下吗？其次，淳安县丞姚顺谦目前依然不知所踪，虽据卓有才交代，是他逼走姚顺谦并吞没了修堤款项，但此等说法，匪夷所思。”

严世蕃的独眼往高拱身上一瞟，冷冷地道：“高宪台的意思是一个人的胃口大小，决定于他的官职高低吗？人啊，贪与不贪，与官职无关，取决于欲望，似卓有才那等丧心病狂之徒，什么样的事情都干得出来，不足为奇。”

高拱是个暴脾气，火气一上来，谁的面子都不卖，提高了音量道：“严侍郎说，干下如此多的枉法行为，乃是卓有才丧心病狂所致，那么我倒想问侍郎一句，出现这么一个丧心病狂之徒，为何严州迟迟没有察觉，杭州也没有察觉。浙江上上下下的官员，都眼瞎耳聋了吗？”

严嵩转过身，神色无比严肃，盯着高拱皮笑肉不笑地哼了一声，说道："高宪台此话未免说过了些吧？总不能因为出了个卓有才，就全盘否定浙江上下官员，你说可是？"

高拱寒着脸沉声道："阁老言重了。我并没有否定浙江官员的意思。不知阁老想过没有，出了这么一个贪官，侵吞了那么多的田地和银子，而且其利益链从县到府，百姓有没有去告过状？如果有，官府知不知道？如果知道，为何从来没有被揭发过？这说明什么，说明问题绝不仅仅出在卓有才一人身上。此番我们只是揭开了这块伤疤，如果继续视而不见，装聋作哑，它还会继续溃烂。"

徐阶的为人没有那么强势，但他也颇能审时度势，知道皇上有心反腐，且有意剑指严嵩，不管是想给他个下马威也好，还是想要彻底铲除也罢，总之，皇上要动严嵩。最关键的是，他是内阁次辅，严嵩倒台后，若不出意外，首辅之位非他莫属，所以无论是于公还是于私，都得站在高拱这一边。见高拱与严嵩论辩，徐阶轻咳了一声，发表了自己的意见，"启奏皇上，臣以为目前反腐成果固然可喜，但也不能放松警惕，高宪台的顾虑不无道理，不管浙江官场还有没有问题，反正再深入地调查一次是不会有错的。其次，姚顺谦尚未被找到。至少应该找到此人，查明他失踪的原因，才能结案。"

嘉靖帝本也没有结案的意思，见高拱、徐阶二人说得有理有据，说道："卓有才等一干要犯，暂时关押在杭州，不必急着入京，让鄢懋卿、海瑞继续查。无论是死是活，都要把姚顺谦找出来。从杭州到严州各级衙门要予以配合，不得阻挠、干扰办案。"

见嘉靖的旨意已下，严嵩不得不应承，顺水推舟道："海瑞的确是个干吏，至少从目前的情况来看，高宪台没有看错人。海瑞没在的这些天，浙江巡抚鲁则仕接替了海瑞未竟之事，在淳安抓沿河修缮工作，说明浙江上下是认可海瑞之举的。"

“哦？”嘉靖帝讶然道，“鲁则仕亲自去淳安了吗？”

严嵩微哂道：“是的。”

嘉靖帝道：“朕如果没有记错的话，鲁则仕进士出身，也是从底层一步步走过来的，今虽官至巡抚，倒是初心未改，甚好。”

从武英殿出来，严嵩与高拱并肩而行。由于严嵩年迈，高拱扶着他慢慢地往台阶下走，那画面甚是亲密和谐，但实则二人内心各自打着小算盘，甚至憎恨着对方。严嵩脸上端着笑，说道：“肃卿啊，你棋差一着，输了，却不服气，欲扳回一局。不过你还年轻，心气旺、好强，老朽理解，可你觉得再继续走，有把握吗？”

高拱依旧扶着他，认真地一级一级往下走，笑了笑，说道：“说句实话，我很佩服阁老，但权力也并非是无所不能的。”

“哦？”严嵩回头看向他，“那什么才是无所不能的？”

高拱道：“这世上没有无所不能的东西。荀子说：‘君者，舟也，庶人者，水也，水则载舟，水则覆舟。’后来辅佐唐太宗的名相魏征曾说，‘水能载舟，亦能覆舟’。唐太宗听了，深觉有理，常用此话告诫众臣。阁老博览群书，应比我更能明白此中的道理。”

“唔，有道理。”严嵩道，“居安思危嘛。多谢肃卿告诫，老朽定铭记在心。”

出了宫门，众人各自上车。临行时，严嵩似想起了什么，探出车窗，向刚要上车的高拱道：“肃卿，一路走好啊！”

高拱知道他是在警告，只作没听出来，回道：“阁老年迈，更要小心。”

两人相视一笑，分头而行。严世蕃与父亲坐同一辆车而行，说道：“父亲，高拱没有想要罢手的意思，我们要不要预防一下。”

“他不甘心，就让他查吧。”严嵩道，“只要韦光正和卓有才不开口，他就无从下手，早晚会死心的。目前，我们什么都不要做，以静制动便是。”

“朝廷肯定了当前反腐的成绩，皇上还特意褒奖了鄢宪台、鲁抚台、海知县等官员，希望大家能再接再厉，加强反腐力度，扩大战果。”胡宗宪看着底下的官员，“所以卓有才等罪官，暂不押送京师，由杭州府看管。”

鄢懋卿讶然道：“皇上的意思是还要继续查下去吗？”

胡宗宪沉着脸点了点头。鄢懋卿问道：“主犯卓有才已然归案，且已承认，所有的事情都是他主使的，案情清晰明了，还有再查的必要吗？”

胡宗宪看了眼坐在末位的海瑞，说道：“海知县以为，有无再查下去的必要？”

海瑞起身，揖手道：“禀部堂，下官以为有必要。”

胡宗宪道：“说说。”

海瑞道：“禀部堂，卓有才说所有的事都是他一手指使的，只是他的一面之词，缺乏佐证。在这样的情况下就判定他是主谋，有些武断，此乃其一。姚顺谦失踪后，至今没有消息。他去了哪里，是死是活，皆为未知。卓有才说他逼走了姚顺谦，也是他的一面之词，在没有找到姚顺谦之前，亦不足为信，此乃其二。此外，下官还有一个疑虑，卓有才揽下全部的罪责，可能是受了逼迫。”

鄢懋卿闻言，那肥胖的脸不由得抽搐了一下，“海知县是在怀疑我等的办案能力吗？”

海瑞道：“鄢宪台莫恼，下官并无怀疑宪台的能力。只是在权力的支配下，什么样的事情都有可能发生，我们不得不防。”

鄢懋卿意识到自己可能表现得过于激动了，平息情绪后笑了笑，道：“海知县倒是考虑得周全。请海知县说说缘由，我等洗耳恭听。”

海瑞说道："此案涉及土地数百亩，银子上百万两，卓有才把全部的罪名都担下来，反而是露出了破绽。如果说他贪墨了上百万两银子，下官信，但要把数百亩土地明目张胆地吞下去，他没有如此大的胃口，也无此胆量。即便有韦光正在他背后撑腰，他也不敢。他们的背后一定还有权势更大的人物在操控。皇上要求继续查，实在圣明。"

海瑞最后一句把皇上抬了出来，众人自不便说什么，若再坚持说没有查下去的必要，就是把皇上的意见否定了。鄢懋卿只得迎合道："此话倒也有理，关键是怎么查，继续拷问卓有才吗？"

"拷问卓有才是没有用的。"海瑞向胡宗宪拱手道，"下官想要提走一人，请部堂应允。"

胡宗宪问道："提谁？"

"莫非。"

胡宗宪怔了一怔，心想此人果然厉害，居然看透了在被逮捕的人之中，莫非是最容易突破的。那是个痞子，恐吓一下或是给他些好处，就会服软。真要是把此人交给了海瑞，很快就能查出卓有才一案作假的证据。如此一来，不但浙江官场会被搞得天翻地覆，连鄢懋卿也得吃不了兜着走。思忖间，胡宗宪斜眼瞟了下鄢懋卿，他果然是一脸的不安。怎奈朝廷的公函上，明确要求各级衙门须积极配合，不得阻挠办案，更何况，若执意不给人，那便是此地无银三百两了。

胡宗宪左思右想，苦无良策，只得答应，"好，莫非你可以提走，但必须保证他的安全。若有不测，本部堂唯你是问！"

散了会，待海瑞走后，鄢懋卿急道："部堂，这样下去非出事不可。当日让卓有才写供状时，莫非也在场。"

胡宗宪的脸阴沉如铁，"有两件我们办砸了，一是该让莫非消失，二是该让姚顺谦的死尸出现。现在该消失的没有消失，该出现的没出现，肯定要出事。”说话间，看了眼徐渭，想看看他有没有办法。

徐渭却故意低着头，没有说话的意思。其实此时大家心里都十分清楚，既然此前没让莫非消失，那么现在让他消失，是唯一可行的办法了。只是徐渭不想说出口。海瑞说得没错，在权力的支配下，什么样的事情都有可能发生，这吃人的官场啊，为了个人之私利，罔顾人命，没有是非，没有善恶，有的只是最原始的丛林生存法则，谁弱谁死。

“杀！”鄢懋卿终于说出了那个字，尽管他之前答应了袁昆，要保莫非的性命，然在自己的身家性命受到威胁时，哪还顾得了这许多？只见他狠狠地道：“海瑞临走时，部堂与他说了，若是莫非有闪失，唯他是问，正好，拿他问罪，让这个碍手碍脚的愣头青也一并消失。”

“这种事少个人知道，就少分危险。”胡宗宪朝徐渭道，“先生，你去见一见毛善农，让他去办，告诉他，办得干净些。”

徐渭踌躇了下，没有说话，低着头走了出去。看着他出去的样子，胡宗宪的眼里泛上一抹愧色，似这样一位书生，跟着他在官场混，委实委屈了，他应该去当官，不说像海瑞一样成为一柄利剑披荆斩棘，但至少可以像袁昆那样，躲在这个角斗场的角落，远离是非，至少不会像现在这样，做违心之事。

只是啊，世事弄人，如徐先生这般的大才，居然屡考不中，胡宗宪喟然长叹。

从毛善农的府上出来时，徐渭情绪低落，怅然若失，失了什么呢？徐渭抬头望向天空，天空依然是阴沉沉的。他忽然明白了，失去的是魂，一个读书人的魂。圣人云：“为天地立心，为生民立命，为往圣继绝学，为万世开太平。”此乃读书人的终极理想，而他如今在做的是什么呢？偷鸡摸狗、杀人害命，无恶不作，他还是一个读书人吗？还敢自诩为读书人吗？

进了总督府后院的厢房后，徐渭取出酒来，自斟自饮，一个人喝闷酒。胡宗宪放轻了脚步，走到桌前，慢慢地坐下，取了只杯子，倒满了后，陪着徐渭喝。

“胡部堂，你不该来这种地方喝酒。”徐渭看了他一眼，淡淡地道。

“先生与我见外了吗？”胡宗宪的眉宇间浮上一抹淡淡的忧郁，“心情不好，就说出来。”

“为何要杀人？”此时，徐渭已有几分酒意了，眼里带着红丝，几乎低吼着问出了这句话。

胡宗宪没有直接回答，反问道：“先生为何要替我去知会毛善农？”

徐渭愕然，连喝了三杯酒，没有说话。

“因为恩情，可是？”胡宗宪抬手饮尽杯里的酒，长叹一声，“我胡宗宪有今天，是严阁老提拔的。虽说我这个人不喜拉帮结派，更非他人眼里的严党，但无论如何，我都与他脱不了干系。古人云，‘滴水之恩，涌泉相报’。看着他有难，我能置若罔闻吗？”

“人情呐！”徐渭也长叹了一声，不再说话，不停地喝酒，似乎只有酒才能解他心中的忧愁。

二

海瑞没有走，不仅没有走，还走入监狱，与莫非住在了一起，无论杭州府还是总督府的人怎么请，都没把他请出监狱去。这出人意料的一招，着实把胡宗宪等人给难住了。海瑞严防死守，与莫非吃住在一起。就算想搞出些意外让莫非消失，也无从下手，况且他是都察院指定在严州府反腐的监察御史，且又是在皇上那里挂了名的，哪个敢在他面前动手？

莫非坐在海瑞的对面，看着他那张又黑又瘦的粗粝的脸，不由得笑了起来，“海知县，你放着官府驿站不住，淳安的大老爷不做，生生把杭州府狱牢当成了行馆别苑，究竟是为哪般？”

海瑞瞟了他一眼，发现此人虽贼头贼脑，但那脑子真没往正处用，问道：“你果真看不出来？”

莫非嘻嘻一笑，摇了摇头。海瑞沉声道：“有人要杀你。”

莫非闻言，笑容立马就没了，“谁……谁要杀我？”

海瑞叹息一声，道：“死到临头了，居然还不知道自己是怎么死的。你这种人干了这么多坏事，居然还能活到现在，端的是咄咄怪事。”

莫非把眼一瞪，“你不会是在唬我，想从我嘴里套什么话吧？”

“是吗？”海瑞看着他，“你以为卓有才担了全部罪责，这事就算过去了吗？朝廷的公函昨天到了杭州，要求再查。这件事如果再查下去，涉及的可不仅仅是你们这些人了。如果鄢懋卿果然包庇了某些人，他也得吃不了兜着走。”

莫非不笨，似乎明白了一些，说道：“我好像明白了一些。卓有才反正死猪不怕开水烫，横竖是一死，为了家人他是不会改口的。韦德正、房子金那帮人，罪不至死，也不知道内情，他们是没有危险的。所以我的存在，让鄢懋卿感到了危险。”

“你总算是开窍了。”海瑞说道，“本县现在是监察御史，而且是皇上指定的查办严州贪腐之人，只有本县在你身边，他们才不敢对你下手。”

“原来你是在救我！”莫非吃惊地看着海瑞，眼珠子都快瞪出来了。

“只有与本县合作，你才有活路。”海瑞道，“明白了吗？”

莫非半信半疑地看着海瑞，要知道他之所以有今天，说到底乃是拜海瑞所赐，他的话可信度有几分？谁知道他不是为了继续查下去，在花言巧语诓我呢？

“要尽快想办法，把海瑞从牢里弄出去。”鄢懋卿慌了。他知道莫非那痞子靠不住，现在跟海瑞时刻待在一起，随时都有可能把不住嘴抖漏出去。

“要沉住气。”胡宗宪瞟了他一眼，“海瑞在跟我们斗法。你若沉不住气，便正遂了他的愿。”

“现在叫我还如何沉得住气？”鄢懋卿气急败坏地道，“我本是下来肃贪的，反倒把自己卷进去了。此事你得管。我若是出了事，不光是你，严阁老也得受牵连。”

“把姚顺谦抛出去吧。”胡宗宪道，“现在只有姚顺谦能把海瑞吸引出来。”

“他……”鄢懋卿本想说他不是死了吗？转念一想，姚顺谦在本案中至关重要，不管是死是活，都会牵动海瑞的心，当下道，“要快……对了，八百里加急向严阁老禀告现在的情况，好让他有所准备。”

几日后，严世蕃拿着从杭州送来的急函，来找严嵩。严嵩拆开一看，没表示什么，淡淡地道：“让那莫非消失很难吗？”

严世蕃道：“按道理说不难，可那海瑞真是千古一奇人，居然住到监狱里去了，与莫非日夜守在一起，简直是如胶似漆，一步也不肯离开。”

“一帮蠢货，这么些事就把他们难住了！”严嵩把信函重重地甩在桌上，“利用姚顺谦的尸体引海瑞出去，是此地无银三百两之举，反而间接证实了卓有才担罪是有人在暗中逼迫，也同时告诉了海瑞，鄢懋卿可能是有问题的。而且海瑞既然赖在了牢里，他会防不到这一招，甘心上当？”

听了此话，严世蕃大吃一惊，“可现在通知他们只怕已经来不及了。”

“做好两手准备。”严嵩到底老练，临危不乱，想了想道，“如果海瑞没有上当，就制造一次意外，不管用什么方法，务要让莫非消失，无须顾虑海瑞的安危。既然是意外，他死了也活该，没人会追究，然后，再拉一个人下水。”

严世蕃的独目中寒光一闪，“谁？”

严嵩揭开茶杯，用食指蘸了茶水，在桌上写了一个人的名字，严世蕃见状，微微一笑，道：“儿子明白了，拉人下水，把水搅浑。还有那海瑞，扛着正义的旗号张牙舞爪，儿子不相信他会没有弱点。”

严嵩欣慰地道：“你能举一反三，十分不错，速写信通知他们，要快，高拱揪着不放，现在已经不是演戏给皇上看的时候了，风暴已至，非死即活，让他们都打起精神来，不得再出错。”

海瑞在牢里磨了几天，依然没能使莫非松口，渐渐地失去了耐心，如此下去必然是要坏事的，他在行动，卓有才背后的人也在行动，不进则退，一旦失去了先机，别说莫非会死，他也逃不脱噩运。海瑞站起身，拍了拍屁股，道：“你有顾虑，不肯与本县合作，本县也不勉强你，但命是你自己的，好自为之。”说完，朝外面的牢役喊了一声，就要出去。

“你真要走啊！”莫非见他果然要走，开始害怕了，如果鄢懋卿真的想要他的性命，海瑞离开后，他必死无疑。

“不走又如何？”海瑞回过头，“难不成真在这里陪你聊天儿？”

“可……可万一……”莫非急了，“万一他们真要杀我，如何是好？”

海瑞冷笑道：“那就是你的事情了。说到底，即便是你死了，本县也有办法把卓有才背后的人挖出来，你信不信？”

莫非是见识过他的手段的，他自然信，犹豫了一下，说道："我相信你能把那人挖出来，但是，就算你挖出来了，也动不了他。"

"哦？"海瑞眼睛一亮，"你知道那人是谁，是吗？"

莫非意识到自己说漏嘴了，连忙圆谎，"我是猜的，那卓有才是何许人物，他背后那人势力一定更大、更厉害。"

"你看看这是什么？"海瑞从怀中摸出那道贴身藏着的圣旨，一字一字地道，"圣旨，皇上特加授本县为监察御史，让本县察百姓之冤屈，督官场之舞弊，肃国家之风纪。今天，本县就把话放在这里，不管他是谁，有多大的权、多深的背景，就算是拼却这条性命不要，也要把那人揪出来，绳之以法！"

莫非看着海瑞手里的圣旨，看着他冰冷如铁的脸，看着他的身上激荡着的浩然正气，莫非相信他说的话是真的，也许这世上鲜有人能动得了毛善农，但海瑞可以，他身上有一股别人所没有的韧劲儿和执拗，他傻，他不懂人情世故，可谁又敢否认，不是世人太世故，因而才显得他特立独行呢？

莫非的内心开始动摇了，抑或心理防线开始崩塌了，鄢懋卿可以为了某一方的利益做假证，那么他更可以为了自己的利益出尔反尔，杀掉自己；而海瑞不会，他代表了百姓的利益，不会受任何因素的影响，或许真的只有与他合作，他的性命才能有保障。

牢门外响起一阵急促的脚步声，不多时淳安典史冯全和那铁塔一般的包仔出现在门外。二人见到海瑞无恙，皆欢喜不已，包仔更是抱住了海瑞，一边嘴里嗷嗷叫着，一边转着圈。海瑞仰首而笑，颌下的胡须抖动着，显然他也乐于接受这位赤胆忠心的家奴以这样的方式表达劫后余生的喜悦。

冯全在旁边站着，直到包仔将海瑞放下来，才说道："海知县，人已带来了。”

原来海瑞在入狱之前，便向冯全送了封信，让他带人来，能带多少带多少，总之越多越好。冯全不明白此举何意，但还是遵照吩咐，把衙门里的差役都带了出来，并召集了一百余名百姓。

“还有件事。”冯全粗眉一动，说道，“姚顺谦的尸体找到了。”

海瑞暗吃一惊，没想到他也死了，“在何处找到的？”

“桐溪。”冯全道，“应该是从上流漂下来的，老黄查验了尸体，是落水而亡，不过不是死在淳安。”

海瑞眉头一动，问道：“有何为证？”

冯全道：“最近本县区域内刚发过一次洪水，且连日来降雨不断，河水是混浊的，但呛入姚顺谦体内的水，是清澈的干净的水。老黄说，姚顺谦肯定死在严州以外的地方，死后被人抬到淳安，扔入河里的。”

海瑞闻言，脸色阴沉得可怕，现在他基本可以肯定，姚顺谦的尸体出现在淳安，是有人刻意安排的，目的是引起他的注意，并吸引他离开杭州。

看来是有人不想让他继续在杭州待下去了，海瑞回头看向莫非，道：“刚才的话你都听见了？姚顺谦公款私用，把朝廷拨下来的三十万两修堤赈灾款全部拿了出去，也没能逃过一死。如果你还有信心，相信自己能逃过此劫，本县也不勉强。”

“我跟你走！”这一次莫非几乎没有任何犹豫，快步走到海瑞身边。

“解开他的镣铐。”海瑞朝狱卒吩咐了一声。因此前胡宗宪早有吩咐，狱卒应声好，把莫非身上的锁链解开了。

一行人走出监狱后，没作任何停留，快速地离开了杭州。按照海瑞的计划，中途不休息，星夜兼程，赶回淳安，以免节外生枝，可人算不如天算，当日入夜后，雨又开始下了起来，且越下越大，只得在富阳驿站歇脚。

后半夜，雨势更急，风声雨声汇作一股巨大的声响，犹如沙场点兵，气势磅礴，肃杀冷酷。

茫茫雨夜，伸手难辨五指，驿站内的灯早已熄了，里面的人业已入睡。两道黑影悄无声息地出现在驿站门口，身子轻轻一纵，若夜猫也似，从墙外跃了进去，入得院内，见左右无人，继又往里走，到了前堂，并没见值夜之人，想来是因为这等天气，不会有官吏经过，驿站内没有安排人值守。

那两人悄悄地走上二楼的客房，各自走到一间房门外，卸下背上的包袱，从包里取出用油纸牢牢包扎着的火药，在门前放好了，然后又打开一只酒坛，在门口周围浇了一圈，一股浓浓的煤油味立时散发开来。想来这两人早就知道那两个房内住的是什么人，做完这些后，两人相互看了一眼，取出火石，点燃了火药的引信，迅速离开。

刚到门外，便听到驿站内轰轰两声大响，炸药炸开时，点燃了煤油，火势大盛。那两人急忙躲到暗处，目不转睛地观察着里面的情形。

火光中，只见驿站内人影幢幢，厉喊声、呼喝声不绝。没多久，火势控制住了，如此大的雨，即便不救火，屋顶塌下来后，大火也会被雨水浇灭。这时候，只见有一人愤怒地喝道："无法无天，真的是无法无天！居然敢在官驿内公然杀人，你们究竟是官还是盗？我知道你们没有走远，一定还躲在暗处窥视我们死了没有，那么我不妨告诉你，我们没死，不会因为你们的凶残，而感到畏惧，正义也不会死，宵小不绝，正义不亡。我海瑞对天起誓，只要还有一口气在，就不会让你们逍遥法外，继续为非作歹！"

外面的那两人看到海瑞，看到面无人色的莫非时，端的像见了鬼一般吃惊，他们不是入住那两个房间了吗，如何会没事？

海瑞早就料到了可能会有人来暗杀，但这也仅仅只是以防万一而已，毕竟这是一场反腐行动，针对的是官员。官者，公家治事之员，朝廷钦命之人，更是经过科考而入选的有学识、识大体的读书人，他们是这个社会的精英，读书人的代表，人中之龙凤，怎能与落草为寇的凶残强盗相提并论呢？然而今晚，海瑞彻底对他们失望了、寒心了，原来他们与盗匪无异。

海瑞的心头袭上一股悲凉，他闻着硝烟味，看着驿站内狼藉的景象，胸口剧烈地起伏起来，此贼不除，国家不兴。他既然授了衔、封了官，那就要担起这个责任，除恶务尽，还大明朝的百姓一个清平的世界。

“走！”海瑞大喝一声，领着众人冒雨走出驿站，连夜向淳安行进。

莫非抹了把脸上的雨水，担心地道：“他们会不会来追杀？”

“不会。”海瑞断然道，“明人不做暗事，那些偷鸡摸狗之辈不敢跳出来与我等见面。”

“他们是想制造一起意外，让我们消失。”冯全道，“现在我们在路上，这里面除了官差外，还有大批百姓，他们不敢明目张胆地大肆杀戮。”

莫非闻言，这才放下心来，瞟了眼旁边的海瑞，只见他阴沉着脸，微微发白的嘴唇紧紧地抿着，像一尊铁铸的雕像，发着寒光。此刻，海瑞清楚地感觉到，这场反腐最后的较量开始了，每一步都充满了凶险，那就来吧，一如此时的风雨，即便不断地敲打着他的身体，亦不能浇灭他心中如火的热情。

然而海瑞还是低估了对手，既然到了生死存亡的时刻，对方自然会不择手段，从富阳出来，未及桐庐，有一段山路，雨夜天黑路滑，本就十分难行，走入那段山道时，便举步维艰了。海瑞本想在山上寻个岩洞躲雨，待明日天亮后再走，哪晓得在前方不远处，居然站了一批人，一个个像木桩也似一动不动地立在雨中，隐约可见手里有兵器。包仔护主心切，走到海瑞前面，“主人小心！”

海瑞眯着眼看着对面的人，那不可能是剪径的山贼，再勤快的贼人也不会在大雨之夜出来活动，他们是杀手！

冯全慢慢地抽出了刀，骂道：“他娘的，居然敢公然出来行刺！”

莫非虽是个地痞，平时也会耍耍狠，可到了这时候却㞞了，“他们……是来杀我的吗？”

海瑞道：“本县说过了，留着你对他们有威胁。”

第十一章

诱　惑

一

“对面的人听着，我等在此落草，只求钱财，无意伤人。”大雨中，只听对面有人喊道，“在这种鬼天气出来，彼此都不容易，行个方便，把尔等身上的财物都留下，然后各回各家，如何啊？”

冯全回头看了眼海瑞，征询主意。海瑞沉着脸，冷冷地说：“是福不是祸，是祸躲不过。掩护莫非和百姓入树林。”冯全打了个手势，差役会意，把莫非和百姓引入树林里去了。

“看来遇上不识抬举的了，弟兄们，上！”对面有人喊道，那伙人便冲了上来。包仔手里的大刀一挥，率先扑了上去。他人高马大，力大无穷，一刀劈将出去，有千钧之力，刀在雨中发出呼的一声厉响，刀锋挟着雨水，朝冲上来的人挥过去。两厢兵器相撞，叮叮叮一阵金铁狂鸣，漆黑的夜里火星四溅，竟有十来人被他逼退。其中一人躲闪不及，身首异处。

冯全见包仔跟他们交上手了，招呼差役一声，也往上冲。论个头和力气，包仔自是要胜冯全一筹，但冯全毕竟也是五大三粗的勇武之辈，且比包仔多了些精细，平时鲜有人是他的敌手。只是县衙人手有限，他能带出来的只有二十几人，现在又有一部分人护送莫非和百姓去山上了，力量更是有限。而对方则有五六十人，很快就被他们团团围住。

海瑞见此情景，暗叹自己小觑了对手。本以为让冯全多带些人来，众目睽睽之下，对方不敢明目张胆地胡作非为，哪曾想官吏发起狠来比之山贼更甚，无所不用其极，今晚这一战只怕凶多吉少了。心念未已，山上传来一声厉号，海瑞心头大震，果然出事了！如果莫非出事，线索就断了，当下也顾不上危不危险，转身就往山上跑。

那厢冯全听得山上的号叫，心下一慌，顿时手忙脚乱，短兵相接时手臂中刀。包仔杀红了眼，怒吼一声，劈倒眼前的两三人，朝冯全这边过来，“冯典史！”

冯全忍着痛道：“我没事，快去保护海知县。”包仔钢牙一咬，杀出重围，往山上跑去。

海瑞跑入林子的时候，百姓正乱作一团，喊叫着到处乱跑。他抹了把脸上的雨水，定睛一看，只见有一人倒在地上，急赶上去，一看之下，心胆俱寒，躺在地上的正是莫非，一支箭正中其心口，嘴里不断地淌着血，看来是活不成了。海瑞忙蹲下扶起他，“坚持住，我带你出去。”

“老……老子活不成……了……”莫非想要喘息，但嘴里的血却倒灌出来，叫他透不过气，含含糊糊地道，“不……过老……老子还是感谢你，你……是诚心要救……救老子性命，老……老子知……道的，辛望远和……姐夫也……也都知道，嘿嘿……辛望远那……那老东西老奸巨猾……你……去……”话未说完，一口气没提上来，便死了。

海瑞抱着他的尸体，牙齿咬得咯咯作响，那帮丧心病狂的东西，法网恢恢，我海瑞若不能将你们绳之以法，誓不为人！

没隔多久，冯全带着伤也过来了，那些人的目的在于杀莫非灭口，并不想为难其他人，见事情得逞，皆退去。看到海瑞的样子时，冯全跪倒在地，痛心地道：“下官失职，请海知县责罚！”

海瑞看了他一眼，见他身上带了伤，道：“冯典史，你起来，此事与你无关，是我疏忽了。”

海瑞放下莫非，在冯全起身的时候，忽然向他行了一礼，直把冯全吓了一跳，急忙伸手相扶，“海知县这是做什么？”

海瑞道：“对方权大势大，你在这时候还能跟着我出生入死，海瑞敬你，当受此一礼。”

“唉！”冯全大叹一声，现今这世道，一级衙门，便是一个小朝廷，其一把手不啻土皇帝，他们说什么是什么，不只是一言堂，简直是无法无天。没有人敢与他们斗，更没有人敢声张或是抗议。因为他们有权，权就是理，可以越过律法，为所欲为。淳安今天的局面，就是权力作祟的结果。作为一县之典史，掌管缉捕、治安之事，他见到了太多是非不分、混淆黑白的事情，衙门里的典史及门下的差役简直是他们私人看家护院的打手，想抓谁就抓谁，反正权力在他们手里，罗织或编造罪名不过张张嘴的事情，普通人能奈他们何？于是只有顺从，违心地做着自己不想做的事情。自从海瑞上任后，冯全似乎觉醒了，他要做回一个正常的人，一个正常执法的典史，而非在百姓面前面目可憎，在权力面前摇尾乞怜的狗。

“海知县。”冯全郑重地道，“不是你要谢我，而是我要谢你。你让我做回了一个正常的人，一个敢在老百姓面前抬得起头来的人，跟着你出生入死，我甘心情愿。”

在桐庐和淳安交界处，有一座庄园，唤作柳庄，此处山清水秀，风光旖旎，远离闹市，乃是个修身养性的好所在。

柳庄是毛善农名下的产业，前后五进，占地十余亩，修筑虽说不上豪华，却十分精致。此时，外面风雨飘摇，而柳庄内则是灯火通明，莺歌燕舞，酒香扑鼻。在这样的环境下，外面的风雨声反倒成了种美妙的点缀，平添了几分雅兴。

毛善农坐在主位，在客位上坐的则是浙江巡抚鲁则仕，两人推杯换盏，谈笑风生。距离桌子不远处，有数位歌妓款款而舞，无一不明艳动人。特别是中间那位领舞者，腰如柳枝，翩若彩蝶，粉黛薄施，明眸似水，一颦一笑，风情无限，真是绝世无双的美人。

鲁则仕出身贫寒，中进士前家境并不好，是吃过甘苦之人，后来虽步入仕途，亦不敢挥金如土，基本保持了出仕前的朴素之风。但若说他为官前后，一点也没改变，未免有失真实。人的心会随着环境改变，这是毋庸讳言的。鲁则仕除了喜欢被人奉承之外，在力所能及时，也会偶尔享受一下，于是有些人便投其所好，给他送些土特产、字画、珍玩，似这般现象在官场实属平常，无伤大雅，他亦会笑而纳之。不过他还有个致命的缺点，那就是好女色。在贫寒之时，也不过是想想罢了，可是在有了能力之后，岂还能控制得了？便时常会去一些烟花之所寻花问柳。

今晚之宴，面对着那位领舞的可人，鲁则仕早已心神荡漾，眼睛直勾勾地看着她，不能自已。据毛善农说，这位姑娘乃是杭州春月楼的花魁，名叫柳月儿，无数达官贵人为之疯狂，不知有多少人求之不得。鲁则仕心想也是，如此佳人，哪个男人不心动？但他同时心里也十分清楚，这世上的人都是势利的，特别是像毛善农这样的商人，如果不是有所求，怎会花大价钱把春月楼的花魁请到他面前来？他让你面对的诱惑越大，所求的必也不是寻常事。鲁则仕到底未被鬼迷了心窍，问道：

“毛先生今晚邀我至此，所为何事？”

毛善农哈哈一笑，“没事就不能请抚台赏光了吗？”

鲁则仕又问了一句，“果然没事？”

毛善农看着他心痒难耐的样子，笑了笑，“抚台大人只管放心，毛某只是想抚台了，所以才请你过来。”

鲁则仕的戒备心放下了，又把注意力放在了柳月儿身上，“不瞒毛先生，我也有听说过柳月儿的芳名，只是缘悭一面，一直不能如愿。今日得见，果然是花容月貌，不负盛名。”

毛善农道：“只要抚台喜欢，柳月儿从此以后就是抚台的女人了。”

鲁则仕愕然，随后笑道：“毛先生是在跟我说笑吗？”本朝官员的俸禄并不多，他已娶了门侧室，要是再纳个妾，且所纳的还是杭州城赫赫有名的花魁，那是想也不敢想的事情。漫说娶不起，似这般羞花闭月的女人，养也是养不起的。

毛善农肯定地向他摇摇头，表示此事千真万确；鲁则仕摇手道：“还是算了，此事我可不敢想。”

“人都送到你面前了，抚台忍心将如此一位如花似玉的娇人推出门去？”毛善农举杯朝鲁则仕敬了一杯，情知他是囊中羞涩，却故意笑道，“抚台莫非是怕夫人不同意吗？”

鲁则仕笑而不语。毛善农道：“无妨，柳月儿就住在此地，而且一应开销，我自会安排，没人会知道。”

鲁则仕愣了一下，“住在此地？”心想此地是你的庄园，金屋藏娇的是你，与我何干？

毛善农善于察言观色，早看透了他的心思，说道：“这处庄园也是抚台的，今后你想什么时候来，就什么时候来。”

鲁则仕吃了一惊，警惕心再次提了起来。毛善农朝柳月儿招了招手，曲声立止，柳月儿巧笑嫣然，袅袅婷婷地走过来，人未至，鼻端早已是暗香浮动。鲁则仕看着她，只觉浑身发热，身体竟如少年般涌动起来。只听毛善农道："月儿姑娘，给抚台大人敬杯酒。"

柳月儿如水般的眼睛往鲁则仕身上一瞟，伸出纤纤玉手倒了杯酒，柔声道："月儿敬抚台大人。"

鲁则仕咽了口唾沫，端的是酒不醉人人自醉。美人当前，鲁则仕委实难以把持，仰首便把酒喝了。毛善农哈哈一笑，起身离开，同时将其余歌妓带了出去。鲁则仕知道接下来会发生什么，而且也清楚今晚过后，可能会遇到什么事，但不知为何，此刻竟如着了魔一般，无法控制自己。

当官为何啊，除了实现生平之抱负外，无非是要让自己过得好一些。如今他已是一省之父母官，正是所谓的春风得意之时，人生得意须尽欢，地方上的商人给他献一位美人，能出多大的事？他如此安慰着自己，抑或以此来说服自己，将美人揽入怀中。

次日一早，未见毛善农，问庄园里的下人时方才知道他早已回杭州去了；鲁则仕大大地松了口气，看来他真的只是想孝敬一下而已，是自己过于小心了，当下辞别柳月儿，让她在柳庄好生住着，赶去了淳安。

从事业上而言，当下淳安才是他表现的地方，把那一方治理好了，日后皇上定然会嘉奖，有利于仕途。至于柳庄，那就把它当作心灵上的一座港湾吧。有了如此一座停靠之所，此后再无所求也。

到淳安时，雨势小了。走到前衙时，听说海瑞回来了，鲁则仕愣了一下，心想他回来的倒是挺快！转念一想，估计是出事了，反腐进行到今天，已触及了某些人的底线，估计有人不想让他好过。

鲁则仕并非严党，从另一个角度来说，他是基本保持了读书人的尊严，十年寒窗，堂堂正正地金榜题名，更没做贿赂舞弊等事，今天的地位是他自己挣回来的，为何要依附某个派系，卑躬屈膝地去奉迎他人？颇有些君子和而不同的意味，不去拉帮结派，也不会去得罪人家。从内心上来说，他是有些佩服海瑞的，因此，想要去后衙见见海瑞，不想未至后衙，便远远听到吵闹之声，心下讶异，拉了个差役过来问是出了何事。

那差役说道：“昨天海知县的母亲和夫人来了，正吵着呢。”

鲁则仕更觉奇怪，“家眷来了是好事啊，何以吵闹？”

那差役道：“我也不知究竟，听着像是婆媳间有矛盾。海知县乃至孝之人，帮着母亲说话，结果海夫人便不满意了。”

鲁则仕恍然，端的是家家有本难念的经，想这海瑞也算是铮铮铁骨的男儿，办事雷厉风行，为人刚正不阿，却也有家愁。清官难断家务事，当下不敢去打扰，转身走了。

原来，海瑞父亲早故，乃是母亲一手带大。一位妇道人家，独自撑起一个家，养儿育女，把孩儿培育成才，劳苦自不必说。海瑞敬重母亲，家里的事无论大小，唯母命是从，娶了媳妇依然如此，即便是媳妇再怎么有理，与老人家顶嘴置气，便是错的。其第一任夫人许氏，嫁到海家，只生了两个女儿，未曾诞下一子，海家三代单传，海瑞在家也是独子，所谓不孝有三，无后为大，倘若海家的香火在他这里断了，那就是大大的不孝，故在母亲的授意下，毅然休了许氏。此后便娶了藩氏为妻，也就是现在的夫人。

那藩氏长得十分可人，也肯吃苦，就是心直口快，脾气不太好，想说什么就说什么，藏不住话。这本也不是什么缺点，心直口快的直爽人，至少没有坏心思，若摸透了她的脾气，也好相处。

海瑞倒觉得藩氏没有什么不好，甚至偶尔撒撒娇也颇为可爱，然母亲却认为这姑娘口没遮拦，有时还敢拿她开玩笑，搞得她极为不快。在从老家来淳安的路上，藩氏贪玩，耽误了路程，母亲就一直黑着脸。到淳安时，没见着海瑞，一打听才知道出了事，被关在杭州府的监狱里，老人家又慌又怕，忍不住数落了藩氏几句，说是为人妻者，该时时为夫着想，你却倒好，贪图游乐。现在他出事了，可如何是好？

藩氏本也难受，可一听母亲之言，忍不住也来了脾气，道：“他出事是我的过错吗？”

母亲谢氏是个十分古板之人，怒道：“你夫君出事，如何没有你的责任？你若是能早来几天，规劝规劝他，说不定就能躲过这一劫。”

婆媳俩正斗嘴，海瑞刚巧到了，他心里清楚藩氏没错，但母亲是长辈，长辈之言，无论对错，皆应听之。子曰“夫孝，天之经也，地之义也”，孝敬长辈乃天经地义之事。孟子也曾说“不得乎亲，不可以为人，不顺乎亲，不可以为子”，倘若不能顺着长辈，何以为人子？海瑞自小由母亲一手带大，学习儒家文化，以孔孟之言为行为准则，见母亲生气，黑着脸就把藩氏批评了一顿。

藩氏是眼里容不下沙子之人，心直口快，胸无城府，不把事情摘清了，寝食难安，冲着海瑞嚷道：“顶撞阿姆是我的不是，我可以向她赔罪，但你必须把话说清楚了，你被关进去到底是不是我的错？”

“你先向阿姆认错。”海瑞边说边向藩氏使眼色。藩氏并非真的不通情理，而且海瑞在杭州关了几天，她也心疼，见海瑞给她台阶，顺势就下了，转身向谢氏赔不是。

谢氏依然黑着脸，没有吱声，海瑞忙走上去让母亲坐下，然后蹲在她面前笑道：“阿姆莫恼，你看儿子，还是好好的，又黑又壮，没少一两肉。”

谢氏见他一副嬉皮笑脸的样子，心也就软了，怜惜地摸了摸他的头，问道：“是哪个把你关进去的？”

“一场误会。”海瑞装出一副轻松的样子，笑道，“后来皇上下旨，把儿子放了，而且还加授儿子为监察御史。”

藩氏在一旁插嘴道："监察御史是什么官，比知县大吗？"

"监察御史的官不大，但权力很大。"海瑞道，"代皇帝巡狩，监督天下各道官吏。"

藩氏听着像是升官了，一高兴，方才的气也就消了，娇笑道："那敢情好，今后就没人敢欺负你了！"

谢氏虽是一介老妇，可她是读过书见过世面的，知道官场之凶险，更了解儿子的禀性，因说道："我儿正直，宁折不屈，但阿姆须劝诫你一句，唯有保护好自己，方能为民请命，为国效力。"

"儿子明白，阿姆先到里屋歇息吧。"海瑞把谢氏扶进卧室里去，安顿好后，方才出来，拉了藩氏的手走入厢房。

藩氏比海瑞小十余岁，还是个姑娘的性子，多日未见夫君，进了屋关上门后就往海瑞的怀里钻。海瑞的性子随母，正经古板，但他很喜欢藩氏的活泼，有了她后，家里虽然闹了，但似乎也有了活力。

"让你受委屈了。"海瑞抱着她轻声道。

"你知道啊，你知道啊！"藩氏用手敲着他的胸口，嗔怨道，"你知道还怪我。"

"老人家须多让着她些。"海瑞道，"将来要是你的儿媳，天天与你对着干，你高兴？"

藩氏扑哧一笑，她是看得开的人，心里其实早没气了，"你究竟得罪了谁，要把你关起来？"

海瑞不想与她谈官场上的事，免得她担心，只说这些天衙门里事多，让她多照顾着些母亲。

鲁则仕从衙门里出来，想去沿河一带看看，昨夜又下了场大雨，不知正在加固的堤坝会不会出事，刚到街上，便看到几名衙役穿着蓑衣赶着一辆牛车过来，车上装了具棺材，便上去问拉棺材何用。衙役道：

“海知县在回来的路上遇袭，莫非死了。”

鲁则仕闻言，心头一沉，意识到要出事了。莫非是主要证人，海瑞把他从杭州提出来，目的就是想从他身上打开突破口。毫无疑问，杀他只是权宜之计，因为莫非的背景并不简单，他是严州知府袁昆的妻舅，而袁昆的性子虽说不怎么爱管闲事，坚守大事化小，小事化了的那一套，可他惧内，一旦袁夫人纠缠起来，袁昆架不住枕边风，极有可能插手此事，届时某些人可就又有麻烦了。

想到此处，鲁则仕的眼前不由浮现出了昨晚的事，毛善农送庄园又送美人，莫非目的在此？果真是这样的话，只能说明他无意中也卷入了这个旋涡，接下来该如何选择？

二

冯全走入一间幽暗的屋子，拉过把椅子坐下，瞟了眼对面的人，寒声道：“说说吧。”

这里是县监狱的审问室，周围墙壁上挂满了各类刑具，中间生了一盆火，夏天本就闷热，再在里面生上一盆火，鲜有人能熬得住。

此刻，坐在冯全对面的那人，估计已在此坐了不少时辰，浑身都被汗水浸透了，脸上挂满了豆大的汗珠，由于双手被反绑在椅背上，无法拭汗，汗珠淌下来痒了时，只能抖动几下脸皮。由于出汗太多，又没水补充，他脸色发白，耷拉着脑袋，一副有气无力的样子，但他的眼睛依然很有神，冲着冯全冷冷一笑，“说什么？”

“叫什么名字？”

“齐承飞。”

“有人看到你，伙同另外三人，逼死了赖知县夫妇。”冯全语气十分生硬，尽管手臂上裹着伤，但丝毫不损他的威严，“杀害前任知县，而且还是两条命，够你死上两回的了。”

齐承飞从鼻孔里哼出一声，脸上的汗珠扑簌簌往下掉，“进了这里，形同进了鬼门关，不死也得被你们抬着出去。给我个痛快，也好。”

冯全拍案厉喝道：“对付你这种专做暗事的鬼，只能用鬼门关的那一套。不说的话，你还得继续熬着。”

“是吗？”齐承飞又是一声冷哼，“别给自己戴高帽子了，凡是进了这里，人也会变成鬼，清清白白地进来，就没人能清清白白地出去，不然你们这些大老爷的面子往哪儿搁呢？告诉你，我是清白的，根本就不认识什么赖知县，更别说杀他了。”

“放肆！”冯全知道他并非完全是在胡扯，很多衙门的差役跟盗匪相差无几，公报私仇、捏造罪名、滥用私刑之类的事情，确实存在。但他现在完全有底气说，他是一名堂堂正正的公差，是在除暴安良、为民请命。冯全没再与他斗嘴，朝外面喊道：“把人带进来。”

门外有人应了一声，带了位农夫模样的人入内，冯全朝他道：“把你当日所看到的事情说一遍。”

那农夫道：“那天我在山上砍柴，忽听到有妇人的叫喊声，便跑到高处去看，然后看到有个大汉拿木头打一位妇人，一边打一边骂。另一头又有两个壮汉抓着名中年男人，我仔细一看，那中年男人正是赖知县。”

冯全道：“你如何肯定那中年男人就是赖知县？”

那农夫急道：“赖知县在任期间，勤政爱民，凡事亲历亲为，常与百姓见面，淳安百姓都认得他。”

冯全拿起桌上的三张速画像，又问道：“这三张画像乃是根据你的描述所画，可有错？”

那农夫瞟了眼齐承飞，肯定地道：“没错。”

冯全请那农夫退下，然后朝齐承飞道：“我们就是凭着这画像抓的你。你们这些人常常闹事，在衙门里是挂了号的，你的另外两名兄弟，相信很快也会到这儿来，你们一个也休想跑得掉。另外再跟你说件事，仵作检查尸体的结果，与那位目击者所见的情形相符。招了吧，是谁指使你这么干的？”

“还有更加有力些的证据吗？”齐承飞不屑地一笑，“就凭一个农夫所编的故事，然后再套用仵作所验的结果，就想定我的罪？你们这些当差的，做事可否认真细致一些，多动动脑子，捏造出让人根本无法反驳的证据来再审不好吗？想不出来？要不我教教你，比如拉个人冒充我兄弟，说他背叛了，指证我，又比如去街上拉个人，说是我身边的跟班，他把我卖了等，都比你现在这些所谓的证据要可靠得多。”

“抵死不招，逞英雄，讲义气是吧？”冯全也不恼，“你讲义气，可人家未必也对你讲义气，你想逞英雄，可你知道你在人家眼里是什么吗？是棋盘上一枚过河的卒子，没有回头路，有去无回，一步走错，万劫不复。”

“哈哈哈！”齐承飞显然已很虚弱了，但他依然像是听到了件非常可笑之事，强提精神笑了起来，“那你知道你是什么吗？一条狗，一条给你的主子看家护院的狗，他让你往东，你断然不敢往西边走。”

冯全拍案而起，怒目圆睁，也许有些当差的正如他所说的那样，但他冯全断然不是，他有一腔热血、一身正气，现在跟着海瑞干，他找回了尊严和自信，他得做一个让老百姓尊重、敬爱的好官。

冯全怒视了他一会儿，强忍下了那口气，“你想充好汉，要把罪名都担下来，好，我不逼你。”冯全说完后走出门去。到门边时，有名衙役走过来，说道：“冯典史，棺材拉来了。”

冯全点点头，示意他下去，回过头看了眼齐承飞，又道：“知道莫非吗？”

齐承飞道：“是袁府台那个不学无术的小舅子吗？”

“是他。”冯全道，“他死了。也是替那些人办事，结果人家嫌他知道得太多，派了一帮杀手，乔装成山贼把他杀了。我这手上的伤就是为了救他才挂的彩，结果还是没把他救下来。跟你说这事，是想告诉你两个不争的事实：一是在人家眼里，你其实什么都不是。他们操控着一切，包括人的生死，如果他们想要让你在今晚死，你断然活不过五更。二是即便你不招，我们也能查出证据。今天我们把莫非的尸体运回严州。你说严府台看到他小舅子的尸体后，会有何反应？”

齐承飞依旧有气无力地耷拉着脑袋，但他似乎把冯全的这些话听进去了，眼神不再凌厉，黯淡了许多，沉吟片晌，抬头道：“查清楚了又能怎样，凭你，凭那位七品知县，你觉得能动得了人家吗？”

冯全提高了音量，道：“律法如山，只要证据确凿，谁也逃不过制裁。”

“律法？《大明律》吗？”齐承飞嘿嘿怪笑一声，“冯典史，你是第一天当差吗，怎的还如此天真？大明朝已经有许多年不讲法了，讲权，谁的权力大，谁就代表法。”

“好。”冯全蓦然涨红了脸，“那我就做给你看看。如果有一天你看到了我们是在依法办事，在为老百姓办事，想开了，要与我坦白，我依然欢迎。”

齐承飞看着冯全走出去，眼里的光芒越来越淡，直至如一潭死水。冯全有句话说得没错，他在人家眼里，其实就是一枚过河的卒子，生死不计。但他也不相信官府，特别是一个县级的衙门，那是最低一级的衙门机构，那些县太爷在百姓面前威风凛凛，可一旦见到官衔高于他们的人时，便瞬间变成了一条摇尾乞怜的狗，就凭那些七品芝麻官，能斗得过州府甚至省府里的大员吗？他不敢相信，那是不可能的。

“莫非死了？”听到毛善农的话后，鄢懋卿大大地松了口气，如此一来，海瑞就查不出他做假证让卓有才顶罪之事。只要此事能搪塞过去，任凭那海瑞在下面怎么折腾都无所谓了。“太好了，毛先生，这件事做得漂亮。”

徐渭瞟了他一眼，不冷不热地道：“宪台也莫要高兴得太早了，海瑞是什么性格到今天你还看不出来吗？他还会继续查。”

毛善农道：“下面就看袁昆会不会插手了。”

徐渭道：“你觉得他会不会插手呢？”

“他会不会插手都无妨。”毛善农笑了笑，看上去十分轻松，“我会让鲁抚台去给他些压力。袁昆性子软弱，他会乖乖听话的。”

胡宗宪一直没有说话，直到听得毛善农这句话时，脸上闪过一抹讶异之色，“毛先生好厉害啊，竟能让鲁抚台为你所用。”其语气分明有些许不快，省府衙门乃是一省最高的权力机构，你区区一介商贾罢了，竟搞得巡抚衙门似你家开的一样，口气未免也太大了吧？

毛善农是机灵人，听出了胡宗宪的不快，忙掏出一封信，起身恭恭敬敬地交到胡宗宪手里，道：“部堂，这是阁老送来的。”

胡宗宪吃惊地看了他一眼，拆开信阅览，笑道：“既然是阁老的意思，本部堂也就没什么好说的了。不过毛先生，本部堂还是要劝你一句，你是商人，过分介入官场，未必是好事。”

毛善农躬身道：“多谢部堂提点，毛某谨记。”

“你们都下去吧，本部堂还有别的事要处理。”胡宗宪摇摇手，鄢懋卿、毛善农走后，转首朝徐渭，“先生，你怎么看此事？”

徐渭向来稳重而有谋略，笑谈间逢凶化吉，再大的事到了他面前，往往都能迎刃而解，然此刻的神情却很凝重，只见他蹙着眉头道："部堂，你应该抽身而退了。这场反腐本是高拱和严嵩之间唱给皇上看的戏，但事情发展到现在，已然假戏真做，到了不是你死就是我活的地步。你跟他们不一样，不该与那些没有人性的人一道同流合污。"

胡宗宪道："先生的意思是，海瑞斗得过他们，而且如果我不适时退出，可能会引火烧身？"

"在下以为，这场生死战，从表面上看来，海瑞处于劣势，无论是权力还是势力，海瑞都无法跟他们斗。"徐渭道，"可高拱也不是傻子，他既然把海瑞安排到了反腐一线，就不可能没有留后手。"

胡宗宪眉头一动，"何以见得？"

徐渭道："高拱明显是想斗垮严嵩，而严嵩也迅速有了回应，差了鄢懋卿下来，再加上有部堂你在浙江，现在鲁则仕也卷了进来，这些都是朝廷三品以上的大员，无论哪个说一句话，都能令地方官员胆战心惊，去斗区区一个七品知县，即便他是高拱亲自选定的人，也是绰绰有余，这个局面高拱会看不到吗？"

"先生觉得他会留怎样的后手？"

"这个在下就看不透了。"徐渭摇头道，"不过一定会是一把杀手锏，不然的话，严嵩频频出招，高拱不可能还稳坐钓鱼台。"

胡宗宪闻言，深以为然，叹息道："先生所言极是，官场是残酷的，其实这场较量无论谁输谁赢，我都应及时退出来。但问题是，站在水边，如何才能不沾水呢？"

"君子和而不同，部堂该学学鲁则仕。"

胡宗宪闻言，不由失笑道："他都已经下水了，我何以还要学他？"

徐渭抚着青须，郑重地道：“鲁则仕这个人，很会做人，他有虚荣心，但从不轻易表现出来，他也有上进心，所以这么多年来，他兢兢业业，一丝不苟，但凡有机会，就会身先士卒，博得上面的好感。此番去淳安指挥堤坝修缮便是一例。这就是他没有党派背景，却能走到今天的原因所在。可惜的是，他有个致命的缺点，那就是好色。所谓色字头上一把刀，倘若有一日鲁则仕真倒了，那就一定是倒在女人身上。”

“明白了。”胡宗宪道，“先生一番话着实是醍醐灌顶，令我茅塞顿开。”

三

海瑞早就听说鲁则仕亲自在督促河堤修缮，而且县里又有魏晋在具体负责，他索性也不去过问了，辞别母亲和藩氏就去了严州。

藩氏想到又要留下来独自面对婆婆，心里就发怵，那张老脸一天到晚阴沉沉的，全然不知道她在想什么，不知道她何时高兴，何时生气，于是提议让海瑞带她一起去。

“胡闹！”谢氏立即喝断藩氏的请求，“他是去办案的，你跟着去不但不能帮上忙，还容易搅事。”

“谁说我不能帮上忙呢？”藩氏嘟着嘴道，“你不是说我照顾夫君照顾得少了吗？我是想趁此机会，好好照顾照顾他。”

“不准去！”谢氏语气生硬地道，“女人照顾男人在家便可，哪有办公差时跟着去照顾的道理？”

“听阿姆的话，待在家里，我两三天就回来了。”海瑞见母亲生气，连忙劝藩氏，“你要是实在闷得慌，便去街市走走。”

藩氏见海瑞又向着谢氏，心里十分不愉快，使小性子跺跺脚往里去了。谢氏摇头叹息，“我儿啊，人心叵测，官场上那些人的心思更是难以揣摩，凡事小心些，莫逞能、莫使性子。”

海瑞称是，拜别母亲，出了衙门。冯全在门口已等候多时了，见海瑞出来，连忙上去道：“禀海知县，已准备妥当。”

“走吧。”海瑞喊了一声，一行十来人，拉着棺材径往严州而行。

淳安连年受灾，不光百姓穷，衙门也穷得紧，只有一辆破旧的马车，拉棺材的牛车还是从百姓处借来的，平时衙门里办案，连匹马都没有，冯全有事出行，只得跑路。海瑞让冯全坐到马车上来。冯全正好有事向他禀报，也不客气，跳上车，说道：“海知县，齐承飞没招，不过我看他的样子，倒不是不想招，而是对我们还不太信任。”

海瑞笑笑，道：“这也难怪，自古以来，等级森严，官大一级压死人，而且多数衙门不作为，也是司空见惯的事了，没做出些实事出来，谁敢轻易相信我们？等着他，他很快就会相信的。”

看海瑞的脸上发着光，冯全也仿佛看到了希望，他是都察院指定并委派下来的人，如今又挂了监察御史的衔，这个案子一定很快就会有突破的。然而官场里的水太深，且现在又是上下级官员在斗法，有些事不得不防。冯全微作沉吟，又道：“不知是不是下官太敏感了，有两件事下官觉得甚是奇怪，举报齐承飞的那人，明明当天就看到了他们逼死赖知县夫妇，何以隔了这么多天才来举报？”

海瑞转过头去看向冯全，问道：“会不会是刚开始时觉得害怕，后来想通了，才鼓起勇气报案？”

“有此可能。”冯全道，“但还有一个可能，那人是没想过要来报案的，因为他也不相信官府，但是后来受到了某人的提点或是威胁，无奈之下报了案。”

海瑞似乎不太认同他的观点，问道：“何以见得？”

冯全道：“下官在典史这个位置上干了多年，各色各样的人见多了，是否撒了谎，心里有没有藏事，下官一眼就能看得出来，而且报案那人是个务农为生的农夫，平时与人打交道少，为人实诚，他心里藏没藏事，下官只要看一眼他的眼神就能知道。”

冯全用他的职业经验分析人的心理，让海瑞不得不信，“你是觉得有人在暗中帮我们？”

冯道为人精细，说道：“下官以为，可能有人在暗中相助。”

听完冯全的分析，海瑞也开始怀疑起来，从眼下的形势来看，高拱的确不可能无动于衷，要知道他不过是一名七品知县，想要对付那么多高官，凶险可想而知，高拱既然派了他来淳安，一定也是想打赢这场反腐战的，所以他派人相助，是完全有可能的。只是那人是谁呢？思忖间，他的脑海里掠过无数张面孔，把从严州到淳安的各级官员都过滤了一遍，也没想出哪个是他的战友。

“还有一件事呢？”海瑞一时想不出来是谁，索性就不去想了，问起冯全另一件可疑之事。

冯全道：“谢太夫人和藩夫人到淳安时，你还没回来，是下官接待的她们。谢太夫人问下官的第一句话是，是你的哪位同僚又送银子又安排马车，让她们过来的，要好生感谢他一下。当时下官以为是你安排人去接她们过来的，后来才知你也是一头雾水，那么此事就蹊跷了。”

海瑞道：“会不会是同一个人在帮我？”

冯全笑了一声，道：“海知县，恕下官直言，此举不是在帮你，而是心怀不轨。”

海瑞一下子就明白了他所指何意，藩氏与他母亲婆媳关系不好，家里吵吵闹闹自然就在所难免，家事不宁，不只会影响公事，更有可能影响前途，如果这时候后衙真出些什么事，他还能去严州办案吗？想到此处，海瑞不由得叹息了一声。

“不过海知县也不要过于忧虑。”冯全道，“出门前，下官安排了戴孝义在衙门看守，戴捕头乃是个忠勇之人，海知县大可放心。”

“多谢冯典史。”海瑞感激地看了他一眼，此人外粗内细，端的是个难得的人才。

当日傍晚时分，一行人到了袁府，袁夫人听闻消息，哭喊着跑出来，扶棺悲恸欲绝。袁昆怎么劝也劝不住，实在没办法，只得命人把她抬进去，并立即让人布置灵堂。

海瑞等人在客厅里坐着，与袁昆说话。袁夫人从灵堂里出来，径往客厅跑，甫入厅内，便红着眼朝海瑞尖声道：“海知县，是你害死了我弟弟，此事你必须给我个交代。”

海瑞吃惊地道：“夫人此话从何说起啊？”

袁夫人是个厉害的主儿，说起话来气都不用喘一口，人家说一句话，她能连着说三句，朝海瑞嚷嚷道：“此案本已结了，我弟弟至多关上一段时间便能出来。你可倒好，硬是把他从杭州牢里提出来，要带回淳安复审，你把自个儿当什么了？神断啊？结果什么也没审出来，倒把我弟弟的命审没了，此事你不负责哪个负责？”

海瑞不善与人争辩，遇上袁夫人连珠炮似的责问，不知怎生回答。冯全起身道：“袁夫人，为了保护莫非，我们差点丧了性命，在下身上的伤便是当晚为保护莫非所致。如果你非要从海知县身上讨要个公道，也行，但是，在下要奉劝夫人一句，是有人想要让莫非死，这里面究竟牵涉了什么事，相信夫人一定也心知肚明。再如此纠缠下去的话，死的就不只是莫非了，连袁府台也得遭殃。”

袁夫人嘴上功夫虽然厉害，但毕竟是妇道人家，胆小，被冯全一唬，顿时就没了脾气。袁昆知道莫非是因何而死，可是他依然秉持一贯的态度，不想蹚这趟浑水，揣着明白装糊涂，笑道："冯典史莫要虚言恫吓，莫非做了许多不该做的事，这才惨遭杀身之祸，怎会连带上本府一起遭殃呢？"

海瑞揖手道："府台莫怪，冯典史的话虽然言过其实，但道理没有错。"

袁昆继续装糊涂，"愿闻其详。"

海瑞道："前几日朝廷的公函到了杭州，肯定了当前的反腐成果，但不应止于此，要求顺藤摸瓜，继续再查下去，所以有些人就感到了不安，这就是莫非惨死的原因。如果袁府台不管的话，还有人会死。下官此行，一则是护送莫非灵柩，好让他入土为安；二则是想恳请府台出手，彻查本案，并且揪出元凶，以使亡灵安息，百姓平安。"

袁夫人一听，是这个理儿，便朝袁昆道："海知县的话在理，这次你绝对不能坐视不管，一定要把那些人揪出来，绳之以法，以安我弟弟之亡灵。"

"夫人啊，别闹了。"袁昆惧内，不敢朝她发脾气，"容我好生想想。"

"想想？有什么好想的啊？"袁夫人依然不依不饶，"我知道你老实，不想惹事，可人家拉屎都拉到你头上来了，有什么可想的，还想让人家继续蹲在你头上？"

"你晓得个什么？"袁昆道，"兹事体大，须从长计议。"

海瑞的目的已经达到了，接下来袁昆会不会出手，就看袁夫人有多厉害了，没必要看着人家夫妻吵架，于是告辞出来。袁昆尴尬地朝海瑞和冯全笑了笑，此时让夫人缠上，决计抽不出身，于是便让门下人送二人出去。

柳庄内灯火通明，不时地飘出丝竹声来。

抚琴的是柳月儿，她不愧是杭州最有名的歌妓，琴声快慢有致，如珠落银盘，清脆优雅。毛善农边喝着酒，边听着这美妙的琴音，悠闲至极，鲁则仕却有些心不在焉。毛善农瞟了他一眼，笑道："抚台有心事？"

鲁则仕知道毛善农早晚会有事找他。今天海瑞运送莫非的尸首去了严州。那袁昆虽说如方外之人一般，不喜欢好管闲事，但他断难熬得过他夫人，出面做证不过是迟早的事。毛善农定然害怕袁昆插手，把事情给抖漏出来，所以今天这酒肯定不是那么好喝的。然毛善农没有道破，他自然不会主动问询，能躲一时是一时，因笑道："我能有什么心事，来喝酒。"

毛善农喝了一杯酒，从袖口里掏出几张纸，道："毛某给抚台吃颗定心丸。"

鲁则仕瞟了一眼，"这是什么？"

"地契。"毛善农道，"从今往后，这柳庄便是抚台名下的产业了，而柳庄之内藏着位柳大美人，大妙大妙，连毛某都有些羡慕抚台了！"

鲁则仕在地契上瞟了一眼，心里发虚不敢收，"毛先生，明人面前不说暗话，你有何事，照实说来便是。"

毛善农哈哈一笑，顾左右而言他，拍着鲁则仕马屁，"从这件小事上足以看出抚台是位清官好官，绝不无缘无故收受他人之礼。若是我浙江的官员，都如抚台这般，朝廷还反什么腐呢？罢了罢了，如果抚台硬是要让毛某说件事出来，方才安心的话，那么毛某便求抚台一件小事。"

果然来了！鲁则仕心头突突直跳，表面上却是一副淡然之表情，浅酌了口酒，道："说吧。"

毛善农道："抚台只消让严州的袁昆安分一些便可。"

鲁则仕暗暗冷笑，看来他想得没错，果是为此。故意泄洪，让下流的淳安遭灾，这等流氓至极的事也只有像毛善农这般的人才能想得出来，现在这个罪名虽然暂时让卓有才顶了，但朝廷还要求继续查。莫非死了之后，袁昆就成了当前最大的隐患，就好比是在他毛府里埋了一包火药，若处置不当，随时都有可能炸开。

毛善农见他没说话，又道："此事需要抚台亲自去严州走一趟，跟袁昆说几句话。那袁昆胆子本来就小，抚台大人的话，他不会不听的。"说话间把那份地契往鲁则仕的面前推了推，"怎么样，相信此事对抚台来说，不难吧？"

以鲁则仕的身份而言，一座豪宅尚不使他动心，然这座宅子里的美人却让人欲罢不能。但是他十分清楚，此番收受的贿赂绝非小数目，一旦败露，必然撤职罢官，他一生的心血极有可能就此断送。受还是不受？犹豫间，眼睛不由自主地往柳月儿身上瞟去。

毛善农打了个响指，琴声戛然而止，柳月儿起身走过来，秋波一转，看了眼桌上的地契，朝鲁则仕撒娇道："抚台大人，人家现在可是你的人了，总得有个落脚之处。除非你真的不管不顾，忍心看人家吃苦。"

"你看看，你看看，那模样多么娇羞可人！"毛善农指着柳月儿笑道，"什么样的花，便该养在什么样的地方。毛某也是想成全一段情缘而已，希望抚台不要有太多顾虑。"

鲁则仕思量了会儿，兀自觉得心里不安，人的欲望是在不断膨胀的，今日收了这宅子和女人，明日就可以收其他的东西，无止无休，直到你罢官撤职。一旦你成了平民，便没人再来理会，说到底人家看重的不是你的人，而是你的身份。现如今朝廷力主反腐，正在风口上，万一出事了呢？

“容我再想想。”鲁则仕终于开口了。但是毛善农等不得了，再等下去一旦袁昆真听了他那婆娘的话，一切就都晚了，于是朝柳月儿使了个眼色，起身说道：“不管抚台收或不收，这地契毛某先放在这儿，不敢影响抚台休息，毛某先行告退。”

毛善农出去后，柳月儿娇哼了一声，佯装生气，“原以为一日夫妻百日恩，我在抚台心里是有位置的，但今天才知道，你心里没我！”

鲁则仕看着她那娇嗔的样子，忍不住起身，从身后抱住她，一股香风入鼻，整个人便都软了，说道：“月儿莫恼，那姓毛的也不是什么好东西，我须慎重对待。”

“那你就不需要慎重对待我吗？”柳月儿挣扎了两下，想要挣脱他，“只需要你去跟袁昆说几句话而已，不费你的力气，也坏不了你的名节，你偏不为我做。”

“好！”鲁则仕的头埋在她的秀发里，闻着她身上独特的令人迷醉的香味，终于下了决心，想他出身贫寒，且长得也并不出色，漫说是抱得美人归，想都不敢想会有貌美如花的姑娘青睐，现在这柳月儿死心塌地跟着他，为她做些事，让她能安安心心地住在柳庄，又有何妨呢？“我明日一早就去严州。”

柳月儿嫣然一笑，转过身抱住鲁则仕，娇声道：“鲁郎疼我爱惜我，我会记在心里，只愿此生与郎长相厮守，白首不相离。”

喝早茶是胡宗宪多年来养成的习惯，即便以前在军营时，只要没有紧急情况，他都会让手底下的人泡一壶茶。徐渭好酒，不喜饮茶，有一次问胡宗宪，何以早上喝茶？胡宗宪说，喝茶喝的不是味道，而是意境，把茶水端到面前，闻到那茶香时，你便会觉得这一天无论有多么糟糕，依然会苦尽甘来，只要你肯努力做事，前路一定是美好的，这便是茶香给予我的作用。

是时，胡宗宪坐在总督府的院子里，眯眼闻着茶香，周围时不时地响起清脆的鸟鸣，早上清凉幽静的环境，让他的心情一下子好了很多。胡桂奇从牢里被放了出来，此时就站在胡宗宪面前，低着头，屏声敛气。

胡宗宪浅尝了口茶水，说道："你觉得为父贪吗？"

胡桂奇忙道："父亲不贪。"

"说实话。"胡宗宪提高了音量。

胡桂奇不知道他如此相问究竟是什么意思，有些慌张，期期艾艾地道："父……父亲……贪，但……但贪之有道。"

胡宗宪兀自悠闲地喝着茶，又问道："贪了便是贪了，何谓贪之有道？"

胡桂奇越发糊涂了，心想你究竟想让他人认为你是贪还是不贪？这话自然是不能问出口的，他索性就做出一副诚心讨教的样子，道："儿子不知，请父亲训示。"

胡宗宪把茶杯放在桌上，说道："戚继光也贪，何以会受到将士们的爱戴？那些动不动就拔剑而起行侠仗义的江湖中人，无视律法，何以会让百姓敬仰？都是贪赃枉法，为什么他们就不一样？无非两字——信仰。他们的存在，是因为这个国家的律法尚有缺陷，无法满足维持社会正常秩序的需求，所以朝野内外视若无睹，默认了他们的存在。今天这里只有你我父子二人，我不妨与你说实话，我心中憎恨严嵩以及其一干党羽，他们为了权力和私欲，无恶不作，我更加看不起毛善农之辈，他们身上除了铜臭味之外，便什么都没有了，他们没有担当，没有信仰，这样的人留在世上，除了危害国家之外，找不出丝毫的优点，这样的人不除，国家不安。”

“父亲。”胡桂奇犹豫了一下，说道，“如果毛善农获罪，只怕……你也逃不了干系。”

胡宗宪叹息一声，道：“这就是我的矛盾之处。杀莫非固然是其罪有应得，但也掩盖不了我毁灭证据之嫌疑。我一方面认为这些年所做之事，不合法度，即便获罪也是罪有应得，另一方面又觉得，如果我倒了，换一个不知兵法、不懂变通的文官来主持，大明朝的海防会不会也随之垮掉。”

“儿子糊涂了，父亲的行为究竟是对是错？”

“无对也无错。”胡宗宪抬头看向胡桂奇，“如果非要说谁错了，错在制度，若不改革，贪污难尽，百姓难安。但是无论处在怎样的环境之中，你都要牢记一点，洁身自好，离毛善农远一点。自古邪不压正，没有一个贪赃枉法之辈能有好下场。”

胡桂奇惊道：“父亲认为毛善农会获罪？”

“只要朝廷有反腐的决心，毛善农就逃不了。”胡宗宪道，“我们能躲则躲；躲不了的，就面对吧。”

胡桂奇听得心头怦怦直跳，“难不成我们真会毁在海瑞手里？”

“凭一个海瑞想要挑动浙江官场，那是儿戏。高拱一定布了一张更大的网，等着那些上蹿下跳者往里钻。”说完这句话后，胡宗宪把杯里凉了的茶水倒了，重新倒了一杯，端到鼻尖，浮嗅不啜，忽吟道：“且将新火试新茶，诗酒趁年华。”

胡桂奇看着两鬓业已斑白的父亲，暗暗叹息，或许他已经老了，没了年轻时的意气风发和傲然斗志。不，他奋斗了一生，或许该休息了。

第十二章

生死抉择

一

袁昆被婆娘唠叨了一晚上，没睡好，出门时眼睛都是红肿的，带着血丝，简直苦不堪言。为了能在凌晨时分眯一眯眼，他勉强答应婆娘出面，把杀害莫非的凶手揪出来，绳之以法。但是他心里依然没下定决心，莫非是哪个杀的，包括海瑞在内大家都心知肚明，那个人是那么容易得罪的吗？搞不好没把他扳倒，自己倒先行倒下了。他思来想去，决定去找辛望远商议商议，此人城府颇深，有主见，找他或许能讨个主意；出了府后，没走多远，遇上了个人，在袁昆身边悄声说了句，“鲁抚台有请。”

袁昆暗吃一惊，鲁则仕这个时候来严州，肯定与当下的案子有关，那么他是来做什么的，助他还是威胁他？

进了严州官驿，见鲁则仕端坐在上首，袁昆连忙端着笑上去参见，

"鲁抚台到了严州，下官未曾迎迓，实在失礼了！"

"客套话免了吧。"鲁则仕示意他坐下，然后说道，"听说你的小舅子死了？"

袁昆不知他来意，便顺着他的话回答，"正是。"

鲁则仕问道："你有何打算？"

袁昆叹道："实不相瞒，下官正自彷徨，不知如何是好。"

鲁则仕撇嘴一笑，心想这倒是符合你的性子，"看你这样子，敢情昨晚没怎么睡好。也难怪，遇上这等事，哪个尚可安睡。不瞒你说，出现这样的事情，本官也是头疼得紧。"

袁昆点点头，深表理解，朝廷正轰轰烈烈地反腐，哪个能睡得舒坦？鲁则仕道："当前的形势啊，要选对路、站对队，还得看反腐会不会深入、彻底，皇上会不会想把浙江官场彻底搞乱，弄得鸡犬不宁，这才是关键。然后再来看浙江的情况，朝廷每年的财政收入，江浙占了绝大多数，如果把这里搞乱了，财政欠收，朝廷如何运转？"

"所以鲁抚台的意思是……"未及袁昆把话说下去，鲁则仕便打断了他的话，"本官的意思是，你要稳定严州的局面，不能让它乱了。严州的局面要是把控不好，乱了，即便你不贪，也照样撤职罢官。"

袁昆似乎明白了，朝廷会反腐，但不会把浙江搞得元气大伤。换句话说，只要把现在的局面稳住，海瑞坚持不了多久。但问题是，出了事总得有人担罪，朝廷对当前的反腐力度还不满意，莫非又让人杀了，接下来这些事情该让谁担着去？

"怎么，担心没有人来担罪？"鲁则仕看着他的眼睛，似乎想要看穿他的内心，"放心，该是谁担的罪，还是谁去担。"

袁昆虽然不知道究竟会让谁去担罪，但只要有人出来承担就好，因此没敢再继续往下问，说道："中午下官安排一下，替抚台大人接风。”

“不必了，本官还有别的事要处理。”鲁则仕一刻也不想在这里待，交代完后，便从官驿出来，上了车就走。

车声辚辚，车子微微摇晃着，鲁则仕的身体也跟着晃动，而他的眼睛却一动不动地盯着车帘，仿如丢了魂似的。他是有是非观的，然却装出一副训导的样子，违心地劝导袁昆置身事外，这不仅仅是可耻的行为，更是在害袁昆。想到此处，他不由得皱了皱眉头，忽喊道：“掉头！”

车夫正赶着车，连忙将车停下来，问道：“去何处？”

“回官驿！”

马车再次在官驿门口停下，是时袁昆已经走了。鲁则仕叫来驿吏，让他拿来个信封，将毛善农交给他的地契装了进去，吩咐即时送至杭州毛善农府上。

做完这件事后，鲁则仕突然感到一身轻松，甚至连严州潮湿的空气都让他觉得亲切，他明白了，原来这几日来的压力和不快，皆来自于贪欲和患得患失，一旦下定决心将这些丢掉，便回到了原来的人生轨道上，无欲无求，无愧于心，逍遥自在。

毛善农接到鲁则仕送来的地契后，整张脸顿时就阴了下来。这是一个不好的信号，一旦局面失控，他就万劫不复了。

去找谁呢？毛善农首先想到了胡宗宪，只要胡宗宪肯出面，浙江地面上的官员就都不敢吭声。

胡宗宪正与徐渭说着话，听得毛善农求见，朝徐渭笑了笑，道：“先生替我去会一会他，摸一摸他的底，然后让他滚。”

徐渭会意，大步走了出去，见着毛善农后亲切地笑道：“原来是毛先生来了。先生向来是个大忙人，如何有空儿来总督府？”

毛善农往里望了望，道："部堂可在？"

"没在，一大早就出去了。"徐渭道，"若是方便的话，在下可代为传话。"

毛善农不知道胡宗宪是真没在还是避而不见，只得跟徐渭道："严州的局面怕是要失控了。"

"哦？"徐渭惊道，"先生不是让鲁抚台去处理了吗？"

"他倒是去了。"毛善农道，"却也把毛某送他的地契退了回来。这不摆明了，碍于面子，他就帮我这一回，今后毛某是死是活，他就全然不顾了。徐先生应是了解的，像我辈这等商人，看似腰缠万贯，威风得很，其实还不是靠官府罩着。恳请徐先生转告部堂一声，只要能帮毛某渡过这一关，日后毛某愿为部堂赴汤蹈火、肝脑涂地。"

"明白了，明白了。"徐渭微笑着劝慰道，"先生不要着急，只要部堂一回来，在下便转告给他，如何？"

毛善农点头哈腰，千恩万谢地退了出去。看着他的样子，徐渭知道毛善农说的是实情，一个商人再怎么威风、再怎么有财，也不过是依附着官府的一条虫，哪天看着烦了，想把他拍死，易如反掌，于是再多的家产，也都成了空中楼阁，随时都会消失。

胡宗宪听了徐渭回禀后，颇有些惊讶，"鲁则仕抵挡住了女人的诱惑？"

徐渭道："挡是没挡住，但迷途知返了。"

"毛善农是留不住了。"胡宗宪叹道，"虽说此人势利，但说实话，这些年来若没有他，我朝海防建设不会是现在这个样子，他多少是有功的，可惜了。"

徐渭问道："严嵩会保他吗？"

胡宗宪笑了笑，反问道："你说呢？"

毛善农从总督府出来后，还是放心不下，就果真下了决心入京去找严嵩。拉鲁则仕下水的主意是严嵩出的，现在没能拉他下水，浙江的官员又靠不住，局面已到了十万火急的地步，不找严嵩想办法还能找谁呢？

几日后到了京师，严嵩没见着，好歹见到了严世蕃。毛善农在京师最好的酒店，要了一间包厢，待严世蕃入内后，也顾不上面子不面子，扑通就跪下了。严世蕃又怎会将他放在眼里，但脸上依然表现出一副吃惊的模样，说道："毛兄这是做什么？"

毛善农道："毛某此番入京其实是来找干爹帮忙的，干爹无暇分身，毛某只得厚着脸皮求吾弟相助了。"

"起来，起来！"严世蕃伸手扶了他起身，"既是兄弟，就不必如此拘礼了。"

毛善农谢过，道："毛某从家里带了些平时收集的物件，权当是孝敬干爹的，吾弟一会儿回府时，我让车夫送过去。"

"那么我替父亲谢过了。"严世蕃也不与他客气，"是何为难之事，让你亲自入京？"

毛善农苦笑道："前些日子干爹给我去了封书信，让我拉鲁则仕下水，有此人在中间压着，事情会好办些。谁知那鲁则仕不识抬举，把毛某给他的女人睡了，却把给他的那座庄园的地契给退了回来。毛某想着，一旦严州的事败露，那便是惊天动地的大事，这才上京来讨个主意。"

严世蕃笑了笑，没有立时搭话。事实上严嵩在听到毛善农入京的消息时，就已经料到可能是严州出事了，叫严世蕃出面先稳住他，让他安心，同时给鄢懋卿去了封书信，大意是让他牵制住海瑞，万不得已时，就把毛善农抛出去。

毛善农见他没有说话，心里发慌，“吾弟怎么了？”

“没什么。”严世蕃道，“你也不用自乱阵脚。鲁则仕不识抬举，把地契退给了你，可他到底还是要了你给他的女人，这不就是把柄吗？只要那女人还能听你的话，那么鲁则仕依然可以为你所用，明白了吗？至于那个当朝最风光的知县海瑞，完全没必要把他放在心里，他再怎么能折腾，也不过是一介知县罢了，你觉得他果真有斗天斗地的本事？鄢懋卿还在浙江呢，他会出手的。”

毛善农不知道严嵩已经做好了把他抛弃的准备，听了这些话，就像吃了定心丸，提着的心总算是放下了，连忙给严世蕃倒酒，感谢他的提点。

严世蕃出门去见毛善农的时候，就已经被人盯上了。事实上诚如胡宗宪所料的那样，高拱表面上看起来没有大的动静，实则在暗中布了一张网，而且那不是一张普通的网。这张网在嘉靖帝许可的情况下，动用了锦衣卫暗使。此乃皇帝之近卫军，除保护皇帝的安全外，更加善于侦察，可谓是来无影去无踪，无孔不入。因此，即便是严嵩也不知道他们已让人在暗中盯上了。

高拱听到消息后，不由得笑了，转首朝徐阶和张居正道：“高压之下，有人坐不住了，你们看，这不就跳出来了吗？知道那人的身份吗？”

负责此次侦察任务的是锦衣卫千户鱼效庭，在官阶上与胡桂奇平级，但两者有本质区别，胡桂奇挂的是虚职，而鱼效庭则是锦衣卫世家，祖上五代皆在锦衣卫供职，具有较强的侦察技能，听得高拱问话，回道：“此人叫毛善农，是杭州首富，其他的消息我已派人去查了，无须多久就能查明那人的身份。”

高拱对此很满意，朝鱼效庭道："此次反贪，力度空前，倘若能将那些贪污者连根拔起，鱼千户功不可没。"

正说着话，外面走入一名锦衣卫小旗，朝众人禀道："毛善农的信息查实了，他认了严嵩做干爹，不过此事隐秘，外人并不知情。此人虽是个商人，但是在杭州地面上一手遮天，权势很大，与各级官员均有往来。"

"太好了！"高拱道，"卓有才被迫顶罪，要保全的就是此人。只要挖出此人，也就是挖到了严嵩的墙脚。鱼千户，让你的人立即对毛善农展开调查，尽快把调查结果交给海瑞。"

鱼效庭刚出去，宫里就来人了，说是皇上召见。高拱问是何事，太监道："六科给事中的言官，纷纷弹劾高宪台您和海瑞，这些天皇上也是头疼得紧，现严阁老已在御前，高宪台快些过去吧。"

张居正惊道："那些言官应该是严嵩指使的，高宪台须小心了。"

高拱天生胆大，他知道自这场反腐运动开展以来，皇上承受了巨大的压力，但这是一次有利于国家的行动，有压力是正常的，谁不承受些压力呢。因笑道："我早料到了，是福不是祸，是祸躲不过。徐阁老，随我一起走一趟吧。"徐阶不好推脱，只得答应了一声，随他去面圣。

走入武英殿时，严嵩正在跟嘉靖帝说话，只听他道："本朝崇尚节俭，自太祖定下规矩以来，一以贯之，反腐自是民心所向，治世所需，不过如今六科给事中纷纷上书反对此事，老臣也委实好生反思了一下，可能有些矫枉过正了。卓有才已经认罪，本可结案，现在要求继续深入，缺少依据，自然搞得地方官员人心惶惶，生怕被查出些什么来，无心理事，都打着不求有功但求无过之心态，能不做事就不做事，从而导致各级衙门办事效率低下。如此下去，绝非好事。"

严嵩所言，确是实情，嘉靖帝似乎也听进去了，而且最为关键的是，言官们的奏折若雪片，不断地流入御前。嘉靖帝也架不住如此大的压力，问道："那么依你之见，当何如？"

严嵩道："皇上圣明，有些利害该比老臣清楚，为君之道，御人之术也，如果非要把每个事情分出个是非黑白来，水至清则无鱼，其结果反而会适得其反。老臣以为，浙江官场是有问题，亦须整治，但既然已经有结果了，将已抓之人，依法惩处，以儆效尤，即可。"

高拱见嘉靖帝似有退缩的意思，连忙迈开大步走上去，大声道："启奏皇上，这场反腐已到了关键时刻，贸然收手，不但收不到效果，还会使某些人产生侥幸心理，越发肆意妄为。反腐犹如治疮，想要把疮毒彻底清理干净，须忍痛割去腐肉，方才治标治本；如果放弃，求一时之安逸，将来想要再行治理，会越发艰难，其危害也会更大。"

严嵩转过头，那双混浊的眼睛微微眯着看向高拱，问道："敢问宪台，如何才算是把腐肉清理干净了？老朽以多年的为官经验告诉你，如果割不好，割过了头，会伤筋动骨，危害本体。"

高拱闻言，立时便有一股气血涌至脸上。徐阶怕他跟严嵩吵起来，插嘴道："严阁老老成持重，所虑的确也是实情，不过依臣来看，现在最多只是清理了下伤口，尚未到割肉的程度，不妨再治理一段时间，以观后效。"

高拱听了这话，不由咧嘴一笑，"徐阁老这话说得好啊，患了疮毒，只清理下伤口便心生畏惧，怯懦之举也。"

"你们啊，都喜欢意气用事。"严嵩游历官场一生，自有其独到的为人处世方式，也不与他们争辩，以一副过来人的姿态说道，"莫以为老朽不想反腐。当初皇上说要反腐，老朽一力支持，并派了鄢懋卿到浙江。但是事到如今，漫说皇上所面对的压力巨大，连老朽都感觉到穷于应付。言官天天上折子到内阁，徐阁老也看到了吧？让老朽怎么处理？

罢了罢了，如果非要继续查下去，老朽以为，须有个期限，不能没完没了地折腾。”

嘉靖帝点头表示同意，说道：“那就以一月为限。”

严嵩道：“老臣以为，半月为好。”

高拱见他以退为进，步步进逼，道：“半月少了。”

“不少了。”严嵩道，“再这么下去，海瑞也会出事，你信不信？”

高拱目光一抬，俨然感受到了来自严嵩的威胁，冷笑道：“海瑞能出什么事？”

严嵩摇头叹息，“高宪台啊，你就是火气太重，做事不顾后果，老朽承认海瑞是把好剑，可他是把双刃剑，在他的眼里，只有如圣贤一般的人才算是清官。你想过没有，你我凡人，哪个没缺点，没点欲望，再这么下去，他不出事谁出事？”

“好了。”嘉靖帝做了最终决定，“就依严阁老所言，半月为限。”

嘉靖帝既已决定，高拱自也没什么好说的。从宫里出来时，徐阶担忧地道：“看来皇上是有顾虑啊。”

“也好理解。”高拱叹了口气，苦笑道，“毕竟严嵩的势力太大了，皇上也得给自己留后路。”

徐阶转过头看着高拱，道：“你留后路了吗？”

“我？”高拱脸色一沉，显得有些不快，“你以为这次反腐，我真的只是要演场戏给皇上看，提升自己的在朝中的影响力吗？”

徐阶反问道：“如果海瑞出事了呢？”

高拱的眼前浮现出刚才御前严嵩的威胁，沉声道：“现在就看谁下手快了。”

徐阶问道：“海瑞便是你手里的一员将军，在前线冲锋陷阵，莫非你没有预备保护他的措施吗？”

“既然是战争，就会有牺牲。”高拱转头看向徐阶道，“他在前线作战，我在后方如何保护？”

徐阶愣了一下，原来海瑞也是你的一枚棋子，在落子的那一刻，便生死不计了。这么一想，徐阶对这场反腐莫名地反感起来，什么为了百姓，为了国家，说得冠冕堂皇，其实都是为了自己的利益。是的，高拱从一开始就没有要演戏给皇上看的意思，他是要端掉严嵩，来巩固自己在朝中的地位，不然的话，就会有一柄匕首时刻悬在头顶，寝食难安，所以他便高举国家和百姓的名义，来为自己的政治前途清理障碍了。

也难怪。徐阶暗笑了一下，如今权力当道、权力就是一切，谁能真正为国家为百姓着想？

“怎么，心里不舒服？”高拱目光炯炯地看着徐阶，他心里清楚，徐阶的心里一直在摇摆，生怕被自己利用，最后尸骨无存。为了使他安心，将头凑过去，悄声道：“徐阁老莫担心，严嵩快倒了。”

徐阶闻言，身子倏地一震，只听高拱又道：“在浙江我有一个暗探，就潜藏在官场，代号楔钉。”

“楔钉！”

高拱冷冷一笑，“所谓楔钉，便是插在敌我之间的一枚暗钉，他看不见，却无时不在。我已掌握了鄢懋卿为保毛善农，逼卓有才顶罪、做假证的证据了。但是目前还不清楚那毛善农与严嵩是何关系，所以我才让鱼效庭去查。再跟阁老透露一件事，你以为我掀起这股反贪风暴，真是因为海瑞和赖文川的举报吗？非也！”

“是因为楔钉？”徐阶吃惊地看着高拱。此时此刻，他只觉若跌入了深潭一般，浑身冰凉，此人表面上看似火爆而冲动，实际上城府比任何一个人都深。

“是的。”高拱笑了笑，“现在阁老该不会有顾虑了吧？”

徐阶也跟着他笑了笑，说道：“人生的每一个选择都是没有退路的。我当初既然选择了与你站在同一条阵线上，你觉得我还有回头的余地？”

听他如此一说，高拱放心了些，官场的较量，光有一柄利剑是不够的，还得有舆论势力和靠山，有内阁的次辅站在他身边，便不会显得势单力薄了。

严嵩从宫里回府后，立即把严世蕃找了来，问道：“毛善农如何了？”

“已打发回去了。”严世蕃道，“他有点慌。”

“不成器的东西。”严嵩道，“这时候越慌死得越快。我们的人到位了吗？”

“应该如期到了。”严世蕃道，“鄢懋卿到淳安后，就能够配合他抓捕海瑞。”

“该死的就别让他活着。”严嵩的声音很低沉，尽管他的脸依然如平时一般，看不到一丝的表情，但能明显感觉到一股杀气，“十五日之内，务必结案。”

鄢懋卿早就坐不住了，这些天待在总督府里，虽说天天好吃好喝，内心却极度煎熬，直如坐牢一般，接到严嵩的来函后，就去向胡宗宪辞别，说是要去一趟淳安。

胡宗宪预料到了他要去做什么，但他什么也没说，路是自己选的，而且从眼下的形势来看，这场较量正处于胶着状态，胜负两说，那就由他去罢了。徐渭到底心软，他觉得鄢懋卿的本性不坏，甚至是有正义感的，如果再走下去，恐有朝一日要万劫不复，本是栋梁之材，可为民造福，因一步走错，断送了大好前程，不免可惜，送他出门时，忍不住说道："宪台想清楚了？"

鄢懋卿惊讶地看着他道："先生知道我要去做什么？"

徐渭微哂道："站在你我的角度，这盘棋双方的目的已非常清晰。宪台这时候出去做什么，自然就不用猜测了。在下想与宪台说的是，你现在已站在悬崖边上，还要继续往前走吗？"

鄢懋卿向徐渭作揖致谢，"先生以此番话相劝，足见是将我当作朋友，无论将来如何，鄢某都将铭记于心。只是人站在不同的立场，看事情的角度也就不尽相同了，于我而言，却是退一步为悬崖，何以不鼓起勇气往前走一步试试呢？"

"罢了！"徐渭道，"部堂没劝你，也是因为这场战争胜负难料，那么在下就不多说了，宪台保重。"

鄢懋卿向徐渭辞别，坐上马车后闭目深吸了口气，随着车子的移动，才徐徐地吐出那口气来，生死较量的时刻到了，是万劫不复还是从此以后高枕无忧，就在此举。

车子行至毛府后停下，鄢懋卿下车后快速地走了进去。此时毛善农也刚从京师回来，虽然听严世蕃说鄢懋卿会出手的，宽心了许多，可是鄢懋卿是朝廷大员，他会采取什么样的行动一无所知，不免还是有些惴惴不安，不想这时候鄢懋卿居然亲自登门了，喜出望外。他刚要出去相迎，便见鄢懋卿已急步走了进来，急忙跪地迎接，"草民参见鄢宪台！"

鄢懋卿边往里走边道："起来说话。"言落间，往椅子上一坐，又道，"本官卷入这旋涡里来，乃是为了保你。事到如今你有什么打算？"

毛善农从下人手里接过茶水，亲自送到鄢懋卿面前，这才说道："草民刚从京师回来，阁老入宫去了，没见着；严侍郎倒是见着了，他让草民继续利用鲁则仕，掣肘海瑞。此外，严侍郎还说，宪台您也会出手，想来宪台亲临寒舍，是接到了阁老的指示？”

鄢懋卿闻言，吃了一惊。在他的眼里，毛善农不过是一介商人罢了，他在杭州再怎么手眼通天，也不过是与当地的官员称兄道弟罢了，可是鄢懋卿怎么也没想到，其与严嵩父子也有交情，这实在是太出乎他的意料了，“你与阁老究竟是何关系？”

毛善农见他这副表情，心下暗暗得意，但脸上依然十分恭顺，说道：“草民有幸，认了阁老做干爹。”

鄢懋卿惊讶地看着他，今日算是长见识了，他在各级官员面前点头哈腰，像孙子似的总是表现出一副低人一等的样子，没想到一大把年纪了，真认了人家做爹！但回头再想想也难怪，虽说自古官商一体，但是官和商还是存在很大区别的，在一切以道德为准标的人治体制下，这种关系一直是不对等的，权力才是决定一切的根本，漫说是官员的好恶能决定他的命运，即便是人家的一个喷嚏亦能使他惊上一惊，严嵩作为百官之首，认他为父，也算是情由之中的事了吧。

“好。”鄢懋卿喝了口茶，只觉此时再好的茶也饮之无味儿，便放下茶杯，“既然是自己人，本官就与你直说了吧，这两天海瑞会出事。你指使鲁则仕，让他负责审理海瑞，把罪名坐实了，尽快押入京师去，能做到吗？”

毛善农暗咬了咬牙，郑重地点头道：“能！”

二

料理完莫非的丧事后，海瑞就回到了淳安，虽然天气还是不好，要么阴沉沉的，要么便是下着雨，甚至还有些传染病在民间蔓延的趋势，但是这个县城还是跟以前不太一样了，有了活力、有了生气。

魏晋抽空儿向海瑞报告了修堤的进展，一切都在有序推进，前几天的那场大雨，也没有决堤，只要今年把河岸彻底修缮，来年淳安的百姓便可高枕无忧了。

海瑞对魏晋的政绩大加赞赏，督促他再接再厉，争取早日竣工。问及鲁则仕时，魏晋说，鲁抚台初到淳安时，干劲儿很足，正是他顶着压力坚持修堤，才有了今天的成果，但是近日来却有些心不在焉，常找不到人，今日好像也没在淳安。

海瑞自然想不到堂堂从二品的地方大员，会被一个商人牵制，以为是家里出了什么事，分了心，因此没去在意。现在他最关心的是袁昆的动向，莫非临终前曾与他说，他知道的事袁昆和辛望远也都知道，不过辛望远不好对付，未必肯出手，所以莫非临终前，是希望海瑞能说动袁昆，让他出面。可惜袁昆太没主见，截至海瑞离开严州时，也没有个肯定的态度，这不免让海瑞有些担心，案情没有进展，非进则退，不是什么好兆头。

当天晚上，海瑞正在后衙侍候母亲，衙役拿了封密函进来，说是有人悄悄送过来的，送信人已不知去向。此前，冯全曾与他说，暗中可能有两股力量在较劲儿，一股是帮他的，另一股则有可能对他不利。现在有人递信过来，估计是帮他的一方来提供消息，当下从母亲那里退了出来，到院里拆了密函浏览，只见上面写着：洪福酒楼包厢见。

既然是密约，不方便在信中明说，定然是极为重要之事。海瑞回身向母亲和藩氏说了一声，急步出了衙门。

这时天还不算太晚，洪福酒楼内尚有些食客，海瑞向店小二道明来由，小二会意，带他去了二楼的一间包厢。推门入内，里面空无一人，倒是有桌酒菜，尚散发着热气，敢情是刚摆上来的。店小二说，定这间包厢的客人让您宽坐片刻，她随后便到。

海瑞谢过那店小二，在里边坐下来。果然，没过多久，包厢门一动，有人入内。海瑞起身，定睛一看，不由得愣了一下。

那是位年轻貌美的姑娘，人未入内，香风业已迎面扑来，瞟了眼海瑞，抿嘴一笑，向海瑞福礼，然后脆生生地道："冒昧请海知县前来，若有唐突，望知县莫怪才是。"

海瑞揖让还了一礼，问道："敢问姑娘是谁？"

那姑娘袅袅婷婷地走入厢房，返身将门关了，玉手一抬，示意海瑞入座，端起酒壶在两只杯子里倒满了酒，举杯道："知县莫急，且饮此杯。"

海瑞不善于应酬，平时一应饭局都被他推了，但今晚一则对方是姑娘家，不便太古板，唐突了佳人，二则如果她真是在暗中助他之人的话，那么应是恩人，绝没有将恩人拒之千里之外的道理，当下也举杯，与之一同饮下。

那姑娘抬手轻拭绛唇，明眸流光，嫣然道："海知县是否觉得有些奇怪？"

海瑞道："正是。"

那姑娘又把酒斟满了，道："初次见面，就正儿八经地谈事，未免尴尬。再饮一杯酒，我们边吃边谈，可好？"

海瑞应好，又与她对饮了一杯。然这杯酒下肚时，只觉身体有些异样，这是他从来都没有过的感觉，头重脚轻，脑袋晕晕乎乎的，再看那姑娘，盈盈绛唇，目如秋水，一脸春色，美艳动人至极。每个人对美丽的事物都会产生好感，海瑞也不例外，然平时也不过只是欣赏罢了，今晚不知为何，竟有些怦然心动。

海瑞暗吃了一惊，还尚未反应过来，那姑娘已经起身徐徐地走了过来。香气更浓了，海瑞的心随着那若柳枝一般的细腰的扭动而快速跳动，他熟读圣贤书，知道如此情状，有违礼法，想要克制自己，起身让开时，那姑娘却没给他机会，娇躯一拧，坐在了他的怀里。海瑞只觉浑身一震，软玉温香在怀，顿时激动起来，“姑娘……”

那姑娘媚眼如丝，低下螓首在他耳边细语，“海知县怕什么？”

包厢的门陡然一动，有人闯了进来。只听那姑娘尖叫一声，未及从海瑞的身上离开，门外那人已然闯将进来。海瑞虽然脑袋晕乎乎的，到底尚有些清醒，定睛一看，看清楚来人时，心头倏地一沉，坏了！

海瑞出去后不久，衙门里的差役找到藩氏说，外面有人找她。藩氏觉得奇怪，道：“我初到淳安，并无认识之人，谁找我？”

差役道：“我也不知，只说找夫人有事。”

说话间，谢氏走了出来，问是何事，藩氏将缘由说了。谢氏不放心，便道：“我陪你一起去见见。”藩氏应好，随着差役一起走出来。

衙门外站着的那人，看上去只是个普通的百姓，见了谢氏和藩氏急忙行礼，藩氏问道：“你寻我何事？”

那人看了眼差役，小心翼翼地道：“夫人可否借一步说话？”

藩氏料想在衙门口也出不了什么事，便往前走出几步，那人这才说道：“海知县在洪福酒楼与一位美貌女子饮酒，行为亲昵。小人怕出事，这才偷偷来禀与夫人知。”

藩氏本就是个直爽人，没什么心眼儿，一听这话，立马就急了，“海瑞，你个没良心的东西，平时一副一本正经的样子，竟是装给我看的！”说话间就往洪福酒楼赶。谢氏在一旁看得莫名其妙，走上去一把拉住她问道：“究竟出了何事？”

“何事？”藩氏怒道，“问你儿子去吧！”说着便甩开谢氏的手，也顾不上她生不生气，径往前跑。谢氏脸色一沉，似乎猜到了些什么，但她是老成持重之人，如果海瑞真在外面有人了，让藩氏过去一闹，弄得人尽皆知，叫海瑞日后还如何做人？

“站住，你给我站住！”谢氏边跑边在后面喊。藩氏性子一上来，哪管得了那么多，心想你平时护着你儿子倒也罢了，今天出了这等事，还护着他，把我当什么了？即便我是外人，也没你这么欺负人的！如此一想，眼泪便扑簌簌地掉，浑然不去理会谢氏。谢氏见她不搭理人，让差役追上去。差役也不知道发生了什么，一头雾水，听谢氏吩咐，加快脚步，拦在藩氏面前。

藩氏抹了把眼泪，喝道：“让开！”

差役抬头看了眼后面追上来的谢氏，不知所措，正不知该如何是好时，腹部已然挨了一脚，险些跌倒，只见藩氏从他身边风一样地跑了过去。谢氏在后面看得分明，迭连叹气，“是我糊涂，是我糊涂啊，怎么会让这么个媳妇入我家门！”因不放心，便让差役扶着，跟了上去。

藩氏推门而入时，恰好看到那姑娘坐在海瑞腿上，只觉一股怒火打心里直冲头顶，冲上去就给了那姑娘一个巴掌，“没脸没臊的骚狐狸，竟敢出来勾引男人。今天要是不给你些教训，就跟你姓！”说话间，扬手又是一个巴掌，直把那姑娘打得倒在地上，呜呜直哭。

藩氏的火气依然未消，还要赶上去打。海瑞恐她闯祸，上去阻止。藩氏回头一看，见他依然是一副面红耳赤的模样，显然是对那姑娘动心了，越发气恼，啪的一巴掌打在海瑞脸上，“天天板着一副臭脸，今天才知道你是假正经，你要纳妾，直说便是，何须偷偷摸摸的？”

谢氏赶到的时候，正好看到藩氏一个巴掌落在海瑞脸上，她是个十分传统且古板之人，出嫁从夫，那就得事事依着夫君，哪有动手打夫君的道理？看着藩氏那泼蛮的样子，气得她险些晕过去，“住手，你给我住手！”

海瑞看到母亲，急忙扑通跪下。谢氏厉声道：“起来，这是外面，不是在家里，无须遵循家规，给我起来！”

海瑞刚起身，外面便传来一阵杂沓的脚步声，转眼冲进来十几个皂衣人，看那样子不是官府的人便是某个贵人门下的家奴，倒在地上的那姑娘见到那些人，泣声道：“请贵人给小女子做主，海瑞在酒里下药，逼我做那苟且之事！”

藩氏闻言，不知危险近在眼前，眼里直是要冒出火来，“这是真的吗？”

“那还有假？”当中一个皂衣人大喝一声，“把海瑞抓起来！”

谢氏与藩氏一样，也没看出来这当中的猫儿腻，但她相信自己的儿子，叫道：“你们是谁，凭什么抓我儿子？”

“凭什么？”那皂衣人道，“我们接到举报，淳安知县海瑞勾引淳安商人单春芳的小妾。单春芳是谁？正是龙泉阁的大掌柜，现在他的龙泉阁酒楼被拆，人也关在了杭州。海瑞乘虚而入，以权力威胁他的女人，试图使她屈服，欲图不轨，这里面所涉及的不仅仅是男女苟且之事了，当下正值朝廷大力反腐之际，海瑞之行为，可能涉及权色交易，是以权谋私的腐败之举。我等奉杭州提刑按察使司之令，抓海瑞前去审讯。带走！”

海瑞知道今晚着了道，有人想要他死，但他只是区区一介知县，无力抗拒提刑按察使司的命令，被带走时朝谢氏喊了一句，“阿姆，儿子是无辜的！”目的是想让谢氏放心，哪承想谢氏听了这句话，越发伤心。她是相信自己儿子的，不用他说也知道他是无辜的，可如今的世道好人难做啊，但凡想为老百姓办些事，就会触及某些人的利益，那些人往往位高权重，掌握着生死大权，谁能斗得过他们？更让谢氏伤心的是，家里还有个不知礼数、不识大体的儿媳，如果不是她冒冒失失地在这里大闹，能让海瑞趁早离开，或许就不会出事了。

“阿姆……”看着海瑞被带走，藩氏也害怕了，急忙向母亲讨主意。

“现在你高兴了？”谢氏眼里带着怨恨，“快回去想办法，休在此丢人现眼了！”

柳庄内，鲁则仕和毛善农正在对饮，柳月儿则在旁边陪着，听他们说话。她的眼睛一会儿看看鲁则仕，一会儿又看看毛善农，唇角含笑，似乎在听他们讲笑话。鲁则仕时不时地拿眼角去观察她，越来越觉得这个女人不简单。

毛善农望了眼窗外的天，说道：“这个时候海瑞应该已经伏法了。”

“伏法？”鲁则仕吃惊地看着毛善农，看到他脸上的笑意时，瞬间明白了，所谓的法，乃由权而定，那么究竟犯没犯法自然也由权力掌控者说了算。可眼前的这个商人为何有如此大的能量，能让一位清官伏法？他的背后是谁在给他撑腰？这时候，鲁则仕又瞟了眼柳月儿，她的唇角依然含着笑，风轻云淡，好像这世间芸芸众生的生死祸福，她全然没放在眼里！

连一个人的生死祸福都未能让她动容，那么还有什么能入她的心呢？鲁则仕忽然觉得，所谓蛇蝎美人，诚然不虚。

“伏法了。”毛善农再次强调了一次，道，“每个人都有缺点，有缺点就容易犯错，很正常。”

“谁负责抓捕海瑞的？”鲁则仕想知道究竟是谁在帮他。

“事到如今也没什么好瞒抚台大人的了。”毛善农笑道，“毛某其实是严阁老的干儿子。”

鲁则仕身子微微一震，原来你背靠的是这棵大树，如此看来，弄死区区一位知县的确是易如反掌了。

“人是鄢宪台派人去抓的。”毛善农见鲁则仕的神态变了，心中暗暗高兴，但表面上依然维持着谦逊的样子，“但鄢宪台毕竟是朝廷委派下来到淳安反腐的，不太方便介入具体的审理，所以这事只怕还得麻烦抚台大人。”

“他……”鲁则仕本想说，他是都察院的二把手，如何不方便介入，可转念一想便明白了，很多人都龌龊，却偏偏装清高不想干龌龊之事，而这件事对鄢懋卿来说，他可能真的是心有愧疚，毕竟海瑞是公认的清官，他自己吃一顿好菜都不舍得，却抽出专用款项，要求必须给参与修堤的百姓发放工钱，他敢以区区知县之身份，去斗那些高官，即便明知道是蚂蚁撼树、不自量力之举，依然义无反顾，勇往直前，单从这些事情上看，他是名副其实的清官、好官，会让许多官场上的人汗颜，去审理这样一个人光凭勇气是不够的，还需要足够狠，只有昧着良心下狠心，才能让一位堂堂正正、清清白白的好官获罪。可笑的是，所有人不愿意干的事情，却让他去干。

鲁则仕苦笑了一声，端起杯子将杯中的酒一口饮尽，旁边的柳月儿不失时机地给他斟满了酒。鲁则仕看了她一眼，开始对这个貌美如花的女人有些心寒了，漂亮有什么用呢？男女之间如果除了欲望再没其他情感，两个人即便表面上如胶似漆，亦是咫尺天涯，该是多么悲哀。

“抚台有何疑虑吗？”毛善农又把那份地契拿了出来，轻轻地推到鲁则仕面前。这时候鲁则仕发现柳月儿的笑意更浓了，他不由得又暗自冷笑了一下。只听毛善农又道：“毛某以为，抚台不应该再有疑虑了。

你想想，海瑞斗得过严阁老吗？只怕十个海瑞也斗不过。还有，容毛某说句不该说的话，抚台今天虽然位高权重，是朝廷一方大员，可万一哪天做错了什么事，或是惹得朝中的哪位大人物不高兴了，下台也不过是弹指间的事。但是，有个靠山就不一样了。人在官场，总得有个阵营，你们为官者，均是进士出身，不都有派党吗？在举人或刚入仕时有乡党，在京师为官后，便有了各省的省党，如浙党、楚党、淮西党等，又有以人为代表的严党、高党，实在是太多了，此乃大势所趋。若未入一党一派，并非孤军作战的问题，说得形象些，便是入了原始丛林，若无同伙与你患难与共、同进共退，哪个敢说可以从强敌环伺的原始丛林里杀出来？现在便是抚台加入严党的最好时机。只要你能把海瑞的罪名坐实了，即便不能杀了他，把他贬作庶民也好，你就算是傍上阁老这棵大树了，今后一起发财，共享荣华。”

“看来毛先生对官场的认知，比之本官更为深刻啊。”鲁则仕那张黝黑的脸，此刻比生铁还要冰冷，他是从底层一步一步爬上来的，吃过很多苦，自然希望步步高升，享受荣华富贵，可正也是因为他吃过苦，才会明白老百姓有多苦，清楚那样熬着有多么不易，更加明了爬到今天的位置何其艰难，如果当官的都为了自己的利益考虑，那么还要当官的何用啊？他不想犯罪，不想用自己努力得来的权力去做昧心之事，将那份地契又推了过去。

柳月儿脸上的笑容淡了，唇角浮上一抹不快，鲁则仕只当没看见。毛善农脸上的笑意则瞬间消失了，“抚台真不想要？”

鲁则仕坚定地摇了摇头。毛善农瞟了眼柳月儿，又道：“你真甘心让佳人无处安居？”

鲁则仕这时才正眼看了下柳月儿，说道：“如果月儿对我是真心的，她不会在乎；若是无意，弃之不惜。”

“看来抚台大人端的心狠得紧啊！”毛善农仰首一笑，朝柳月儿问道：“柳姑娘在乎吗？”

柳月儿做出一副委屈状，说道：“人家自然是不愿意的，先前在杭州春月楼好歹是花魁，天天让达官贵人捧着宠着，争着一掷千金，以博我一笑。后来毛先生与我说，要赎我出来，给浙江巡抚鲁抚台为妾，从此以后不仅可以荣华富贵，最关键的是身份变了，乃是堂堂一省巡抚之妾室，何等荣耀啊，我这才答应。哪承想现在居然沦落到连安身之处也没有，教我如何不心生悔意。”

“你看看，你看看！”毛善农指着柳月儿笑道，“抚台真忍心？”

鲁则仕真下了决心，他的前程、他前半生的努力，不能毁在一个女人手里，更不能为一晌贪欢，毁了终生。他是好色，并且十分期望能被一位美貌佳人青睐，虚荣也好，情欲所需也罢，都是人之常情。但现在的情形变了味道，这是赤裸裸的情色交易，是粉色陷阱。如果他没有克制，一脚踏进去了，那这一生就再也没法站在阳光下，安然生活了。他朝毛善农和柳月儿看了一眼，然后点了点头，目光坚定。

毛善农笑容一收，说道：“鲁抚台，这件事如果柳姑娘不答应，只怕没法善了。”

“怎么？”鲁则仕的心里咯噔一下，“你想怎样？”

“不是毛某想要怎样。”毛善农生硬地道，“柳姑娘已经侍候过你了，无论你承不承认，她都已经是你的女人，你现在想说不要就不要了，于情于理都说不过去。再者说，柳姑娘在杭州认识的都是名流，非富即贵，此事一旦传出去，他们肯放过你吗？届时弹劾你的奏折雪片一样送到御前，会是什么后果鲁抚台应该比毛某清楚。我们好歹相识一场，毛某劝抚台三思。”

说这番话的时候，毛善农的语气、神态都变了，不再是一位低三下

四、哈腰赔笑的商人，话里挟带着股杀气。

鲁则仕拍案而起，把桌上的杯盏拍得叮当直响，毛善农的言语彻底激怒了他，堂堂一省之巡抚，居然被区区一介商人威胁，真是荒唐可笑至极，“本官告诉你，你要是想耍流氓，本官奉陪！”

“耍流氓？”毛善农奇怪地看着他道，“抚台莫要忘了，是谁在柳姑娘面前耍流氓，把她的身子占了。这件事即便是捅到皇上面前去，柳姑娘也是占了理的。毛某倒是想问抚台一句，你想怎样呢？”

毛善农的獠牙终于露出来了，而且他要么不咬人，一咬便咬到了鲁则仕的三寸，让他想要挣扎一下都不敢。鲁则仕一下子泄了气，瘫坐到椅子上，这件事如果真捅了出去，必定满城风雨，而且以严嵩的作风，定然不会轻饶了他。

毛善农再次把地契推到鲁则仕面前，说道：“抚台，与人方便，与己方便，放着这么一位娇滴滴的美人和一处大宅子不要，岂不是跟自己过不去嘛。要不这样，你再好好想想，明天天亮前给我答复，如何？”

鲁则仕没有理会他，起身从柳庄走了出来。外面飘着细雨，使得这个夜晚看起来越发冷清、凄凉，一如这人世间，看上去热热闹闹、繁华而和谐，实际上到处都充满了利益，一旦涉及利害，这和谐的外壳就会被剥离，露出残酷而冷漠的一面。

鲁则仕贪婪地吸了口气，适才里面的空气实在是太沉太闷了，教他透不过气来，还是自由好，至少还可以享受雨中清凉的空气。思忖间，跳上马车，让马夫赶紧离开，越快越好，这个地方他一刻也不想待了。

抵达杭州的时候，夜已经很深了，鲁则仕不想回府，便走入衙门，躲进了书房。坐下来的时候，眼前不由得浮现出了柳月儿那倾国倾城的脸；他自嘲地笑了一声，看来这世间啊，真正的感情太少了，想让一个女人死心塌地跟着你，陪你患难与共，太难了。也怪他忒无知，那柳月儿是何许人，春月楼的花魁，而你呢？除了浙江巡抚这个身份之外，还有什么？她看上的自然是你的身份，你如何就鬼迷了心窍，连这一点都看不透呢？

他坐着想了会儿，又站起来，站到青铜所制的镜子面前。这是他平时穿戴好官服后要用的仪表镜，这镜子经常要用到，可是他从来没发现自己竟如此之老，额上挂满了褶皱，脸亦是又黑又瘦，几根银丝在火烛下异常扎眼。他大叹一声，埋在心底的自卑顿时翻涌起来，你这副样子，怎么可能让一个娇滴滴的姑娘死心塌地跟着你？

古人说“以铜为镜，可以正衣冠，以史为镜，可以知兴替，以人为镜，可以明得失”，他常常要面对这铜镜，为何连点自知之明都没有？

接下来该怎么办？镜中人的眉头拧成了一个结，看上去十分不堪。海瑞已经被抓了，一旦罪名坐实，这场所谓的反腐会就此结案，反对严嵩的人有可能会被清除，他将如何自处？

不不不！这是高拱和严嵩之间的一场对抗，海瑞被抓，高拱不可能无动于衷，他一定会采取措施补救。换句话说，他现在所处的局面可能没有想象中的那么糟糕。想到此处，鲁则仕精神微微一振，是的，如果他不想成为毛善农的一条狗，那就得反抗，越快越好。

你们不是想让我死吗？没那么容易，我鲁则仕那么多年的圣贤书不是白念的，我还有良知，还不想沦为谁的奴隶，供人驱策！

外面响起了个脚步声，鲁则仕转身去看，见是衙内的书吏，看到鲁则仕在书房，揖手道：“听当差的说，抚台在衙门里，这才找过来，您在就好。”

鲁则仕眉头一沉，问道：“什么事？”

书吏道：“有人传了信来，说是淳安知县海瑞连夜被送入杭州，这时候快要到了。”

“好快啊！”鲁则仕知道，说是传信让他提前知道，实际上是在逼迫，好让他有个心理准备。如果要反抗，那就必须找到高拱安排在浙江方面的人。海瑞既然是高拱委派的，应该有同伙。事到如今只能将计就计，从海瑞身上打开突破口，把毛善农等一干无法无天之徒绳之以法。

“知道了，你退下吧。”鲁则仕的神色又恢复如常了，他本想独善其身，甚至还想趁机在淳安表现一番，看来天下没有免费的午餐，既然这场反腐波及了他自身，不想堕落，那就只有抗争。

第十三章

最后的挣扎

一

这一日早上，雨歇了，天似乎有放霁的意思，黑沉沉的乌云淡了许多。

连续下了那么长时间的雨，总算有了放晴的迹象，人们的心情也一下子好了许多。

徐渭的心情糟透了，他烦躁地走入总督府，门人向他问好，他似没听见一般，蹙着眉头径往里走。走到上房[1]，见胡宗宪尚在用早膳，捧着一碗稀粥，桌上摆了三样咸菜，这是胡宗宪一贯的作风，在生活上不崇尚铺张。徐渭径在胡宗宪旁边坐下，道："给我也来一碗。"胡宗宪笑笑，吩咐下人盛碗粥。

徐渭捧起碗吸了两口，没好气道："海瑞被带到杭州了。"

[1] 又称四堂，是总督及家眷的生活区域。

胡宗宪一听，眉头一蹙，“关在何处？”

“暂押在巡抚衙门。”

胡宗宪放下筷子，问道：“先生在为海瑞不平？”

“海瑞不该受这般待遇。”徐渭道，“就算要处理海瑞，也不该是那帮贪得无厌之辈，他们没有那资格。”

胡宗宪拿起筷子又吃粥，直至吃尽碗里的粥后，夹了块腌萝卜放入嘴里，这才把筷子放下，道：“那又怎样呢？这世上若凡事都能以是非而论，黑白分明，那才叫奇怪。是战争就会有牺牲，就算海瑞死了，也是正常的。”

徐渭飞快地把粥喝完，问道：“有件事在下觉得奇怪。”

“何事？”

徐渭道：“现在的局面对高拱明显不利，如何他还是没有动静？”

“的确奇怪。”胡宗宪点头道，“不过还有种可能，高拱可能在酝酿更大的动作，不动则已，动则是雷霆一击。”

徐渭冷冷一笑，“倒是有可能，高拱那人看似暴躁，易置气，其实城府颇深，他不会轻易认输的。如此看来，今天的公审，只怕会上演一场精彩绝伦的好戏。”

胡宗宪惊讶地道：“今天就审吗？”

徐渭道：“巡抚衙门传出来的消息，应该不会有错。”

胡宗宪眉头一拢，抬眼看向徐渭；徐渭只觉得他的目光颇有意味，道：“部堂也嚼出味儿来了？”

胡宗宪道：“这个鲁则仕越来越让人捉摸不透了，如果他已经倒在了石榴裙下，听命于毛善农行事，按说应该是心不甘情不愿才对，怎么如此积极，今天一大早就要公审海瑞？但要说他没屈从，他应该等候高拱方面的消息，两厢配合才有把握打赢这场翻身仗。奇怪的是他偏偏如此急于审判海瑞。端的教人费解。”

“在来的路上，在下也想过这个问题。”徐渭道，“在下以为，昨天晚上，在海瑞被押送至杭州的路上，某些地方可能发生了翻天覆地的变故。”

“比如？”

“比如袁昆受到某种压力，会出面做证。”徐渭的眼里发着寒光，“再比如毛善农露出了什么马脚。”

胡宗宪大吃一惊，“果若如先生所料，那鄢懋卿岂非也得伏法吗？”

“果若如此，今天将会发生惊天动地的大事。”徐渭道，“不过这些只是在下的猜测。究竟如何，要等公审开始后才能揭晓。”

鲁则仕在衙门的书房内穿官服，仔仔细细地打理着，虽说这身官服穿上后，人立马变得精神了许多，但依然难掩眼神中的疲惫。

鲁则仕昨晚一夜未曾合眼，今天的状态明显不太好，穿好官服后，趁着距离公审还有些时间，让门下差役泡了壶茶上来提神。

没多久，书吏走进来，道：“抚台，都已准备好了。”

鲁则仕应了一声，问道：“去请胡部堂了吗？”

“去请了。”书吏答道，“但总督府的人答复说，部堂今日另有要务，不来参加公审了。”

“徐渭也不能来吗？”

“是的。”

鲁则仕微微笑了一声，道：“他吃不准今日的公审会发生什么，是故意回避的。”

书吏迟疑地道：“胡部堂要是不来，我们今日应付得了吗？”

鲁则仕脸色一沉，道：“应付不了，也得应付。要相信再大的官职也大不过《大明律》，须受律法管制。时辰差不多了，走吧。”鲁则仕起身，临出门前，又在仪表镜前整理了下衣冠，转身大步走出门去。

从后衙走出来，即将进入正堂前的门上，挂有一道楹联，这道楹联鲁则仕闭着眼睛也能说出来。但今天看到它时，似乎又有特殊的意义一般，不由自主地在楹联面前驻足默念：得一官不荣，失一官不辱，勿说一官勿用，地方全靠一官；吃百姓之饭，穿百姓之衣，莫道百姓可欺，自己也是百姓。

是啊，无论你在什么地位，拥有多大的权力，归根结底你也是芸芸众生之一员，是从百姓而来。漫说是普通官员，本朝太祖皇帝在坐江山之前，不也是一介贫苦百姓吗？人之贵，勿忘本也。想他鲁则仕在中进士之前，家境贫寒，甚至连普通的百姓亦不如，如何做了官便忘了自己是谁了呢？

想到此处，鲁则仕的身子不由得微微战栗起来，回想起前几日的事情，可谓是惊心动魄，好在他虽犯了错，但没继续错下去。今日公审之后，他将向朝廷请罪，无论怎样判罚，只要能还他一个清白之身，日后能过清白的日子，此生无悔了。

巡抚衙门的公堂要比县衙门大很多，鲁则仕从侧门出来，抬头时首先看到的是正首屏风上，那幅巨大的《海水朝日图》，清如海水，明似朝日，全图以青色为底，红色为辅，意为在澄澈清明之天下，使魑魅魍魉无所遁形，是为“青天”。

在《海水朝日图》的上面，悬有一匾，“明镜高悬”四个金色大字熠熠生辉，此所谓的“明镜”，与通常所说的镜古鉴今又有不同，公堂上面的“镜”有警戒之意，举头三尺有神明，明镜高悬之下，莫自欺，亦莫欺人，诚如公堂院内那块戒石上所刻的“尔俸尔禄，民膏民脂，下民易虐，上天难欺”那样，人在做、天在看，在这个代表朝廷行使律法的公堂内，切莫行龌龊之举。

两班差役已站好，他们手持法棍笔直地站在左右两侧，目不斜视，神情肃穆，把公堂内严肃之氛围衬托了起来。鲁则仕自任官以来，开过很多堂，审过很多案，今天却觉得极为不同。他犯过错，但他回头了，依然代表大明律法去惩治那些贪赃枉法之徒，何其之幸啊。

鲁则仕暗吸了口气，举步踏上一个台阶，转身坐在中间上首的法案面前，右手一按桌上的惊堂木，目视了眼桌上整齐排列着的“执、法、严、明”四只签筒，喝一声：“升堂！”两班差役齐喝声：“威……武……”法棍敲着地板，笃笃之声犹若雨点，越来越密，公堂内的威严之气也随之上升。

鲁则仕抓起惊堂木，啪地落在法案上，喝一声：“带人犯海瑞！”

“带人犯海瑞……”底下的差役一路传话下去，须臾，海瑞被押解上来。

喝完粥后，胡宗宪命人将饭碗撤下，泡了壶茶上来，说道：“今天杭州会有大事情发生，我与先生反倒是闲了，不如泡壶茶细品。”

“喝酒吧。”徐渭皱皱眉道，“茶淡而无味儿，无甚可喝。”

胡宗宪笑了笑道：“先生是文雅之人，岂能不喝茶呢？还是喝茶吧。”

“文雅在于心，不在于形。”徐渭辩道，“装模作样品茶谈文者多得是，莫非那些皆是文雅之人？喝酒。”

胡宗宪坚持道：“嗜酒伤身，先生还是克制些，莫年轻轻便把身子喝垮了，上茶！”

徐渭见他坚持，只得无奈地摇摇头，“不知为何，在下有一种错觉，身在官场便如走在独木桥上，脚下是万丈深渊，深不见底，害怕会掉下去，不敢往下看，可越是如此，心里越慌。既已走上了这样的绝路，何惧喝酒把身体喝垮了呢？”

“先生的意思是，早晚有一天会掉下去？”

“在这条路上走的人，不能永远指望侥幸。”徐渭道，“在下并不是在指责部堂做错了，只是现在朝中斗争激烈，难免不受波及。”

“罢了，随遇而安吧。”胡宗宪回头又吩咐下人道，“给徐先生烫壶酒来！”

须臾，酒端了上来，徐渭刚喝完一杯，便有人进来禀报：“在巡抚衙门打听到，今日凌晨时分，严州知府袁昆、同知辛望远俱已到杭州。”

徐渭看了眼胡宗宪，问那人道：“鄢懋卿今在何处？”

那人道：“尚不明去向。对了，那边的公审已经开始了。”

徐渭挥挥手示意他下去，转首朝胡宗宪道：“看来我们所料不差，昨晚一定发生了很多事。”

“看来暴风雨将至。”胡宗宪不无忧虑道，“如果袁昆、辛望远等人出面做证，鄢懋卿只怕逃不过这一关。”

海瑞被带上堂后，依例跪下。鲁则仕看着这位与自己一样，同样是从底层走过来的，面色黑瘦的官员，内心下意识地与他站到了同一立场上，问道：“海瑞，有人举报你利用职权，胁迫淳安罪商单春芳之妾，可有此事？”

“回抚台话，无此事。”海瑞的回答很简洁，但颇为有力。他抬头看向鲁则仕，说道：“当晚有人送了封密函过来，上书‘洪福酒楼包厢见’等字，抚台这段时间也去过淳安，当知反腐正处于关键时刻，下官以为是谁要秘密举报，这才依约去了洪福酒楼。此事有密函及淳安衙署门房差役为证。”

“便是这封密函吗？”鲁则仕从证物中拿起一封书信问。

海瑞瞥了一眼，道：“正是。”

鲁则仕又传当晚接收密函的县衙差役，问他是否有此事。那差役道：“确有此事，这密函是小人亲手递交给海知县的。”

鲁则仕眉头微微一皱，这里有个说不通的地方，既然是有人存心要加害海瑞，何以会留下书信，叫人抓着把柄？海瑞似乎看穿了他的疑惑，说道：“他们故意留下字迹，许是想污蔑下官伙同衙门内差役做假证，请抚台明察。”

被他这么一提醒，鲁则仕暗觉有理，当下又让提刑按察使司的公差进入堂内。他们正是当晚逮捕海瑞的那几人。鲁则仕问道：“是谁给你们的消息，又是谁下的逮捕令？”

其中一人道：“乃是街头的一个流浪汉，说是有人托他捎话，我们接到举报后就去了淳安。”

鲁则仕闻言，大为震惊，沉声道：“也就是说，没有人给你们下逮捕令，抓捕海瑞纯粹是尔等擅做主张？”

那人说道：“提刑按察使司乃都察院设在浙江的监察机构，有监察地方官员之职，接到这样的举报，我等执行逮捕，乃职责所在。”

“原来你们执行逮捕不需要经过长官批准的！”鲁则仕霍地拍了下惊堂木，“当晚提刑按察使司的按察使何在？你们把他当摆设了吗？本官再问你一次，逮捕海瑞有无逮捕令，按察使是否知情？”

那些差役慌了。他们慌是因为按照预先的设定，没有这个环节，只需要他们出面证明逮捕海瑞时，他正在进行权色交易就可以了，没想到鲁则仕没有按套路来。那人支吾着道：“我家臬台不知情。但是臬台大人不知情，并不代表我们抓错了人。我等闯入洪福酒楼时，海瑞正搂着那女人，给我们抓了个正着，请抚台明察。”

鲁则仕的脸色若铁一般冰冷，转目问海瑞道：“海知县，本官问你，你接到密函时是什么时辰？”

海瑞道：“约戌时三刻。”

鲁则仕又问道：“你被逮捕时又是什么时辰？”

海瑞道：“亥初。”

鲁则仕冷笑一声，朝提刑按察使司的那些差役道：“从海瑞收到密函到被你们逮捕，前后不出一个时辰，而从杭州到淳安就算骑快马赶去，至少也需要两个时辰，尔等是如何从杭州赶到淳安去抓人的？就算你们是提前行动了，又是哪个有未卜先知之能事，让你们提前赶去了淳安？说！”

那人越发慌张，为了自圆其说，只得撒了个谎，“我等当时正好在淳安办差。”

“巧了！”面对这般漏洞百出的供词，鲁则仕的怒火顿时被激了起来，“尔等不说，并不代表无从查起。给尔等机会不要，那就等着获罪吧。来人，传提刑按察使司王臬台！”

那些人闻言，顿时脸色大变，他们每一次执行任务都是有记录的，既然正好在淳安办差，那么就该有案可查；按察使一到，如果查不到他们去淳安办差的记录，就可以证明他们在撒谎，“抚台大人……”

“晚了！”鲁则仕高声道，“不是本官没给你们机会……”

“抚台大人……”那些差役忽然一起跪下。当中一人道：“是都察院鄢宪台的命令，浙江提刑按察使司直属都察院管辖，他的命令我等不得不遵。”

鲁则仕暗暗地吸了口气，他知道鄢懋卿是什么身份，领正三品的衔，他虽是从二品，比之鄢懋卿大一级，但是要判罚这样一位朝廷大员，他却没有权力。最为关键的是，鄢懋卿的后台是百官之首的严嵩，而他却没有背景。在官场做事，没有背景是极为危险的，一旦把这层窗户纸捅破，那就是惊天动地的大事，他担得起吗？更加可悲的是，他弄出如此大的动静，却不知道是在为谁做事。

为谁呢？鲁则仕的目光从那些差役身上移开，落向了海瑞，他又在为谁做事？鲁则仕看着海瑞的眼睛，看着他脸上每一处细节变化，似乎慢慢地嚼出味儿来了，或许海瑞并非是在为哪个办事，以他这副铮铮铁骨，只怕哪个也驾驭不了他，他是有信仰的，是在为民请命！

是的，信仰，人只有拥有了信仰，才具备一身正气，只有拥有了正气，才敢于向强权挑战。吃百姓之饭，穿百姓之衣，莫道百姓可欺，自己也是百姓。鲁则仕明白了，从百姓中来，便要往百姓中去，此乃为官之根本，怕他什么强权，惧他有无后台，吾心无愧，何所恐惧。

鲁则仕再次把目光落向那些差役。此刻，他的眼中炯炯有神，充满了信念，“你的意思是说，去淳安逮捕海瑞是鄢宪台提前给你们下的命令？”

“是。”

“也就是说，这是一个早就设好的局？”

“是。”那些差役知道瞒不下去了，只得低头承认。

“大胆！”鲁则仕勃然怒道，“鄢宪台是何许人物，他岂会做这等龌龊勾当，好端端的去为难海知县？若不把个中缘由交代清楚，本官再判你们个污蔑朝廷大员之罪！”

那些差役闻言，面无人色。海瑞看在眼里，喜在心头，这个鲁则仕果然厉害，他不莽撞，不激进，即便已经知道鄢懋卿有问题，知道这些当差的并不知晓真实情况，依然假装愤怒，欲从那些差役口中得到更加有力的证据，稳扎稳打，步步为营；与之比较起来，他海瑞倒像个无知的莽夫，行事只凭一时意气，易冲动，这才招人陷害。

“大人明察，鄢宪台究竟为何这么做，我等确实不知。”

“确实不知吗？”鲁则仕抬手抽出“法筒”里的红头签，愤怒地往地上一扔，“法棍伺候！”

两班衙役齐喝一声，将那十余个人按倒在地，法棍齐刷刷往那些人的屁股上招呼，啪啪之声不绝于耳。

公堂门外观审的百姓见此情形，又惊又喜，惊的是眼前之场面，简直闻所未闻，见所未见，从来都是官官相护，他们一级又一级地串联着，如同一张牢不可破的网，普通人但凡敢去动摇、触碰，都不会有好下场，没想到今天巡抚衙门居然会对局内人下手；喜的是终于有人敢去捅破那张网了，此刻公堂上的巡抚大人，如孤胆英雄，手持执法之剑，不惧生死，勇往直前，为百姓发声，实在大快人心。

只听鲁则仕大声喝道：“没有逮捕令，未经上级指示，便敢去逮捕朝廷命官。更荒唐的是，居然连按察使那里都没去知会一声，就敢去淳安抓人。当本官是傻子吗？打，狠狠地打。若不招认，打死勿论！”

“抚台……”海瑞忍不住开口，本想提醒他，如此执法，恐有逼供之嫌，不想鲁则仕打断了他，道：“你起来吧，一边看着，莫出声。”又命令给海瑞松绑。

海瑞看着鲁则仕的脸，看到了他脸上的杀气，不觉暗暗心惊，不知道他为何要如此做。

其实鲁则仕是动了杀念了，今天此举对他而言，是背水一战，若胜则罢了，若输了，性命不保。

徐渭喝着酒，时不时地望望外面的天，忽笑道：“部堂你看，天快要晴了。”胡宗宪沉默着，没说话。徐渭又道：“天完全放晴后，那些原本隐藏在暗中的，只怕就逃不掉了。”

胡宗宪嘴角一撇，哼了一声，不知是高兴还是不高兴，“我现在有些佩服鲁则仕了。”

徐渭点头道：“一个原本好色之人，居然顶住了杭州春月楼花魁的诱惑，的确不简单。审到现在，鄢懋卿被捕几乎是没有悬念了。不过在下还是好奇，是谁给了他这么大的胆子？”

胡宗宪转首问道：“如果说是信念，先生信吗？”

“不信。”徐渭摇了摇头道，“昨晚他应该还见了什么厉害的人物。”

“高拱这一招厉害。”胡宗宪道，“不动声色，居然把一干人都一网打尽了。”

说话间，只见有人进来禀报道：“刚刚得到消息，毛善农不见了。”

“你说什么？”胡宗宪吃惊地站了起来，如果说鄢懋卿被捕可能尚威胁不到他，那么毛善农一旦出事，他就脱不了干系了。这些年来，毛善农通过各种途径，给了胡宗宪不少好处，尽管那些银子大部分都用在军事支出上面了，可贪了毕竟是贪了，特别是在这当口，一旦涉贪，他就不可能置身事外。

“不但毛善农不见了，连姚顺谦的遗孀姚李氏也不知去向。”

徐渭徐徐地站起来，他现在也意识到事态的严重性了。毛善农虽只一介商户，可他与胡宗宪和严嵩都有来往，如果他出了事，严嵩难辞其咎，严嵩一倒，胡宗宪还能独善其身吗？在这一瞬间，徐渭只觉一股寒气迎面而来。

“走！”胡宗宪说了一句，径往外走。徐渭知道他要去哪里，急忙跟将出去。

“大人别打了！”其中一名差役大喊道，“鄢宪台只叫我等抓人，其他的我等一概不知啊！”

鲁则仕抬起手，示意停止杖刑，问道：“鄢宪台当时是如何对尔等说的？”

“鄢宪台说，海知县可能存在以权谋私的权色交易；要我等即刻去淳安布控，伺机抓捕。”

“让他们签字画押。”鲁则仕看着他们一个个签字画押后，又道，“请鄢懋卿上堂。”

鄢懋卿走上来的时候，尽管强装镇定，不让自己表现出心虚恐慌之状，但内心依然是紧张的。要知道他此番下浙江，乃是奉圣旨而来，相当于钦差，如果没有证据，鲁则仕是不敢如此大张旗鼓地公审的，是哪个环节出了差错，目前并不知晓，但这正是让人不踏实的地方。好在他为官多年，又是在都察院任职的，对眼前的这些见得多了，尚未到乱了方寸的地步。

走入堂内，鄢懋卿瞟了眼地上那些被打得浑身发抖的差役，许是被堂上这紧张的气氛影响的缘故，那张肥胖的脸不自觉地抖动了一下，然后脸皮一扯，强笑了一下，以掩饰内心的紧张，说道：“鲁抚台的杀威棍端的厉害，居然连自家人都打。”

“鄢宪台，得罪了。”鲁则仕象征性地说了句客套话，随即进入正题，“据这些在提刑按察使司衙门当差的人交代，当日是你命令他们去抓海瑞的，可是？”

“没错。”鄢懋卿答道，“我得到消息，海瑞可能存在利用职务之便，胁迫犯人女眷的行为，这才让他们去淳安布控，伺机抓人。”

鄢懋卿的言辞与差役完全一致，鲁则仕猜到他们提前准备过，因也不急，说道："如果海瑞真的存在以权谋私的权色交易，鄢宪台抓人也算是合情合理，但是有件事令本官颇为费解，宪台方才说，海瑞可能存在不法行为，换句话说，当时还没有拿到确凿的证据，为何会这么着急差人去捉拿，甚至连向提刑按察使司的王臬台通报一声的时间都没有？"

鄢懋卿微微一笑，道："这个确实是我疏忽了。"

"如果是鄢宪台疏忽了，那么这个疏忽可不小啊。"鲁则仕冷冷地道，"鄢宪台莫非忘了提刑按察使司受本官管制，捉拿朝廷命官是需要经本官批准的。"

"鲁抚台责怪的是。"鄢懋卿道，"下不为例。"

"刚才本官已经查实，是有人给海知县设了个局，也就是说他利用职务之便，胁迫犯人女眷一事，实属子虚乌有。"鲁则仕问道，"敢问鄢宪台，你的消息从何而来？"

鄢懋卿看了眼旁边的海瑞，惊讶地道："原来海知县是受人陷害啊，这个我着实不知。"他知道鲁则仕没有被毛善农收服，原先安排的计划已彻底被打乱，于是便不再揪着海瑞不放。

鲁则仕哼了一声，又道："在海知县被抓当晚，恰好毛善农就来威胁本官，说是要把海知县的罪名落实了，你说奇不奇怪？"

此话一落，海瑞的脸皮禁不住一动，这些人为了置我于死地，居然连巡抚大人都敢威胁，真是无所不用其极，好在鲁抚台顶住了压力，不然今日就是我的死期了。鄢懋卿听到这话，饶是他心理素质再好，脸色也不由得变了，这个该死的商人，当初本就是为了保他才做的假证，今天又没把鲁则仕控制住，如果今日兜不住，事情败露，他这一生就得栽在那奸商的手里了。想到这些，他在心里恨毛善农恨得要命。

鄢懋卿咳了一声，缓解脸上的不自然，“鲁抚台是在怀疑我吗？”

“抓捕海知县一事，漏洞百出，本官不得不怀疑啊。”鲁则仕问道，“敢问鄢宪台，你与杭州首富毛善农是何关系？”

“没有关系，只是有过数面之缘罢了。”

“那就奇怪了。”鲁则仕浓浓的眉毛一蹙，“既然与他没有丝毫瓜葛，何以保他呢？”

鄢懋卿再也没法镇定，说话的声音不由自主地大了起来，“鲁抚台，这种事可不能乱说啊！”

看到鄢懋卿的情绪产生了变化，鲁则仕的内心不由得一松，只要你乱了，我便有机会了，当下微微一笑，道：“本官胆子再大，也不敢污蔑都察院副都御史啊。无妨，请鄢宪台先看看这个。”说着从法案上拿起一叠纸，示意堂上当差的拿去予鄢懋卿。

鄢懋卿展开一看，大惊失色。那是卓有才的供词，他在上面交代，说他只是一枚棋子，真正的幕后主使是杭州首富毛善农。由于毛善农来头大、背景深，鄢懋卿让他把兼并土地、故意泄洪趁机发灾难财、逼死赖文川等罪皆揽下来，以此来换取家人后半生的平安。

“鲁抚台信吗？他这是被逼急了乱咬人！”鄢懋卿的语气开始发抖，“我与那毛善农无亲无故，何以要冒着丢官的风险去保他？”

“本官也不信。”鲁则仕好整以暇地道，“要知道鄢宪台是从京师下来反贪的，怎么会去包庇一个商人？不着急，咱们再请严州的袁府台、辛同知上堂，看他们如何说。”

鄢懋卿闻言，只觉脑袋里嗡嗡直响，这是怎么了？毛善农被查、卓有才反水，连袁昆、辛望远都出来做证，这究竟是怎么了？如何这条线突然间就全线崩溃了呢？

旁边的海瑞静静地看着，莫看他的脸平静如水，实则内心是波涛汹涌的，他查出了韦德正、房子金、单春芳等人的问题，再往上查，即将查到卓有才身上时，便受到了重重阻碍，使得此案再无进展。今天，鄢懋卿、毛善农、卓有才一干人先后被查出问题来，固然让他吃惊，但是，更加让他无法理解的是，谁在帮他，是谁把这条线上的一干贪赃枉法之辈如数揪了出来？是鲁则仕吗？难道他是高拱的人？

二

袁昆和辛望远一前一后从堂外走来，这便是辛望远的过人之处，无论在什么场合，无论他心底是否看得起袁昆，在正式的场合，他都能分得清上下之别，落后于袁昆一步，亦步亦趋地跟在后面。

袁昆的脸色很平静，一如往常的像位世外高人，不慌不忙，不急不躁，那神情仿如他不是来出堂做证的，而是来弘法的。看着袁昆的脸，鄢懋卿越发不可理解，以此人的性子，只要天没塌下来，就不会离开他那“桃花源”，如何今日也破例出面了？

“袁府台。”待他二人站定，鲁则仕生硬如铁的声音再次响起，“当日让卓有才揽罪做假证时，除了尔等二位和鄢宪台外，还有谁在场？”

袁昆道：“禀抚台，还有徐渭和下官已故的妻舅莫非。”

海瑞心里一沉，难不成胡宗宪也卷进去了？若真是如此，浙江官场从上到下，鲜有干净之人，今天公审，只怕会掀起惊天骇浪。

鲁则仕知道胡宗宪是什么身份，为免牵涉太广，自乱阵脚，未就此追问下去，问道：“当时你们为何要做假证包庇毛善农？”

辛望远道：“禀抚台，毛善农在浙江手眼通天，和各级衙门都有来往，鄢宪台的意思是，莫牵涉太广，这次的反腐到卓有才为止，就此结案。本来是可以结案了的，但朝廷下旨要求继续查，后来海知县又把莫非从牢里提了出来。有人恐莫非说漏了嘴，沿途截杀。这才又惹出后面的事端来。”

“有人？”鲁则仕浓眉一沉，“是谁？”

辛望远答道：“杀莫非灭口的正是毛善农。但毛善农的罪恶远不止此。”

鲁则仕的脸色冰冷得若罩了层寒霜，道：“还有什么？”

辛望远道：“他还逼死了赖文川和姚顺谦。”

鲁则仕闻言，用右手重重地拍了下桌子，他的手劲儿很大，一掌拍下去，在这静阒、肃穆的环境下听来，端的是震耳欲聋，“堂堂朝廷命官，天子门生，居然让一个商人逼迫至死。更加令人难以置信的是，知情的官员要么听之任之，要么视若无睹，纵容他杀人掠财，坑害百姓。我们还是官员吗，配吗？”

鄢懋卿只觉一阵阵心慌，吃惊地看着辛望远，那眼神似乎在说，当初你我合力办案，无论是为公还是为私，尚算是合作融洽，何以转眼在背后插我一刀？辛望远的性格颇是沉稳，他看出了鄢懋卿眼中的怒意和疑惑，索性就正视着他，说道：“鄢宪台是不是在想，下官如何会知道杀莫非的是毛善农是吗？到了今天这个地步，下官就与鄢宪台实说了吧，下官当初与宪台合作，其实是为了取证。”

鄢懋卿浑身一震，原来他一早就在别人的掌握之中，不由得问道：“你究竟是谁？”

辛望远嘴角一扯，似笑非笑地道：“楔钉。”

鄢懋卿不解，“什么？”

“所谓楔钉，便是插在敌我之间的钉子。”辛望远目光一转，朝海瑞道：“海知县，你一直以为，这次反腐风波，乃是你与赖知县联合举报之结果，其实不然。因为仅凭赖知县提供的那些证据，远不足以使朝廷重视。即便是要反贪，也不会有如今这般动静。真正的原因是我掌握了浙江官场的诸多内幕。”

海瑞明白了，怪不得此番朝廷反腐的力度会如此之大；鄢懋卿也明白了，怪不得这条线会被连根拔起，原来高拱在严州安排了一枚楔钉，这一点只怕连严嵩也想不到吧？看着辛望远那张沉着、坚毅、带着棱角的脸，鄢懋卿彻底慌了，此人伪装得实在太好了，表现出一副想要将袁昆取而代之的模样，让他彻彻底底对他产生了信任，乃至跟他合作，一起经办卓有才案，其实他早已入了对方的局，在这个局里他没有隐私、没有秘密，一举一动皆在人家的掌握之中，像个小丑一样在表演，偏偏还以为一切尽在自己的掌握之中。想到这儿，他被激怒了，亦失去了理智，大吼道：“这些都只是一面之词，有证据吗，证据何在？”

鲁则仕拍了下惊堂木，喝道：“带证人！”

喝声甫落，只见淳安典史冯全带着齐承飞走上堂来，及至堂内，向鲁则仕行了礼，然后一脚踢在齐承飞的腿肚子上；齐承飞身子一晃，跪倒于地。

鲁则仕大声道：“堂下何人？”

齐承飞本是个亡命之徒，被抓了后本已做好赴死的准备。官场有多黑暗，他心中明白，他不过是一枚卒子，在绝对的权力控制之下，横竖都是一死，倒不如死得英雄些，好歹能让毛善农保全他的家人。可是，当他听到莫非死了时，内心便开始动摇了，那些人是没有人性的，即便你为了他们死，也不会博得一丝一毫的同情。昨晚，当他了解了事情全盘的经过后，心里最后一根防线亦崩塌了，求生的欲望油然而生，或许这世间真的还有正义存在，既然巡抚衙门插手了，那就博一把吧。

“草民齐承飞，在毛善农手下做事。”齐承飞道，“毛善农养了一批好手，效仿军队编制，以卫所为单位，共计十二卫，以十二生肖命名，被民间称之为‘十二催命兽’，草民是卯字卫的百户。”

鲁则仕冷冷一笑，果然是土皇帝！然而土皇帝并不可怕，所谓普天之下莫非王土，率土之滨莫非王臣，只要还有律法在，势力再强大的土皇帝也不敢胡作非为。可怕的是，官员与其同流合污，于是衙门变成了私人的衙门，律法变成了一纸空文，生杀予夺，尽掌其手，这才造成了淳安年年治水，年年受灾，诸多衙门里的官员成了他私家护院，想骂就骂想杀就杀的恶劣局面，“淳安前任知县赖文川是你杀的？”

齐承飞低头承认，“乃是毛善农指使草民所杀。”

“他究竟是什么身份？”审到此处，这个结果不仅让堂外听审的百姓瞠目结舌，连鲁则仕都觉得惊心动魄，扫了在场之人一眼，怒吼道，“他是大明朝的皇帝吗，有处决官员之权？”

海瑞的胸口急剧地起伏着，他料到了这起反贪案可能会牵出一桩巨大的官场黑幕来，但是眼前的结果，依然大大出乎了他的意料，忍不住说了一句：“毛善农的背后只怕有更大的靠山吧？”

此刻，鄢懋卿的内心也是极为复杂。他十分看不起毛善农之辈，甚至到了痛恨的地步，当初保他，为他做假证，乃是因了怕牵出严嵩来。尽管鄢懋卿并不知道他与严嵩究竟是什么关系，但是今天他依然不敢说，如果让他重新选择一次，会放弃毛善农。人活于世，良心是良心，人情是人情，让他一瞬间在两者做出一个绝对的抉择，他做不到。

鲁则仕当然知道在毛善农的后面有更大的靠山，可是这个靠山实在太大了，大到足可以让大明朝的政治格局发生翻天覆地的变化，如果真查到一国之首辅身上去，会发生什么，皇上又会做何处置？

这一刻，鲁则仕虽然愤怒，但他还是犹豫了。因为他还猜不透朝廷的真正意图。

鲁则仕不仅是名干吏，行事颇有主见，且对时势一清二楚，他知道这场反腐真正的源头是高拱甫掌都察院，欲树立威信，并且联合了徐阶，想要趁机扳倒严嵩。而当今皇上对严嵩的行为早有不满，高拱的折子递上去后，正中其下怀。皇上是想要借高拱之手，敲山震虎，震慑严嵩。严嵩作为当朝首辅，对官场和时局的洞见比任何人都要透彻，他当然知道皇上和高拱要做什么，既然规避不了，那就面对，索性配合反腐，派鄢懋卿下去，以反贪的姿态，暗中控制局势，只要不伤及根本，怎么查都可以，于是一场以反腐为名义的政治秀就这样上演了。事情发展到今天，关键还是要看皇上的态度，他是不是真的想惩治严嵩。

可惜的是，皇上的心思非远在浙江的鲁则仕所能揣度。现在所有的证据均已掌握，毛善农及姚顺谦之妻姚李氏均在押候审，还有从京师下来的锦衣卫千户鱼效庭，已经查明了毛善农的具体家产和部分贿赂官员名目，毛善农是严嵩的干儿子一事业已明了，一旦把这些人带上堂来，剑指严嵩，将震动整个大明朝的官场。现在，鲁则仕好比是捏着闸门的开关，只要一按，闸门内的水便一泻千里，再没有挽回的余地。

此时，有差役走入堂内，朝书吏低语了几句，书吏闻言，脸上微微一变，走到鲁则仕旁边，凑上去传话。鲁则仕听了后，脸色倒是没什么变化，说道："暂休堂审，将一干涉案人等先行带下去。"言语间，起身从法案上走出来，朝海瑞道："海知县请随我来。"

海瑞理解鲁则仕的为难之处，当下换谁都会难以抉择，以为是要到后衙跟他商议，便依言跟了进去。

坐在后衙客厅里的是胡宗宪和徐渭两人，他们是从后门进来的，脸色都不怎么好看。鲁则仕、海瑞上前参见时，胡宗宪的脸上没有任何表情，抬目看了眼鲁则仕，道："毛善农是否已抓捕了？"

鲁则仕答道：“在押。”

胡宗宪又问道：“知道他是谁吗？”

“知道。”鲁则仕道，“他认了严内阁做干爹。”

“坐吧。”胡宗宪抬手指了指椅子。鲁则仕知道，毛善农牵涉的不仅是严嵩，可能还会涉及胡宗宪，从目前得到的贿赂官员名单中，虽没有看到胡宗宪的名字，但深挖下去，也许就能挖得出来。看胡宗宪这副样子，显然是商量来了，眼下此案不知如何推进，倒正好遂了鲁则仕的意，当下依言入座。

胡宗宪道：“在毛善农身上可有查到严阁老受贿的证据？”

“没有。”鲁则仕目光一抬，道，“但发现了严侍郎的名字。”

胡宗宪道：“你是如何打算的？”

“下官正在犹豫。”

“不用犹豫了。”胡宗宪断然道，“皇上对严阁老还是信任的，至少从现在的情况来看，朝廷还离不开他。你就算一查到底，把严世蕃办了，也撼动不了严阁老，倒反而会把你自己办进去，得不偿失。”

鲁则仕情知胡宗宪说的可能是实情，因为浙江少了一个巡抚，对他来说一点好处也没有，便问道：“部堂的意思是？”

胡宗宪沉着脸，透着股杀气，道：“那些杀人掠财之事，本就是毛善农一人所为，就定了他的罪，上报朝廷后，斩。”

这可能是最好的结果了，让一个商人把所有的事都担了，祸不及严嵩，朝廷的颜面也保住了，而鲁则仕个人也不用担什么风险，两全其美。鲁则仕刚想答应下来，旁边的海瑞霍然站了起来，坚决地冷冷地说：“不行！”

第十四章

知行合一为良知

一

嘉靖帝信道，每日必焚香打坐，以修身养性，但是这一日，他始终无法静下心来，正自烦躁，宫里的太监李芳禀奏道："严阁老求见。"

嘉靖帝哼了一声，看着李芳冷笑道："他怕了。"

李芳是宫里的老太监了，掌内官监[1]，年近六十，为人耿直，敢于揭露陋习，深得嘉靖帝信任。

"他是怕了。"李芳笑了笑，"听说浙江巡抚鲁则仕不好对付，软硬不吃。严阁老的人贿赂不成，反把他给惹恼了。如果他与高拱的人里应外合，浙江官场恐怕会掀起惊涛骇浪，严阁老不可能不担心。"

嘉靖帝道："要是把浙江官场连锅端了，是好是坏？"

李芳眉头一抬，瞟了眼皇帝，看不出他的心思，便道："这是朝廷

[1] 内官监，主管土木、建材、火药，及米盐库、营造库、皇坛库等，又负责营造宫室、陵墓诸事，相当于宫里的工部。

大事，老奴岂敢乱嚼舌头。”

“你乱嚼舌头的时候还少吗？当年修卢沟桥，工部有人贪墨银子以万计，你毫不手软就把他们揭发了，怎么今天就不敢说了？”嘉靖帝眼睛一眯，“莫非连你也收了严嵩的好处？”

李芳闻言，吓得不轻，急忙跪下道：“老奴断不敢做这等事！”

“起来吧。”嘉靖帝微微一笑，“朕知道你不会做这等事。”

李芳谢恩起身，说道：“老奴以为，要是把浙江官场连锅端了，恐有矫枉过正之嫌，于国无益。比如浙直总督胡宗宪，盛传此人贪墨颇多，可沿海的倭寇若非胡宗宪挡着，浙闽一带恐怕不会如此清静。打仗需要银子，国库空虚，朝廷拨不了那么多银子以供军需，归根到底胡宗宪还是有功的。当然，老奴不是说贪墨是好事，所谓水至清则无鱼。自秦以降，官场就没有真正清如明镜过。世上之事，无绝对的是非善恶。”

“此话说得在理啊。”嘉靖帝长叹一声，道，“让严嵩进来吧。”

李芳遵旨，出去了；须臾，领了严嵩进来。严嵩颤颤巍巍地想要行礼，嘉靖帝道：“这不是在朝堂上，这一套就免了吧。”

严嵩坚持着要下跪，李芳见状，连忙上去，帮着慢慢跪下。嘉靖帝见状，心里更加清楚他入宫所为何事了，便调整了下坐姿，好整以暇地道：“阁老这是做甚呢？”

“老臣特来请罪。”严嵩低头趴在地上，扯着嗓子大声道，“老臣蒙皇上信任，忝为百官之首，未能做好表率，使官场乱象频生，腐败禁而不绝，恳请皇上降罪。”

嘉靖帝不想听他说套话，皱皱眉头，道：“究竟是为何事，说。”

严嵩道：“几年前，浙江杭州有个叫毛善农者，为人机灵，善营商，通过犬子东楼，说是要认老臣为父。当时老臣看他顺眼，一时惜才，就认了他。近日听说，那厮在杭州勾结官府，无恶不作。老臣闻悉，痛心疾首，因进宫向皇上请罪。”

嘉靖帝虽不知那毛善农是谁，但也猜到了可能与此次反腐有关，便问道：“他被抓了？”

严嵩道：“抓没抓老臣不知，但是就算当地官府没抓这厮，老臣也绝饶不了那混账东西。”

嘉靖帝朝李芳看了一眼，神情似笑非笑，“扶阁老起来吧。”李芳遵旨，将严嵩扶了起来，然后又搬了把凳子让他坐。

“你这一辈子都在为朝廷做事，朕看在眼里，怎能不体量你的处境？”嘉靖帝道，“人啊，并不是地位越高越好，一旦地位高了，各色各样的人都会围着你转，而且不管你喜不喜欢，还不能赶他们走。因为你要做事，就得用形形色色的人，不然就是高处不胜寒的孤家寡人了。作为一朝之首辅，偶尔用人不善，不是大罪。”

严嵩闻言，感恩戴德，激动得又要起身拜谢；嘉靖帝摇摇手，示意他免了，说道：“你我君臣二十年，你是怎样的人，朕还不知吗？多少位高权重者家中妻妾成群，而你一生从不拈花惹草，只有一位原配，而且……长得尚不算标致，有时想想，连朕都替你委屈，但你们相敬如宾，朕也就不便干涉了。还有你厉行节俭，无论是宫里的开支，还是地方官府的拨给，皆精打细算，为朝廷省下了许多用度。世人都言你恶，其实是在间接地骂朕昏庸。哼，若你真的一无是处，朕瞎了眼能让你在内阁一待待这么多年？朕是知道你的好的。不过你也莫暗自窃喜，你坏就坏在一个贪字上了，贪得无厌，家中所藏私产，只怕连朕都望尘莫及了吧？”

“老臣……”严嵩听得嘉靖帝对他的情况一清二楚，只觉字字惊心，后脊梁骨阵阵发凉，又要起身跪拜。

“好了，朕没有怪罪你的意思，坐着吧。”嘉靖帝道，“眼下反贪正在持续推进。朕也听说了关于胡宗宪的一些风言风语，在你眼里，他是怎样之人？”

“启奏皇上，胡宗宪乃国之栋梁也。”严嵩知道嘉靖帝今日与他坦诚相待，说的皆是肺腑之言，因此，他说出去的话，也十分诚恳，“胡宗宪是东南之支柱，若没他，沿海百姓无法安生。他权力大，故风言风语也不少，甚至有人说他是臣之心腹，是严党，其实都是子虚乌有的事。臣与他的关系，确切地说，应为知己，君子之交淡如水，臣与他来往不多，但彼此所作所为，都能理解。”

嘉靖帝眼睛一亮，问道：“你在浙江安排毛善农这样一个人，其初衷是否为了胡宗宪？”

严嵩道：“有此考虑。”

嘉靖帝又问道：“如此说来，胡宗宪贪墨，不是传闻？”

严嵩几乎没做任何犹豫，现在所有的事都摆在了明面上，已无隐瞒的必要，便答道：“是。”

嘉靖帝起身，一步步走到严嵩跟前，严嵩不敢再坐着，颤颤巍巍地站起来，只听嘉靖帝叹息一声，道：“国库空虚，必要的开支却不能少，为了能使上上下下正常运转，你们便只能戴着镣铐跳舞，无论是胡宗宪还是其麾下的戚继光，朕心里都清楚，他们皆有违制之嫌，六科给事中红着眼参劾他们，恨不得立即将他们罢官免职，朕何以无动于衷？就是因为知道他们虽然做事不守规矩，却是一心为国。不过，朕今日想提醒你的是，做事要有底线，莫使为官者若盗匪一般，让老百姓吃尽了苦。朕倒不怕挨骂，这些年来被骂得还少吗？朕是怕天道昭昭，你们都不会有好下场。”

听了这样一番挚诚之言，严嵩感激涕零，年迈的身子一晃，跪倒在地，磕头道：“臣等有罪，未能为君分忧，反让皇上背负不君之骂名，臣等实在是罪该万死啊！”

嘉靖帝眉毛一垂，看了眼匍匐于地的严嵩，知道情感渲染得差不多了，这次反腐也应该给了他警示，起到了敲山震虎的作用，便弯下腰身亲自扶严嵩起来，说道：“此案就到毛善农为止吧，让他们不要再折腾了。”

严嵩抹了抹眼泪，道：“老臣遵旨，老臣谢皇上隆恩。”

从武英殿退出来，刚下了台阶，便见两人快步朝这边走来，严嵩眯起眼一看，暗暗吃了一惊，前面一位正是徐阶，后面一位倒是眼生，一副道士打扮，童颜鹤发，手持拂尘，亦步亦趋地跟在徐阶后面。

严嵩跟徐阶共事多年，十分了解其为人，莫看他平时不显山不露水的，见谁都一副客客气气的样子，其实心机重得很，他在这时候领一个道士来为何？严嵩白眉一动，很快猜到了他的意图，心底升起一股寒意。

当今皇上信奉道教，他是要借这道士的手把我往死里整啊！双方会面时，徐阶依旧是客客气气地朝严嵩行礼，“见过严阁老。”

严嵩端起笑脸，目光却依然没有离开那个道士，道：“徐阁老也来见皇上吗，这位道友是谁？”

那道士揖手道：“贫道山东蓝道行。”

严嵩问道：“入宫何事？”

徐阶答道：“皇上为国事操劳，近日时时唉声叹气，郁郁寡欢，我便请了蓝道长来给皇上开解心结。”

“原来如此。”严嵩颔首含笑，心头却掠过一抹不祥之感，出宫后，直奔府上，找来严世蕃商量。

莫看严嵩为当朝首辅，一来毕竟是老了，精力不济，二来在谋事上严世蕃丝毫不在他之下，故但凡有重要事时，必找严世蕃参详。

严世蕃听完宫里的情形，未见慌乱，说道：“父亲莫急，区区一个道士即便能影响皇上，继而左右朝政，也非短时间内可以做到的。现在皇上信任父亲，并下旨要让此案在毛善农身上终结，说明皇上还是偏袒父亲，不想把时局弄得不堪收拾。当务之急是要把眼下的案子结了，再腾出手去对付那道士不迟。”

严嵩想想也是，凭他一个道士不可能三言两语就扳倒一朝首辅，先把浙江的案子压下来是不会有错的，便道：“东楼，你亲自去趟杭州，把此案办严实了，莫使他们再掀起什么风浪来。”

“儿子知道了。”严世蕃瞄了父亲一眼，见他兀自有些担心，又道，“父亲放心，只要浙江的案子能压下来，他们掀不起什么风浪。”

本以为可以就此结案了，不想海瑞跳了出来，胡宗宪朝他看了一眼，只见他那又黑又瘦的脸上露着丝怒意，双目圆睁，似乎在这间屋子里，他才是最有决定权的。胡宗宪多少了解些此人的性子，倒不是说他目中无人，要以卵击石，而是在他心目中，他代表了大明律法，无论你是多大的官，都得受到律法的约束，这才是他敢于跳出来反对的底气。这样的官员在当今天下可谓是凤毛麟角了，特别是以区区七品的官衔，敢于和当朝大员分庭抗礼，更是罕见。胡宗宪欣赏他，但又讨厌他，这种人用对了地方，的确是一股清流，可当他执拗起来，比驴还倔，着实头疼得紧，当下问他道：“海知县有何意见？”

海瑞大声道：“现在的案情很明了，严嵩父子已然涉案，就因为他是当朝首辅，事非寻常，就不查了吗？如果就此结案，反腐的意义何在？如果碰到大官就退缩，律法的威严何在，朝廷的公信何在？因了人为的因素，把律法也引入欺软惧硬之流，还要律法何用？干脆废了罢了！”

鲁则仕在一旁听着，只觉字字惊心，暗地里为海瑞捏了把汗，普天之下还没有一个知县敢对总督这般训斥，偷偷地瞟了眼胡宗宪，只见他拊掌道：“说得好，说得好啊！不过本部堂问你一句，凭你这一腔热血，能斗得过严嵩吗？”

海瑞作色道：“斗不过也要斗，大不了赔上这一条性命！”

“你知道后果吗？”胡宗宪起身走到他跟前，又问道，“万一你倒下了，得有一批人陪着你死，跟着你做事的一个也活不了。要是真把严嵩斗下去了，也会有一批人跟着死。那些人或身居要职，或为国立下过汗马功劳，他们本不用死，可以继续为国效力。”

海瑞眼睛一抬，看向胡宗宪，冷冷地道：“部堂是在担心自己吗？”

“不只是胡部堂，可能还会牵涉其他保卫大明海防线的将领。”徐渭插嘴道，“这些人一倒，浙江全境就乱了，倭寇会趁机打进来，届时必民不聊生。”

“黑的白不了，白的也黑不了，贪了就是贪了，每个人总得为自己的行为付出代价。”海瑞生硬地道，“法不容情，一旦律法被人情和道德左右，便会失去它的公正性，为官无非执法，执法不公，要这一身官服何用！”

徐渭看着海瑞眼里的红丝，问道：“你决定了？”

海瑞断然道：“一查到底，死而后已。”说完这句话后，拂袖而出。

鲁则仕看着海瑞悻悻而去的背影，怅然地叹了口气。毫无疑问，海瑞是对的，可在这人世间啊，却没有绝对的对错，很多人早已失去了是非观，只要事不关己，便睁一只眼闭一只眼，得过且过，或是考虑到自身的利害，只当看不见，像鸵鸟一样把头埋在沙堆下，自欺欺人。所以当如海瑞那样坚持正义、一切以律法为准绳的人出现时，必然成了异类，成为众人讨厌、排挤、打击的对象。此乃整个社会和人类的悲哀。但是，这个以人情、道德、权力等外在因素主导的社会早已形成、固化，如之奈何？

鲁则仕动了动眉头，尽管他钦佩海瑞，但作为俗世之一员，他不得不面对现实，他得活着，无论这社会有多荒唐，唯活着才会有希望，转首朝胡宗宪问道：“现在怎么办？”

胡宗宪回身坐下，道：“事情发展到现在，一切都已放在明面上了。至于怎么办，已非律法所能判断，要靠情理，更不是你我或是海瑞所能决定的，得看皇上的意思。”

徐渭道：“接下来就是等着，听天命？”

胡宗宪苦笑道：“不然还能如何？”

徐渭摇头叹息，如果最终严嵩真的垮台了，祸及胡宗宪，他会替胡宗宪感到不值，辛辛苦苦这么多年，浙江海靖波宁，全靠他一手支撑，虽不免有劣迹，但瑕不掩瑜，是功在社稷的能臣。胡宗宪与徐渭共事多年，如知己一般，他知道他心里是如何想的，便又道：“先生是饱学之士，莫非还看不透吗？我胡宗宪戎马一生，节制一方，不曾为非作歹，更不曾利用权力鱼肉百姓，上对得起朝廷，下对得起百姓，问心无愧。若真有一天祸及吾身，就坦然接受吧，诚如海瑞所言，黑的白不了，白的黑不了，其实他也有他的道理。”

徐渭又是一声叹息，谁都有道理，反腐反到如今这境况，到底是谁错了？

严嵩对蓝道行不熟，但对于笃信道教的嘉靖帝而言，蓝道行的名字却是如雷贯耳，见徐阶把蓝道行领进来时，不顾帝王之身份，竟亲自迎了上去，“道长莅临，朕幸甚矣！”

蓝道行要拜，嘉靖帝伸手拦住了他，“道长免礼。”徐阶见状，暗暗松了口气，这个道士虽然以鬼神唬人，但为人忠义，非欺世盗名之辈可比，只要皇上信任他，那么下面的事就好办了。

嘉靖帝命人赐座，李芳从内侍那里接过茶盘，亲自给蓝道行献茶。那蓝道行虽是生平第一次面圣，但到底是世外高人，面色从容，泰然若素，接过茶杯浅尝了一口。

嘉靖帝见到蓝道行后，心情大好，微哂道：“朕自登基以来，不可谓不用心，然常有力不从心之感；想借道长之法术问问上天，何以天下不治。”

天下治与不治是个大问题，它既涉及制度、民生，又涉及军事，千头万绪，而且自明初以来，许多东西已僵化，便又涉及改革问题，绝非一两句话就能说清楚的。徐阶听皇上劈头就问了这么个大问题，不由得为蓝道行担心起来，漫说是一介道士，连他也未必马上能有好的答案。

只见蓝道行放下茶杯，拿起放在桌上的拂尘，向嘉靖帝揖手道：“请皇上为贫道准备法坛，贫道扶乩请示上天。”

嘉靖帝大喜，令李芳马上准备。李芳半信半疑地看了眼徐阶，似有责怪徐阶的意思，你好歹是一朝之次辅，国家大事向来由内阁和大臣们合议决定，怎请了个道士来断国家大事？徐阶却只装作没看到。

不出多久，在李芳的指挥下，众内侍合力将法坛布置完毕。蓝道行将拂尘一挥，闭上眼睛，口中念念有词。须臾，只见他身子倏地一抖，两眼往上翻了翻，那样子极像是要瞬间咽气一般，从喉咙底下发出低沉的一声呃，晃了晃头，口中呜呜作响，徐徐地抬起手，半空中拂尘倒转，抖动着往法坛的一方沙子上落去。

嘉靖帝是道教信徒，他知道接下来会发生什么，不禁紧张起来。李芳见嘉靖帝的模样，也不由得被他搞得提起心来，心想这道士究竟会给出怎样的答案？徐阶远远地站着，仰头望着法坛那边，但比起嘉靖帝和李芳，他则轻松了许多。

拂尘柄划过沙子，划出一道一道痕迹来，手起手落，越划越多，不消多时，沙子上出现了十分潦草的八个字，嘉靖帝辨认了许久，方才看出来是“贤不竟用，不肖不退”。看着上仙所赐的八字，嘉靖帝只觉心跳加速，生平从未如此紧张过，下意识地舔了舔嘴唇，问道：“敢问上仙，何谓贤，何谓肖？”

拂尘柄继续抖动，沙子上又出现了六个字：逆为贤，顺为肖。

李芳见状，暗吃一惊，给出这样的指示，他也慢慢相信此确为神仙的意思了，因为通常具体的治国之策，皆为人君所定，而神仙往往是劝人向善，抑或予人忠告。所谓逆为贤，乃是敢于直言上疏的好官，他们不顾一己之安危，不管龙颜圣心喜恶，为民请命，大有虽千万人吾往矣之赤心豪胆；所谓顺为肖，乃是指事事顺着主子的好恶，无是非观，更不管天下黎民之死活，一味媚上，实是大奸大恶之徒也。上仙是在劝诫皇上，亲贤臣远小人，果然是明事理、有大慈悲心的神仙人物。

嘉靖帝眉头一拢，眼中多了几分忧郁，摇头叹息道：“朕非明君，枉为天子。”

“主子……”李芳见他自责，忍不住想劝他。嘉靖帝举起手示意他莫讲话，又朝蓝道行问道：“上仙明示，谁是贤，谁是不肖？”

蓝道行继续作法，须臾，沙子上出现了八字答案：贤者阶瑞，不肖严氏。

“多谢上仙明示。”嘉靖帝拜谢，而后陷入沉默。他何尝不知严氏父子贪赃枉法的事，可诚如先前他与李芳讨论的那样，人无完人，水至清则无鱼，严氏虽有过，但亦有功，这些年来，国家多舛，边事不稳，严氏父子不可谓不用心，莫非他真用错人了吗？思忖间，眼角瞟了眼站在一旁的徐阶，此人隐而不露，胸有丘壑，不输严氏，若是让他入主内阁，可减少贪污之事，百姓亦能少受些苦。莫非上仙所指的阶瑞，是说徐阶和海瑞？

海瑞气呼呼地从巡抚衙门出来时，在观审的人群中看到了母亲谢氏，她一脸担忧，头上的银丝在阳光下闪烁出刺眼的光芒。想到她千里迢迢从淳安赶来杭州，海瑞鼻孔一酸，泫然欲泣，也不管路人是否侧目，扑通跪于母亲面前，哽咽着道："儿不孝，教阿姆担心了！"

谢氏见状，也不禁落下泪来，弯腰扶他起身，说道："我儿没事就好，没事就好……"

海瑞扶着母亲从人群中出来，因未见妻子，问道："她去了何处？"

谢氏红着眼怨恨地看了他一眼，"你还惦记她！"

海瑞一惊，随即想到了母亲气从何来。藩氏率性，很多事情依着性子而为，未能顾及母亲的感受。特别是这一次，只凭陌生人的一面之词，便在衙门外大吵大闹，母亲几次阻拦，亦未能挡得了她，因此，他海瑞在淳安利用职务之便，逼迫单春芳小妾行苟且之事的流言便传开了，实在有失大体。海瑞知道她的缺点，可在他看来，这些所谓的缺点，恰恰是其可爱之处。海瑞见母亲生气，便道："她做的不对之处，儿子在这里给阿姆赔罪了。"

"还在为她说话？"谢氏的脸色一下子沉了下来，语气冷冰。

海瑞暗吃一惊，他是至孝之人，不敢再说话。

"休了她，她不该在我们海家。"

谢氏的话再次在耳边响起，短短三字，令海瑞的脑袋嗡嗡直响，

“阿姆……”

“若你舍不下也无妨。”谢氏冷冷地道，“我这把老骨头不该在你身边了，这就回琼山去。”

海瑞吓坏了，连忙拦在谢氏面前，“儿子知错了，就依阿姆所言。”

谢氏见儿子为难，又开始心疼起来，叹道：“儿啊，非是阿姆狠心，逼你做违心之事，海家虽不是大户人家，可好歹也是书香门第，你祖上三代，要么读书做文章，要么为官造福一方，为世人敬重，何曾有过半分出格之事？海家家风不可毁在你身上，可明白？”

“儿子明白。”海瑞低着头，道，“到了淳安，儿便休了她。”

在海瑞眼里，这个世界非黑即白，他断事公正，绝不会因了私情偏袒任意一方。唯独在家事上，母亲便是天，她的话俨然圣旨，无论她说出怎样的话，做出怎样的事，都是正确的，不可反驳。回了淳安后，海瑞就雷厉风行地做了两件事，一是休了藩氏，二是写奏书将浙江反腐案一五一十道出，并对嘉靖帝说，除恶务尽，反腐更当彻底，官贪一分，民便受十分的苦，淳安所谓的水患，实为官患，官患不禁，民怨难平，浙江从上到下，大部分官员，要么为官不做事，要么贪得无厌，百姓苦不堪言，若不彻底肃贪，则国无宁日。

做完这两件事后，在等待朝廷批复的这段时间里，海瑞的日子一下子清静了下来。这种清静让他感到寂寞、孤独，甚至是彷徨，他想用各种事情去填补内心的空虚，每天往修堤的地方跑，可是修堤已进入正轨，一切都井然有序，无须操心了。有时候即便是站在堤坝上，眼前还是会浮现出藩氏的身影。

在写休书的那天，藩氏大吵大闹，哭着喊着骂他，在把休书递到她手里时，她甚至还扇了他一个响亮的耳光，“你个没良心的东西，我何处负你，竟这般待我！”

海瑞没有还手，也没有争辩。他是爱她的，自她嫁入海家，她活泼率真的性子，给他如死水般的生活注入了活力，带来了无数的欢声笑语和快乐，只是这样的快乐在海家是不被允许的，或者说在这个社会上是违制的，会引来诸多非议。他海瑞非是逍遥天下的浪子，而是位熟读儒学典籍，并以此为准则的书生，对内他必须遵守圣人学说，对外他要严格按照律法行事，唯如此，才能内外合一，这样他做的事情才会被人认可，并且以此为基石，去为老百姓、为这个国家做更多的事情。

是我负了你。在藩氏打骂他的时候，海瑞暗暗地在心里说了这样一句话。对一个女人来说，被夫家休了之后，一般都会孤独终老。他海瑞不是神，或许他能拯救苍生，然唯独不能救的却是他的女人。

谢氏看在眼里，心里并非没有愧疚，所谓“宁拆十座庙，不毁一桩婚”，更何况是自己的儿媳呢？看着儿子郁郁寡欢憔悴的样子，谢氏的心里亦不好受，便对海瑞提议说，再寻一门亲。海瑞却摇摇头，推诿道：“近些日子衙门里的事情多，过些日子再说吧。”事实上他还是放不下藩氏，容不了其他女人。

这一日，海瑞正在沿河一带修堤，听衙门里来的人说，总督府的徐渭来了。海瑞听是他来了，放下手中的工具往衙门赶。虽然说他与徐渭立场不同，但此人他还是颇为佩服的，无论徐渭此行的目的是什么，与其一叙，要比会见那些当官的有趣得多。

到了衙门口，门前的差役走上来说道：“总督府的徐渭已经走了。”

“走了？”海瑞不敢相信自己的耳朵，何以大老远来，未曾见着面便又走了呢？“他留下什么话没有？”

差役摇头道：“没有。”

海瑞越发奇怪，是突发急事，需要他赶回杭州去，还是另有原因？

事实上海瑞猜错了，徐渭是带着希望而来，失望而去的。他本想来跟海瑞谈一谈，行事不要过于古板，需要根据实际情况再下定论，胡宗宪的确存在劣迹，但他对浙江的功绩更大，若将其一棍子打死，对浙江百姓而言，是祸是福？但是，当他走入衙门，听说海瑞刚刚休了妻，顿时心灰意冷，这是一个在礼与法中一丝不苟的人，休妻是守礼，从他的言行中不难看出，他是喜爱藩氏的，却依然毫不犹豫地休了她，他会为了胡宗宪放弃律法的准绳而手软吗？这几乎是不可能的事。想到此处，徐渭放弃了与之交谈的念头，返回杭州。

两日后，锦衣卫千户鱼效庭带着份密函找到海瑞，说是他让即刻入京。海瑞看完密函内容，眼睛一亮，道："鱼千户稍等，容下官向家慈道个别。"向谢氏辞行后，海瑞便匆匆忙忙地上了马车，在鱼效庭的保护下，直奔京师。

这场反腐战即将落幕，其结局若何，就要看此番京师之行了。海瑞坐在车里，心情不免激动，这些日子以来，不可谓不惊险，而其之难，恰恰反映了反腐之艰巨、恶势力之庞大、贪腐之猖獗，这样的势力、这样的官员，如果还容忍他们存在下去，于国于民，都是灾难。他现在知道前两天徐渭来做什么了，无非是想劝他回头，莫将事情做得太绝。然他有他的行为准则，犯了法无论轻重，就得受到制裁，所谓知行合一，每做一件事都得对得起自己的良心，绝不能因了私情而枉顾律法，将之当作口号，喊得凶做得少，甚至将律法当作往上爬的政治工具，如此官员，上对不起朝廷，下对不起百姓，害人不浅，他海瑞宁死也不愿当那样的官。

同时，海瑞心里也十分清楚，高拱反腐，不免有作秀的成分，甚至把他当作了一柄披荆斩棘的利剑，为其攫取政治资本。但那又如何呢？

反过来说，他又何尝不是在利用高拱，来实现他的理想和抱负，为民请命，造福一方？

想到如今淳安沿河一带修堤工作已进入尾声，明年百姓不用再害怕受灾，想到卓有才、毛善农、房子金、单春芳等一干官商，即将被绳之以法，海瑞不由得露出了笑脸，自古邪不压正，他终将成为这场反腐战的赢家。

二

在海瑞动身入京的时候，严世蕃也到了杭州，他是极为聪明之人，知道现在是什么时候，虽然平时的生活十分奢靡，但到了杭州后，令各级官员一切从简，无论是送礼还是接风宴等，一律拒绝。并且在各级官员的碰头会上一再强调，要做事，做实事，当务之急是要把进行了一个多月的反腐案定下来，好让百姓安心，朝廷放心。紧接着严世蕃就去牢里探视了毛善农。

毛善农见到严世蕃，直如见了亲人一般，以为这下没事了，不想严世蕃郑重地对他说："浙江官场的烂疮已经揭开了，既然捂不住，就只能刮肉疗毒，你需要把这些事都揽下来。"

毛善农一听，面无人色，没想到他也遭遇了如卓有才一样的命运，替人挡灾，心想这些罪名要是一力承担下来，让他死百回都不为过，顿时就吓瘫在地，道："若如此，我不得千刀万剐吗？"

"不会。"严世蕃肯定地道，"只要有我和父亲在，你就不会死。"

"真……的？"毛善农半信半疑地看着严世蕃。

严世蕃知道毛善农不会相信，事实上连他自己也不相信能把他保下来，但尽管这已是一枚废子，在彻底被抛弃前，依然需要把他利用好，于是跟他说道："你要明白，就算你现在都招了，以你的罪名，还是难逃一死，倒不如把希望放在我和父亲身上，还有一线生机。明白了吗？"

如此一说，毛善农明白了，严世蕃没骗他，眼下确实只有相信他们，才是唯一的出路。

翌日，在严世蕃的牵头下，联合杭州总督、巡抚、知府等三级衙门，定了毛善农的罪，并让三级衙门的负责官员，均在定案文书上签名盖印。那三级衙门的官员，除了鲁则仕外，皆是这条线上的直接受益者，自然是不得不签。而鲁则仕吃不透此案未来的走向究竟会如何，但是朝廷既然让严世蕃下来负责敲定此案，就有可能代表了皇上的意图，他尚不想去动严嵩，免得伤及根本，如果是这样的话，其他衙门都签了，他若是不签，风险太大，压力也太大，毕竟他不是海瑞，在没有涉及自己切身利益的情况下，不敢置之死地而后生，于是也签了名盖了印钤。

办完这件事后，严世蕃放心了，浙江的这场反腐案至此已经结案，那毛善农虽与严家有些关系，但一则严嵩已经向皇帝禀明此事，皇上并无怪罪的意思；二则毛善农已将所有罪名揽下，再加上卓有才、房子金等一干地方官员均已落网，以及浙江各地方的水患治理情况，足以向朝廷交差了。

得到蓝道行的指点后，嘉靖帝不但没有安下心来，反而越发心神不宁，查办严嵩，势必会震动整个朝廷，是福是祸？若是不办，会影响往后的政局吗？实际上在嘉靖帝的心里，还是偏向于不去动严嵩，这天底下没有绝对的清官，人在什么样的环境下，就会做出什么样的事情来，即便将来让徐阶出任首辅，谁能担保他就不会贪？退一步讲，就算徐阶不贪，想象他会如海瑞一样刚正不阿，铁面无私，可是如海瑞之辈，无变通之能事，是治国之材吗？

如此反复思量，左右权衡，越发拿不定主意。徐阶知道嘉靖帝在犹豫，只要他在犹豫，那么事情就还有希望。徐阶暗中联络蓝道行，伺机再向嘉靖帝进言。

蓝道行虽是方外之人，但长年游历民间，知道百姓疾苦，明白毒瘤不除，百姓难安，答应徐阶，定除奸贼。

这一日，嘉靖帝又把蓝道行找来，本意是谈心解闷，但蓝道行矢志要除严嵩，不知不觉又聊到了国事上。嘉靖帝说道："人之忠奸，不能只看一面。苏轼有诗云，'横看成岭侧成峰，远近高低各不同'，人亦是如此，从不同的面，可以看出其不同的地方。"

蓝道行则摇头道："恕贫道无礼，不敢苟同皇上之言。"

嘉靖帝自是不会怪他无礼，诚心请教道："道长有何高见，只管说来。"

蓝道行道："人与物不同，物是静止的，而人是善变的，天下最难揣度的便是人心，故要将人心与静物相比较，差之千里矣。那些贪婪成性者，往往带着侥幸之心，你退一步，他们便会趁机进一步，所谓欲壑难填，便是此意。"

嘉靖帝知道他指的是严嵩，便问："道长可否算出现在严嵩在背着朕做什么？"

"且待贫道试上一试。"蓝道行说完，又吩咐设法坛，作起法来。

想要知道别人在背后做了什么，与前一次给嘉靖帝出主意除严嵩不同，除非真有能掐会算之能事，不然说得不准便会露馅。当然，在嘉靖帝眼里，蓝道行就是位能召唤上仙的能人，从他嘴里说出来的话，自然就代表了上仙，没有不准的道理。

蓝道行手舞足蹈地弄了会儿，脑袋一晃，半眯着眼道：“你要问什么？”

嘉靖帝知道当前最重要的是浙江反腐案，看有没有人在这件事上做文章，便问道：“敢问上仙，在浙江反腐案上，严嵩父子究竟做了什么？”

蓝道行冷哼一声，道：“你明知故问。此案要在毛善农身上终结，是你首肯的，如何又来问我？”

嘉靖帝汗颜不已，道：“身为一国之君，最怕国家不稳，政局动荡，我……也是不得已而为之。”

“此乃饮鸩止渴之举也。”蓝道行道，“你可知毛善农贿赂官员的数额有多少？两千余万两银子，是明初至正统年一年的财政收入，是本朝三年的赋税。富可敌国已不足以形容他们。然这些银子从何而来？要从百姓身上搜刮，这才造成了浙江年年治水、年年水患的局面。江南富庶之地，如今俨然地狱，民不聊生，谁之过也？”

嘉靖帝听得惊心动魄。蓝道行又道：“你切要明白，这只是浙江一地，本朝两京十三省，又有多少严党爪牙，他们每年贪污了多少，身为一国之君，你可知晓？除了百姓受苦之外，还有驻守边关的将士，因了朝廷国库空虚，常常领不到饷银，食不果腹，却还要强打起精神抵御外敌之骚扰，可想过他们的难处？而你呢，你只想到自己的难处，只想到除奸之不易，可否想过底层军民生不如死的样子？”

嘉靖帝听得脸色发白，半晌不知如何言语。李芳轻轻地走上去，唤了一声，嘉靖帝方才醒过神来。这时候，蓝道行又道：“严世蕃已在杭州结案，此刻他们应在庆祝胜利了，喝着酒吃着肉，觥觥往还，咸尽于欢，岂不知他们饮的是民之血，食的是民之肉，耗的是国之本也。”

嘉靖帝的冷汗涔涔直下，叹息道：“看来上仙对朕失望至极。”

蓝道行道：“你要记住，所谓修行，在于心，所谓得道，在于德，真正的修行得道，实指修心修德也，它表现在体恤民之疾苦，救万民于水火，唯人间繁华，民享安乐，你方可得道，若只顾一己之修行，非道也。”

这一番教化比之大臣苦谏，效果要强上百倍千倍，嘉靖帝是真正听到心里去了。他一直崇道修仙，却忘了根本，底下子民水深火热，即便修道之心再虔诚，也是枉然，自此终于下定决心，要彻底肃贪，将真正的巨贪绳之以法。

不多日，海瑞、严世蕃先后入京。嘉靖帝先是看了严世蕃呈上来的结案文书，这是意料中的事，嘉靖帝未作表态，遂传海瑞入殿。

海瑞第一次面圣，拜伏于地，口呼万岁。嘉靖帝叫他起身，然后目不转睛地看了他会儿，道：“你虽远在淳安，朕却常听说你，可见你非同寻常，今日见了，果然与一般的为官者不一样，从你的手和脸都能看得出来，你是吃过苦的，真正与百姓一起生活过的，了解民之疾苦，现在朕明白高拱为何会推荐你了。”

一旁的高拱听了这番话，脸上扬扬得意；严嵩父子则面无表情，如一潭死水，其实内心却不怎么平静。所谓天威难测，再加上近日宫里多了个道士，皇上会如何断，殊难预料。

海瑞躬身垂手答道：“皇上圣明，臣出生于海南琼山，乃贫瘠之地，当年会考时曾写过《治黎策》《平黎策》两篇策论。”

嘉靖帝似乎对海瑞很满意，问道：“今日上朝，你可带了什么策论？”

“带了。”海瑞果真从袖内取出一本册子，道，“不过不是策论，乃臣在淳安期间所写的《兴革条例》，恭请圣览。”

“兴革条例。”嘉靖帝念了遍那四个字，然后又瞟了眼站在旁边的几位大臣，“今天站在这里的，皆为朝之重臣，国之栋梁。朕不看了，你就说出来，一起听听你这生在民间的官，与朝中的官到底有何不同的见解。”

海瑞见嘉靖帝有意让朝中重臣听自己的政见，心生欢喜，看来皇上是知道时弊以及官员之短处的，当下暗暗地吸了口气，提高音量道：“臣自小读圣贤书，更知本朝自太祖始，便提倡节俭，然无论是臣在为官前还是为官后，看到的却是奢靡铺张，与太祖本意大相径庭。淳安本就处于山区，加上境内河流众多，每岁必遭洪灾，然臣以为，天灾并不可怕，最使人心寒的是官害。淳安穷则穷矣，每逢高官视察，或是有官员经过，迎来送往不绝，馈赠之风大行其道，少则数十两，多则上百两，本县县丞姚顺谦便是这么掉进去的。这些馈赠之银两，为官的自是不会掏自己的腰包，均来自里甲，而里甲则只有向百姓搜刮，皇上试想，百姓累年遭灾，连基本的课税都交不出，本就苦不堪言，还要承担官员的迎来送往之资，无异于把他们往死路上逼。更为严重的是，由于此等巴结之风盛行，官员总想着与上面搞好关系，早一日离开那贫瘠之地，故多不思政务，碌碌无为，过得一日是一日。淳安之水患，实为官患；官患不除，水患难绝。臣在治水之时，写下《兴革条例》，杜绝浪费，禁止巴结，期望达到治标治本之效果。”

嘉靖帝听到这些，含笑点头，颇是满意，问道：“那么效果如何？”

海瑞道：“臣上任之前，淳安官场之弊，不胜枚举，为官者不做官事，若奴才一般，只以上级官员的言行为标准，无论对错，一律迎合，于是指鹿为马、指良为盗之冤假错案不绝。在这次的反腐案中，相信皇上也看到了，为了某些人的个人私利，先是让严州通判卓有才揽罪，后又让杭州首富毛善农担下所有罪名，为的是掩盖事实，继续为恶。上层尚且如此，下层官员的行为，便可想而知了。臣到淳安后，罢撤多位碌碌碌无为之吏，严令官吏不远迎、不列席，不畏权、敢谏言，自《兴革条例》颁行之后，全县官吏再无违法行为。可惜臣人微言轻，管得了一县，管不了一州一府，至于本次反腐案弄虚作假、胁迫他人揽罪之事，须请皇上圣裁，给天下百姓一个交代。”

嘉靖帝看了眼严氏父子，没有立即表态，道：“高拱，此案由都察院做最后的审定，若有疑义，提交三法司共同审理。”

严嵩一听这话，混浊的眼里蓦地闪过一道寒光，平静无波的脸上露出一抹恐慌。谁都知道此案是由高拱发起的，现在交给他处置，是不是意味着还要继续追究下去？

严世蕃显然也意识到了这一点，忙奏道：“皇上，此案已经定案，乃是毛善农伙同一干官员，作奸犯科，事实俱在，还需要再审吗？”这番话的另一层意思是说，在此之前你不是答应过我父亲，不再追查，只到毛善农为止吗？

嘉靖帝没说话，只盯着海瑞看，他此前虽没见过海瑞，但从对他的了解来看，在这种时候，海瑞应该是不会默不作声的。果然，严世蕃的话音刚落，海瑞的脸色就变了，黑色的脸涌上抹红潮，亢声道：“严侍郎觉得凭一个商人，他敢做出如此胆大妄为、目无法纪的事吗？若无官府的纵容，他能够逍遥法外至今吗？”

严世蕃那只独目中寒光一闪，露出一抹杀气，沉声道：“纵容他的官员业已落网，你还想怎样？非要弄得朝廷上下鸡飞狗跳才肯收手吗？”

海瑞一身豪胆，浑然不顾面前与他说话的是什么人，作色道：

“这时候收手，我海瑞性命不保事小，贪污未尽、百姓不安那就非同小可了！”

“海瑞。”嘉靖帝见他的矛头直指严氏父子，只差没指名道姓说严世蕃贪污，适时出声阻止，“朕已经说了，交给高拱处理，是非黑白自有公论，休在此无端理论。”

“臣遵旨！”高拱站出去，高声领旨，像是故意喊给严氏父子看的。

严嵩自始至终未说过一句话，脸上也毫无表情，仿佛神游物外，对御前的讨论充耳未闻。及至离开时，严世蕃叫了他一声，方才醒过神，慢腾腾地朝嘉靖帝作揖辞别。嘉靖帝看着严嵩在严世蕃的搀扶下，颤颤巍巍地往外走，心里五味杂陈。他自弘治十八年中进士至今，已五十七年矣，可谓是三朝老臣，大半辈子的时间都耗在了江山社稷上，虽有劣迹，但也可以说是兢兢业业、任劳任怨了，今已八十有二，垂暮之年，莫非真要在他人生的最后几年，落个凄惨的下场吗？

想到此处，嘉靖帝不由得迭连叹息。李芳似乎猜到了主子的心思，走上前去道：“主子是在为严阁老叹息吗？”

“人心都是肉长的，虽说天下无不散的筵席，走到这一步也是他自找的，可朕还是不舍。你看到他刚才出去时，那失魂落魄的样子了吗？想来以他的智慧，应已料到自己将要面对的结局了。”嘉靖帝皱着眉头，眼神亦变得多愁善感起来，“你说严嵩不忠吗？”

李芳肯定地道：“严嵩肯定是忠于朝廷的，只是贪了一些。主子要是实在不忍心，莫杀他便是，好歹让他善终。”嘉靖帝沉默着没有说话，似乎没有听见李芳的话。

从武英殿出来，严世蕃问道：“父亲怎么了？”

“要变天了。”严嵩抬起头看向天空，天色有些阴，但隐隐似有阳光透出来，使得天地间非常明朗。

嘉靖四十一年秋，轰轰烈烈的浙江反腐案结束，卓有才、韦光正、韦德正、毛善农等人被斩首，房子金、鄢懋卿革职戍边。严嵩、严世蕃被停职软禁，直至嘉靖四十三年，严世蕃以贪污、渎职等罪名被斩首，即便严嵩到刑前大哭，承认是自己教子无方，愿替其子受死，亦未能挽回严世蕃的性命。

嘉靖帝倒是真没拿严嵩治罪，许其还乡，安养天年。可严氏父子情深，他们是父子，更是官场上最佳的搭档，这些年来可以说是相依为命，严世蕃一死，严嵩便也没了活着的希望和意义，了无生趣，于嘉靖四十五年病逝。

在嘉靖四十一年，严氏停职审查期间，胡宗宪受到牵连，新任首辅徐阶授意六科给事中的言官，联名弹劾胡宗宪，说他是严氏一党，在职期间贪污数目巨大；嘉靖帝遂罢免其一切职务，押京审理。

胡宗宪到京后，嘉靖帝见了他一面，知道他不是严党，念其功在社稷，许回籍休养。

然而这场轰轰烈烈的反腐余波依然未止，徐阶刚任内阁首辅，未免日后被报复，不可能让一切与严氏有关之人存活于世。嘉靖四十四年，“罗文龙案”[1]事发，抄罗文龙家产时，发现胡宗宪入京时曾贿赂严世蕃，信中附有一道假拟的圣旨。

胡宗宪被押入京时，严世蕃业已自身难保，当时去求严世蕃并假拟圣旨，显然是不太可能的，奈何欲加之罪何患无辞。同年十月，胡宗宪再次被逮捕入京。十一月，因释罪无望，万念俱灰，写下“玉剑埋冤狱，忠魂绕白云”的诗句后，自尽而亡。

---

[1] 罗文龙是严世蕃幕宾，曾协助胡宗宪抗倭。

徐渭离开总督府后，归于故里，一直郁郁寡欢。听得胡宗宪的死讯后，悲恸不止。他生性本就有些偏激，难与寻常人为伍，胡宗宪可谓是唯一赏识并重用他的知己，知己一亡，人生再无寄托处，愤而写下《自为墓志铭》，欲自尽，从墙上拔铁钉刺入耳，血流如迸，未死；以斧击头，头骨碎裂，未死；以锤击下体[1]，兀然未死；后绝食，为友人所救。似乎上苍有意要捉弄这位痛失知己的秀才，求死而不得，后癫狂杀妻入狱，终年潦倒，悲苦半世。

嘉靖四十五年，海瑞受吏部尚书陆光祖举荐，擢升为户部云南司主事。然而反腐并非一朝一夕之事，贪官如蚁，除之不尽，巨贪严嵩父子刚除，徐阶便露出了贪婪的面目。海瑞面对的是一场更加艰巨的反腐战役，而对高拱、张居正来说，则又是一场政治表演的机会，一个能入主内阁的绝佳时机。

或许所有的反腐，都并不是纯粹的，总是夹杂着各种各样的利益。中国古代历朝历代皆是如此，你方唱罢我登台，周而复始，不知疲倦，而最苦的，莫过于夹在各种利益下受人鱼肉的百姓。

[1] 《明史》载以椎击肾囊。